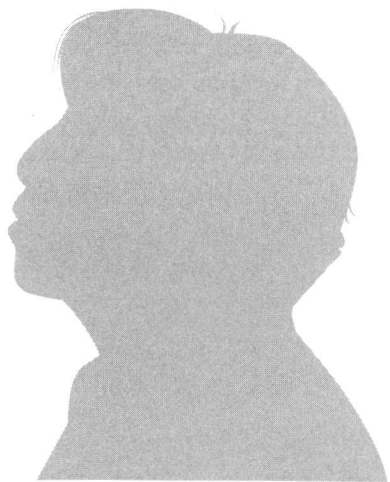

梅娘：怀人与纪事

MEINIANG HUAIREN YU JISHI

梅娘 著 张泉 选编

中央广播电视大学出版社

北京

图书在版编目(CIP)数据

梅娘:怀人与纪事 / 梅娘著;张泉选编. —北京:中央
广播电视大学出版社,2014.4
ISBN 978 - 7 - 304 - 06102 - 9

Ⅰ.①梅… Ⅱ.①梅…②张… Ⅲ.①散文集—中国
—当代②小品文—作品集—中国—当代 Ⅳ.①I267

中国版本图书馆 CIP 数据核字(2014)第 056033 号

梅娘:怀人与纪事

梅娘 著 张泉 选编

出版·发行:中央广播电视大学出版社
电话:营销中心 010 - 58840200   总编室 010 - 68182524
网址:http://www.crtvup.com.cn
地址:北京市海淀区西四环中路 45 号   邮编:100039
经销:新华书店北京发行所

策划编辑:翟永存   版式设计:何智杰
责任编辑:向 平   责任校对:王 亚
责任印制:赵联生

印刷:北京宏伟双华印刷有限公司
版本:2014 年 4 月第 1 版   2014 年 4 月第 1 次印刷
开本:170mm × 240mm   印张:16   字数:210 千字

书号:ISBN 978 - 7 - 304 - 06102 - 9
定价:37.00 元

　　我只是一支萤管，只有点微光，在民族蒙难的艰难岁月中，抱着灼亮黑暗一角的意情，奋挥动这向上青春的笔。励志："燃尽微光，还走生命，烟尽微光，还走生命。"

　　如今随着老之已至，经历了生命中的七灾八难，被生活掏沽得酸辣纠咸苦五味俱全的心志，仍然蒙情未泯，还时不时地冒出忧国忧民的傻气，甚至还有"该出手时就出手"的草莽之忱。陆诗人的"僵卧孤村不自哀，尚思为国戍轮台"的情情一直潜存在我的心底，传承着情世意情，温暖着生命的尾日。

　　古希腊人将萤火虫唤作"拉马皮鲁"，剖意为"提灯夜游的诗魂"，在西欧的十字绣精品中，有一副为拉马皮鲁造型的挂件，这个生在草丛中的小昆虫，装饰着轻织般的妙曼翅膀，翻卡裳袍，作飞起架势。而手中提着的那盏小灯，泄出点点金光，虽不耀眼，却温情无限。

　　以萤管自况的我，就在心合是化物天使的理想，先馈的是：我们在燃烧微光，送走生命。

　　　　　梅娘自述　05年腊月

目 录 CONTENTS

附录

代序 1

孙姨和梅娘

史铁生

柳青的母亲，我叫她孙姨，曾经和现在都这样叫。这期间，有一天我忽然知道了，她是三四十年代一位很有名的作家——梅娘。

最早听说她，是在 1972 年年底。那时我住在医院，已是寸步难行；每天唯两个盼望，一是死，一是我的同学们来看我。同学们都还在陕北插队，快过年了，纷纷回到北京，每天都有人来看我。有一天，他们跟我说起了孙姨。

"谁是孙姨？"

"瑞虎家的亲戚，一个老太太。"

"一个特棒的老太太，1957 年的右派。"

"右派？"

"现在她连工作都没有。"

好在那时我们对右派已经有了理解。时代正走到接近巨变的时刻了。

"她的女儿在外地，儿子病在床上好几年了。"

"她只能在外面偷偷地找点活儿干，养这个家，还得给儿子治病。"

"可是邻居们都说，从来没见过她愁眉苦脸唉声叹气。"

"瑞虎说，她要是愁了，就一个人在屋里唱歌。"

"等你出了院，可得去见见她。"

"保证你没见过那么乐观的人。那老太太比你可难多了。"

我听得出来，他们是说"那老太太比你可坚强多了"。我知道，

1

同学们在想尽办法鼓励我，刺激我，希望我无论如何还是要活下去。但这一回他们没有夸张，孙姨的艰难已经到了无法夸张的地步。

那时我们都还不知道她是梅娘，或者不如说，我们都还不知道梅娘是谁；我们这般年纪的人，那时对梅娘的作品一无所知。历史常就是这样被割断着，湮灭着。梅娘好像从不存在。一个人，生命中最美丽的时光竟似消散得无影无踪。一个人丰饶的心魂，竟可以沉默到无声无息。

两年后我见到孙姨的时候，历史尚未苏醒。

某个星期天，我摇着轮椅去瑞虎家——东四六条流水巷，一条狭窄而曲折的小巷，巷子中间一座残损陈旧的三合院。我的轮椅进不去，我把瑞虎叫出来。春天，不冷了，近午时分阳光尤其明媚，我和瑞虎就在她家门前的太阳地里聊天。那时的北京处处都很安静，巷子里几乎没人，唯鸽哨声时远时近，或者还有一两声单调且不知疲倦的叫卖。这时，沿街墙，在墙阴与阳光的交界处，走来一个老太太，尚未走近她已经朝我们笑了。瑞虎说这就是孙姨。瑞虎再要介绍我时，孙姨说："甭了，甭介绍了，我早都猜出来了。"她嗓音敞亮，步履轻捷，说她是老太太实在是因为没有更恰当的称呼吧；转眼间她已经站在我身

梅娘与史铁生

后抚着我的肩膀了。那时她五十多接近六十岁，头发黑而且茂密，只是脸上的皱纹又多又深，刀刻的一样。她问我的病，问我平时除了写写还干点什么？她知道我正在学着写小说，但并不给我很多具体的指点，只对我说："写作这东西最是不能急的，有时候要等待。"倘是现在，我一定就能听出她是个真正的内行了。二十多年过去，现在要是让我给初学写作的人一点忠告，我想也是这句话。她并不多说的原因，还有，就是仍不想让人知道那个云遮雾障的梅娘吧。

她跟我们说笑了一会儿，拍拍我的肩说："下午还有事，我得做饭去了。"说罢，几步跳上台阶走进院中。瑞虎说，她刚在街道上干完活回来，下午还得去一户人家帮忙呢。"帮什么忙？""其实就是当保姆。""当保姆？孙姨？"瑞虎说就这还得瞒着呢，所以她就到离家很远的地方去当保姆，越远越好，要不人家知道了她的历史，谁还敢雇她？

她的什么历史？瑞虎没说，我也不问。那个年代的人都懂得，话说到这儿最好止步。历史，这两个字，可能包含着任何你想得到和想不到的危险，可能给你带来任何想得到和想不到的灾难。一说起那个时代，就连"历史"这两个字的读音都会变得阴沉、压抑。以至于我写到这儿，再从记忆中去看那条小巷，不由得已是另外的景象——阳光暗淡下去，鸽子瑟缩地蹲在灰暗的屋檐上，春天的风卷起尘土，卷起纸屑，卷起那不死不活的叫卖声在小巷里流窜。倘这时有一两个伛背弓腰的老人在奋力地打扫街道，不用问，那必是"黑五类"，比如右派，比如孙姨。

其实孙姨与瑞虎家并不是亲戚，孙姨和瑞虎的母亲是自幼的好友。孙姨住在瑞虎家隔壁，几十年中两家人过得就像一家。曾经瑞虎生活困难，孙姨经常给他们帮助，后来孙姨成了右派，瑞虎的父母就照顾着孙姨的孩子。这两家人的情谊远胜过亲戚。

我见到孙姨的时候她的儿子刚刚去世。孙姨有三个孩子，一儿两女。小女儿早在她劳改期间就已去世。儿子和小女儿得的是一样的病，病的名称我曾经知道，现在忘了，总之在当时是一种不治之症。残酷的是，这种病总是在人二十岁上下发作。她的一儿一女都是活蹦乱跳地长到二十岁左右，忽然病倒，虽四处寻医问药，但终告不治。这样的母亲可怎么当啊！这样的孤单的母亲可是怎么熬过来的呀！这样的在外面受着歧视、回到家里又眼睁睁地看着一对儿女先后离去的母亲，她是靠着什么活下来的呢？靠她独自的歌声？靠那独自的歌声中的怎样的信念啊！我真的不敢想象，到现在也不敢问。要知道，那时候，没有谁能预见到右派终有一天能被平反啊。

如今，我经常在想起我的母亲的时候想起孙姨。我想起我的母亲在地坛里寻找我，不由得就想起孙姨，那时她在哪儿并且寻找着什么呢？我现在也已年过半百，才知道，这个年纪的人，心中最深切的祈盼就是家人的平安。于是我越来越深地感受到了我的母亲当年的苦难，从而越来越多地想到孙姨的当年，她的苦难唯加倍地深重。

我想，无论她是怎样一个坚强而具传奇色彩的女性，她的大女儿一定是她决心活下去并且独自歌唱的原因。

她的大女儿叫柳青。毫不夸张地说，她是我写作的领路人。并不是说我的写作已经多么好，或者已经能够让她满意，而是说，她把我领上了这条路，经由这条路，我的生命才在险些枯萎之际豁然地有了一个方向。

1973年夏天我出了医院，坐进了终身制的轮椅，前途根本不能想，能想的只是这终身制终于会怎样结束。这时候柳青来了。她跟我聊了一会儿，然后问我："你为什么不写点儿什么呢？我看你是有能力写点儿什么的。"那时她在长影当导演，于是我就迷上了电影，开始写电影剧本。用了差不多一年时间，我写了三万自以为可以拍摄的字，柳青看了说不行，说这离能够拍摄还差得远。但她又说："不过我看你行，以我的经验看你肯定可以干写作这一行。"我看她不像是哄我，便继续写，目标只有一个——有一天我的名字能够出现在银幕上。我差不多是写一遍寄给柳青看一遍，直到有一天她告诉我："这一稿真的不错，我给叶楠看了他也说还不错。"我记得这使我第一次有了自信，并且从那时起，彩蛋也不画了，外语也不学了，一心一意地只想写作了。

大约就是这时，我知道了孙姨是谁，梅娘是谁；梅娘是一位著名的老作家，并且同时就是那个给人当保姆的孙姨。

又过了几年，梅娘的书重新出版了，她送给我一本，并且说"现在可是得让你给我指点指点了"，说得我心惊胆战。不过她是诚心诚意这样说的。她这样说时，我第一次听见她叹气，叹气之后就是短暂的沉默。那沉默中必上演着梅娘几十年的坎坷与苦难，必上演着中国几十年的坎坷与苦难。往事如烟，年轻的梅娘已是耄耋之年了，这中间，她本来可以有多少作品问世呀。

现在，柳青定居在加拿大。柳青在那儿给孙姨预备好了房子，预备好了一切，孙姨去过几次，但还是回来。那儿青天碧水，那儿绿草如茵，那儿的房子宽敞明亮，房子四周是果园，空气干净得让你想大口大口地吃它。孙姨说那儿真是不错，但她还是回来。

她现在一个人住在北京。我离她远，又行动不便，不能去看她，不知道她每天都做些什么。有两回，她打电话给我，说见到一本日文刊物上有评论我的小说的文章。"要不要我给你翻译出来？"再过几天，她就寄来了译文，手写的，一笔一画，字体工整，文笔老到。

瑞虎和他的母亲也在国外。瑞虎的姐姐时常去看看孙姨，帮助做点儿家务事。我问她："孙姨还好吗？"她说："老了，到底是老了呀，不过脑子还是那么清楚，精神头旺着呢！"

原刊于《北京青年报》2001 年 5 月 22 日

代序 2

一个时代的代表作家谢幕

张 泉

一 2013 年 4 月 28 日，星期日

下午，梅娘在家里接待了多年的老朋友、加拿大奎尔夫大学历史系诺曼·史密斯教授。当时，我也在场。

一见梅娘，我直觉，与我们在新加坡话别时比，她的精神差了许多。时间才过一个多月呀。毕竟，梅娘老人年底就满 96 岁了。

史密斯送来了他的新作 *Intoxicating Manchuria: Alcohol, Opium, and Culture in China's Northeast*，大意是"麻痹满洲：酒、鸦片与中国东北文化"，一部颇有创意的"满洲国"研究著作。印在封底上的汉字书名为《醉满》，是还健在的伪满时期作家李正中先生的书法作品。

实际上，Intoxicate（醉）这个词很难翻译，在这本书中，它的含义要比"醉"宽泛得多。这是史密斯的第三本书，奠定了他北美"满洲国"问题专家的地位。作为证明材料之一，该书使用了一批文学作品，其中有梅娘三篇。

梅娘依旧直人快语："'醉满'在汉语里不通，'满醉''满洲醉了'，也比'醉满'好。"并开玩笑说："也就你们外国人，允许编造这种生硬的汉语。"

史密斯是在紧张的旅行中，专程绕道北京来看望梅娘的。梅娘非常高兴，说史密斯"饮水思源，有情有义"。并叫我把"饮水思源"

四个字写在便签上，让史密斯看。我也就便请教了梅娘作品中的一些问题，比如 1939 年一篇小说中的"闭十"。

查词典，闭十，即推闭十，流行于湖南湘西的一种赌博方式。四个人玩，其中一人为庄家。仅此而已。而梅娘详细讲了规则，怎么算赢，怎么算输。因为我不会麻将、不会打牌，听不大明白。她特别提醒，那时，推闭十在东北很流行，用它说人时，往往具有贬义。讲解细致，并延展到社会内涵。

不知不觉间，两个多小时就过去了，到了饭点。

若往常，不管吃多吃少，梅娘总会坐在她的专座上，向客人推荐菜，有时还亲自动手分发。这次则不然。她说她先不吃。过了一会儿，我到比邻的客厅招呼她。她仍端坐在沙发里，疲惫地摆摆手。

又过了一会儿，见王阿姨挽着梅娘的手臂，穿过餐厅，拐向卧室。说是餐厅，其实只是一个只有几米见方的门厅。由于没有所谓的高级职称，梅娘住的仍是上个世纪七十年代的老房子。在惊动了两三个部级单位的首长之后，才得以把两个小两居连在了一起，算是搞了一次"特殊化"。

原先梅娘在室内走路也不是这样。往常，再难，她也是弯着腰，扶着桌椅、墙壁自己走。这次不行了，有人扶着，身子仍深深地弓着，几乎与地面平行。也不打招呼。

我看了一眼，不禁低下头。梅娘是不愿别人看到她这个样子的。没想到，这竟是梅娘最后的背影。

二　2013 年 5 月 9 日，星期四

再见梅娘，已是 5 月 9 日上午，304 医院太平间告别厅。

她安卧在鲜花丛中。

5 月 1 日星期三下午，曾收到梅娘女儿的讯息，说我们走后第二天，梅娘出现衰竭状况，急诊住院。中午出现临终幻觉，三天进食很少。

还说书上说，即便出现这种状况，生命也可能持续相当一段时间。

这后一句话让我轻松了许多。我的感冒正在严重期，没法去医院。

忐忑中，噩耗还是来了："我妈妈已于 5 月 7 日上午 10:35 病故，走时没有痛苦，很安详。谢谢各位朋友的关心。"（柳青，5 月 7 日下午）

只有震惊，哀悼……

不过，以梅娘的高寿，以她近两年有女儿一直不离左右，以她结束人生旅行的方式，她又是非常幸运的，称得上是"喜丧"。我曾这样宽慰梅娘的一个香港小朋友。她可能太小，还无法体会。看一看王力雄的《留下的只有尊严》，也许会有所悟。

媒体报道说，按照梅娘的遗愿，不举行追悼会和遗体告别式，会有十余亲友送梅娘最后一程。那天，不少人闻讯赶来了，我估计，有百余人。下午骨灰安葬仪式在墓地圆满完成的时候，也有三十多人。不知哪家的专业人士还做了全程录像。

……

梅娘逝世后，众多亲友的留言、挽联，情真意切，感人至深。这里略举一二。

悼念者中，人民日报袁鹰（1924- ）可能是最为资深的。他的挽联是：

北梅独傲雪　孙娘永留芳　袁鹰敬挽

崔永元的名气最大。他的《怀念》一如他的主持风格：

梅娘先生，天堂再写，无拘无束，直抵阳光。

著名文学评论家郑伯农率大家庭 9 人共挽梅娘：

三代世交怀孙姥　百年风雨送梅娘

民间藏书家田钢的挽联颇为独特，他把梅娘的作品联在一起：

上联：小姐 集 鱼蚌蟹 奉读者精神食粮，
下联：黄昏 献 梅芷茵 通书简一脉文心。
横批：长夜萤火

……

梅娘在彼岸会安息。

三 梅娘的身世、环境与作品

读一个作家，要对阅读对象有个大致的了解。

从 1936 年《小姐集》问世，到不久前的随笔《企盼、渴望》（刊《芳草地》2013 年 1 期），梅娘的写作生涯延绵 78 载。

梅娘出生于被沙皇俄国割据的海参崴，成长和起步于"满洲国"（东北沦陷区）都城"新京"（现长春），留学日本东京，侨居日本新闻报业中心大阪，活跃于汪精卫伪政权治下的华北沦陷期文坛。抗战胜利后，返回国共内战正酣的东北家乡。内战后期，客居从日本殖民地回归中国版图的台湾台北市北投。新中国成立前夕，有孕在身的梅娘，面对丈夫在太平轮海难中丧生的意外，毅然携带着两个幼女，千里迢迢从台湾经上海奔赴北平，满腔热情地投身于即将诞生的新中国的社会主义文化建设。在经历了政治运动带来的七灾八难、游历世界各地之后，依旧坚守在北京农业电影制片厂的老宿舍楼里，坚持写作……再加上父亲从一个山东少年一跃成为东北富贾的闯关东神话；日据时期执掌华北作协的丈夫柳龙光又在战后国共博弈中扮演秘密角色——随着 1949 年 1 月 27 日驶往基隆的上海太平轮中途失事而留下的不解迷局；仅存的女儿导演柳青历经跌宕起伏之后远嫁在中国改革开放大潮中最早投资北京的北美房地产商——从"祖国的花朵"转身为洋商贵妇；一双孙女落户美国高科技聚集地硅谷和世界宜居城市之冠加拿大温哥华；三个重孙子在北美出生……梅娘的人生历程和社会关联，融涵了和折射出近代中国一百多年以来的演化史，丰富多彩又错综复杂、扑朔迷离，加以梳理和阐释，可以做成诸如《"新京"（长春）作家梅娘的中国意义——从"满洲国"到日本到沦陷区及其后》之类的大文章，略施铺陈和想象，也可以演绎出波澜壮阔的编年史大戏。

梅娘的文学创作大体上分为隔断清晰的五个阶段。

第一阶段，从 1933 年至 1945 年，大约 13 年。

除了《小姐集》、《第二代》外，梅娘印行的单行本还有小说集《鱼》、《蟹》以及大量的儿童读物，如中国故事篇《白鸟》、《风神与花精》、《驴子和石头》、《聪明的南陔》、《女兵木兰》、《英雄末路》、《少女和猿猴》、《飞狐的故事》、《兰陵女儿》等，创作童话《青姑娘的梦》等多篇。长篇小说连载有《小妇人》、《夜合花开》，日本长篇小说翻译连载有《白兰之歌》、《母之青春》、《母系家族》。

第二阶段，1951 年至 1957 年 8 月，35 岁至 41 岁，大约 7 年。

任中国农业电影制片厂编剧，发表了大量的散文及小说连载，应邀为各美术出版社编写中外文学名著的连环画文字脚本，如《表》、《格兰特船长的女儿》、《爱美的丽雅》等。单行本有通俗故事：《尉迟恭单鞭夺槊》、《吴用智取华州》等。

第三阶段，1958 年秋至 1960 年冬，不到 3 年。

梅娘被关押在北京北苑农场。她幸运地参加了由劳改人员组成的翻译小组，承担日文翻译，以及其他语种译文的文字润色工作。

第四阶段，1979 年 6 月至 1986 年，63 岁至 70 岁，大约 8 年。

1978 年冬季，梅娘的"右派"罪名被去除，恢复公职。从 1979 年开始，在香港以及上海、北京发表随笔和短小的译文。

第五阶段，1987 年（71 岁）至 2013 年，逾 26 年。

1987 年，开始恢复使用梅娘笔名。这个阶段，新作以散文随笔、翻译为主。出版的单行本有：

1992 年：《南玲北梅：四十年代最受读者喜爱的女作家作品选》（刘小沁编）。

1997 年：《梅娘小说散文集》（张泉选编）。

1998 年：《寻找梅娘》（张泉主编）；《梅娘代表作》（范智红编选），后更名为《鱼·蚌·蟹》、《梅娘文集》、《梅娘代表作·鱼》等，不断重印。

1999 年：《梅娘小说·黄昏之献》（司敬雪编选）。

2000 年：《大作家与小画家》（梅娘与芷渊、茵渊的通信集）。《玉米地里的作家——赵树理评传》（梅娘译，[日本]釜屋修原作）。

2002 年：《梅娘——学生阅读经典》（江啸声选编）；《又见梅娘》（陈晓帆编选）。

2005 年：《梅娘近作及书简》（侯健飞编）。

2011 年：《邂逅相遇：梅娘、芷渊、茵渊书礼》。香港天地出版公司 2012 年出版了该书的增订版。

合计 12 本书。代表作均为 1945 年以前在日本统治区发表的作品。

在第二、第三和第四个写作阶段，未署用"梅娘"，处于匿名状态，但同样是勾勒历史中的梅娘和梅娘笔下的历史的不可或缺的时段。

在梅娘 80 年从文史中，有两个较长的写作空白期。

第一个创作空白期从抗战胜利到 1950 年。

第二个写作空白期为 1961 年至 1978 年。因患肺结核获准离开劳改农场后，成为在社会上受管制的地、富、反、坏、右人员。为了给患有特殊慢性病的儿女筹措医药费，梅娘只能千方百计寻找各种各样的零工。

对于一位早慧的作家来说，29 岁至 34 岁的 6 年、45 岁至 62 岁的 18 年，是创作的黄金期。在这 24 年间，梅娘失却了写作的条件，后一阶段甚至丧失了做人的资格。

需要注意的是，进入新中国以后，梅娘成了各种政治运动斗争的对象，只有脱胎换骨、重新做人，才能适应新的社会准则和写作规范。历史在当代的变异不可避免，长寿作家的作品尤其如此。这一面向对梅娘的影响，目前还没有被充分评估。

事实是，在与梅娘同时代的民国期作家中，因无法适应和跟上新旧中国的时代转换，有一大批人在新中国或主动或被动终止了文学创作。与他们相比，在数不尽的艰难困苦和绝望屈辱中，梅娘还是跟上了形势，四次跻身有中国特色的社会主义文学场域，或华文文化场域，勉力为文，算得上是其中的佼佼者。

2009 年，为褒奖梅娘为新中国文学事业作出的贡献，中国作家协会颁予她"从事文学创作六十周年荣誉证书"和奖章。这一褒奖受之无愧。

2012 年 5 月 23 日，中国现代文学馆二期常设展览《中国现当代文学展》，在做了大幅度的补充修订后，正式对公众开放。其中，"沦陷区文学"板块中的"华北地区"部分，仅选张秀亚、梅娘、白羽三人。梅娘纳入中国现代文学经典的定位，再度予以表现。

早在日本占领时期，同时代批评家就对梅娘予以高度的评价。在被冷落半个世纪之后，随着沦陷区文学被中国文学史接纳，梅娘再度成为关注较高的研究对象。已见多篇梅娘研究综述文章，这里不再赘述。

四 本书缘起

早有一些机构希望出版梅娘的自传。不过，岁月无情，梅娘毕竟年事已高，已无力撰写长篇的东西。

于是，退而求其次：那就搞"口述史"吧。以为口述史会容易一些。

比如，央视著名主持人的一个"口述历史中心"，就曾费尽周折，找各方神圣出面，终于说动了已经拒绝过一百回的梅娘，轮椅、专车接送，租场地录了一周。

当时我在台湾清华大学客座，具体情况不得而知。后来遇到项目负责人，说是效果不太理想。

不理想是可以想见的。

因为有一段时间，有海内外学者访问梅娘时，只要抽得开身，我都会在场。从某种意义上说，这也是在做口述史。

比如，访问者往往开门见山："满洲国首都新京某报康德某年某月某日某版上署名某某的文章，是不是您写的？为什么用这个笔名？有什么寓意吗？写作动机是什么？"

就连我这个天天与史料打交道的所谓学者，在听了这一连串的数字和专用名词后，也反应不过来。这是需要专门查找的。更何况一位只能长年困守斗室，手头没有历史文献，可能对史料也没有兴趣的耄耋老人了。

本来是热情待客的，客人却要求主人当时、当面就把半个多世纪以前的细节一一交代清楚，主人无法满足客人，当然不会愉快。如果再与价值判断、历史问题这些曾经让一代知识精英九死一生的遭际勾连在一起，主人不困惑、不烦恼、不反感那才怪呢。人的大脑不是海量硬盘存储器。

这也是个别缺少设身处地视角的访问学者往往会觉得梅娘生硬、不配合的原因之一。

这种尴尬终于也轮到了我。

去年春暖花开的时候，有三四位作家、专业人员凑在一起，觉得梅娘年事已高，再不动手就晚了。决定以每月若干次的方式，一次一个主题，与梅娘座谈，为今后的梅娘传记类作品积累材料。都是太熟的亲友，梅娘虽一再不耐烦地表达着不愿意，还是围坐在那里。

我发现，原来我也不能免俗：我的问题大多也是时间、地点、署名、人物原型……一些让谁都难以在规定时间内回答的难题，当然，梅娘也在内——虽然大多是她的陈年往事。玄虚一点，这是考据学，是可遇不可求的。

谈了约十来次，我又发现，磕磕绊绊、剑拔弩张的"座谈"之后，总要再坐一会儿。这时，不知哪句话触动了梅娘，她会讲出一段我们从未听说过的故事，直到气喘力竭，不得不停下来，她还没有尽兴。而这插曲正是我没有听过，而且想听的。

看来。采用无为的闲聊方式，不希冀每次都有收获，或许反而会有意想不到的收获。"老年心理学"说了：人老了，会像孩子一样。

但，为时已晚……

正巧，素昧平生的中央广播电视大学出版社翟编辑约有关梅娘的书稿。

我权且把梅娘口述史放在一旁，选些梅娘回忆纪实类文字，以"梅娘谈往"为题搪塞。

现在，梅娘自传已永远没有可能了。

以梅娘的文笔和视界，谁也无法越俎代庖。这也是邢小群的"梅娘口述史"只有开头，没有结尾的原因。正如口述史学者丁东先生所言：她重视文学文采，我们要的是历史事实。本来，多年前的美学争论曾告诉我们：形象思维和逻辑思维是两股道。"道不同不相为谋"。

不过，梅娘传记值得期待。

记得在前年的《张爱玲私语录》读者见面会上，张爱玲研究专家止庵先生说，目前出版的张爱玲传记，基本没有什么价值。以后有要写的，也比较难。因为缺少材料，目前能看到的材料，不足以写一本张爱玲传记。

梅娘则不然，如我在另一篇文章的结尾部分说的：

不能不提的还有传记：至今还没有一部梅娘传。"迷一样的梅娘"——撰写经历如此丰富的梅娘传，肯定会面临诸多挑战，史实辨析就是其中之一。是挑战，同时也是梅娘研究突破的机遇。梅娘传也可类型多样：文学故事类传记、学术考据类传记、评判质疑类传记。不妨先易后难。

在梅娘逝世之际，仅以此薄薄的一册梅娘写往事的集子，略表纪念和哀悼。

也希望借此抛砖引玉，在不久的将来有梅娘传记类文艺作品和学术著作面世。

2013 年 5 月 13 日

101　我没看见过娘的笑脸

我很小失去了母亲，在后娘的手下养大的。最初，我并不知道娘并不是亲生的，我抱着小的纯贞的女儿心去和娘亲近，娘总是不爱理我，跟我说话的时候板着脸，生气的时候就骂，我没看见过娘的笑脸。

用怎样的字才能形容出我的小小的心灵包藏着的迷茫和悲哀呢，我不知道为什么我的妈妈总是那样冷言冷语地没有一丝笑意。夜来的时候，我坐在我家的大门石阶上，一点也不愿意回家去睡，等着不知什么时候才能回来的爸爸。爸爸特别喜欢我，可是爸爸忙得很。有时候坐到深夜，听着马车一辆辆地从身边走过去，爸爸仍然没有回来的时候，自己穿过黑暗得差不多有一条胡同那样长的院子，含着眼泪去睡觉。有的时候，坐在大门石上睡着了，被老妈子硬给喊醒了抱回家去。

中学时代的梅娘

有一个深秋的夜晚，在门口睡着了，恰巧被爸爸撞见，据爸爸说我蜷曲在石头上，仿佛一个小乞丐一样地睡着冷石头。爸爸抱我在怀里的时候，我高兴得流着眼泪。那一年我已经12岁了，身量长得很高，爸爸从石头上抱起我，一直抱着我走进屋去。第二天，所有家里的人都被爸爸责斥了。

后来，他们都留心我，恐怕我跑出去给他们惹祸，他们守着我，不让我一个人出门，我气得直哭，在他们那样假装着的爱护里，我十分不自在，那样反倒不如我一个人坐在大门石上好。

3

　　12 岁那年的夏季，进中学，我搬到学校里住宿去了。同学们大都比我大，在那些大姐姐的关心和爱护下，我的寒冷的小心灵苏醒过来，我知道了女人和女人之间的浓厚的感情，我的小脸上开始有了笑意。甚至礼拜日我都不愿意回家去。

　　在女孩子们的无邪的笑声里，我长大起来，带着蓬勃的青春，带着愉快的心绪。

原刊于北京《妇女杂志》1944 年 11 月 5 卷 11 期

102　花一样的篝火

　　我的家乡在长白山麓,过春节的时候,有燃烧篝火的习惯。大年夜,当室内摆上了祖宗神位,高燃起飞龙红烛,准备迎接祖先回家过年的时候,便在院当心架起一堆篝火。篝火的燃料,以松为最上品,也有用柏树的。用松枝作燃料的篝火,火势亮而不猛,可以持续很长的时间,而且香气四溢。不单院子里,连街门外都可以呼吸到松枝浓郁的香气。篝火的火焰像游龙一样矫捷地游动着,跳跃着,在院中各种物件上投射下可爱的杏黄色,隐约地照亮了春联上面的喜庆词句。照得母鸡在窝中发出愉快的咕噜声,晃得马圈中的小栗马打着响鼻。照得屋檐上的倒垂的根根冰柱闪着蓝光,晶莹得可以和碧空中的银星比美。

　　架篝火的人,一般都是由年长的老头儿担任。讲究火架子搭得好,燃烧之后可以逐步熄灭,最忌篝火半途塌倒。在我们家乡那样倚山而居的地方,年老的长者,常常也是最有经验的猎人。我家里,被我们亲切地唤作三爷爷的老头儿,就是曾经徒手与长白山中最凶猛的白脸熊斗过的勇士。大年夜,冬日的斜阳刚刚压山,我们就一遍又一遍地催促三爷爷架火。不仅要看那些权权桠桠的树枝怎样通过三爷爷的手变成"松塔"形的篝火,而且愿意谛听三爷爷构架时的一串喜庆言词。那词句并不固定,而是凭说的人即景创造,总的主旨是庆贺人旺财旺。三爷爷的那一串贺词里,揉合着故乡严峻但美丽的景观,描绘了老猎人朴素的欢欣,叙述了各种可爱的动物。为平凡的生活画上了传奇式的瑰丽色彩。

　　篝火架成了,玲珑得和松树上好看的松塔一模一样,只是比真实的松塔大上许多倍。"松塔"的底层,铺着一层棕红色的干松针,这是引火的火源。这层松针点燃后,随着蓝色的轻烟,金色的火焰便燃起来了。先是一星,两星,随后就像花瓣一样地四周展开。从"松塔"窗户一样的空隙中,伸展出金色的光舌,"松塔"变成了金光灿烂的宝塔，不仅光彩绚丽，温暖宜人，而且不断发出各种可爱的毕剥声，像一个轻音乐的合奏队一样，奏出了森林的密语。

我们那里，也和其他地方一样，孩子们在大年夜可以尽情地燃放鞭炮。这时，"松塔"似的篝火便成为我们的驻地，我们互相燃起炮竹模仿打仗，也把一束小钢鞭（炮竹名）扎在一起，丢到雪洞中去假装猎熊。也让"起花"（炮竹名）循着临时筑好的雪壕横飞，去熏想象中的狡猾的火狐。玩一阵，便在火旁暖一下冻僵的小手，这样，零下四十度的长白山麓的严寒，便和我们的欢乐一道，融解在美丽的篝火之中了。

如今，回忆深沉而亲切，保留着松枝的清香。我仿佛又看到了三爷爷拿着他当年不离身的火链，轻轻地点燃了松针，让金色的火焰随着淡蓝的树烟上升，照亮了闪着青光的冷雪。

原刊于上海《新民报·晚刊》1957 年 2 月 8 日

署名云凤

103 电在我的故乡

我的故乡吉林省长春县（后来成为满洲国的首都叫新京市，现今是吉林省首府的长春市），在我有记忆的 20 世纪 20 年代，电的街灯是有了，但那只不过是几条大马路，小的街，疏疏落落，点的是长方形有玻璃罩子的煤油灯。老百姓家，富裕的用煤油灯；日子过得俭省的拮据人家，用的还是老祖宗留下的竖着两三根灯草棍的油灯。记忆中，几乎所有的左邻右舍的大姑娘小媳妇，一到傍晚，便都有个不变的工作——擦灯罩。那个吹成球形的玻璃灯罩，一头是个出烟的短筒，一头是个嵌在油灯座上的小圆口，那口不大，只有女人们纤手才伸得进。劣质的煤油是不用说了，就是当时号称一等一的德士古煤油，燃烧起来，也会在灯罩的内壁，渍留下细细的煤烟灰。不伸进手去擦，就擦不掉。玻璃很薄，稍一不小心，就会把灯罩捅漏。我的同学因捅

位于长春铁北的日本人开办的"长春变电所"，后来改称"新京发变电所"

7

漏灯罩挨打挨骂的都有，灯罩很贵，因为不愿擦灯罩不做功课的也有。长春那地方，冬季很长，天黑得早，没有电灯做功课，是我们最大的苦恼。

当时的日租界，不但街上是电灯，人家用的也都是电灯。我们从老师的讲述里，知道那是中日战争后清政府划给日本人的租界地，租界地不归中国管。

好像是张学良挂起了青天白日旗的前后，市面上兴旺起来，小街上也出现了这样那样的商号。听爸爸说，人们要求政府建发电厂，政府没钱。人们又要求商会出面，从租界地的发电厂里拉出几条线来，先装上街灯。

为了这事，爸爸带上我去拜会王大爷，王大爷是裕昌源实业制粉公司的财东，和爸爸是老相识。王大爷的小女儿王文瑞是我在长春县立女子小学的同班同学。

那天晚上，爸爸和王大爷谈事，我和王文瑞玩偶人，那是几个哥萨克骑兵，是王家的老毛子（流亡的沙俄人）马夫从俄国带来送给王文瑞的，很稀有。我俩摆弄着偶人：出操、正步走、列队走，不小心把它们军帽上的军徽碰落，便端上煤油灯爬到地板上去找。我俯在灯罩上面的额发，被灯焰燎着冒出烟来，吓得王文瑞一劲儿地尖叫。大人们忙来抚慰我们，王大娘说："可得小心，若是燎着了眉毛，可就找不着婆家了！"王大爷也笑着说："为了姑娘们，也得早日用上电灯。"

这确实是件无奈的事，号称长春县首富的王家和我家，也用煤油灯照明，虽然我们两家都有自备的小发电机，她家用来磨面，我家用来锯木榨油，可那是在工厂里，据说是发电机的功率小，用的燃油又很贵。

商会筹钱拉线的事好像过了很久很久，我问王文瑞，她说："爸爸说了，日本人要价太高拉线不划算，还不如中国人自建一座电厂好。"于是，我们两个小女娃，竟为点电灯这样的民生大事唏嘘起来。不知道哪一天父辈们才能筹足款项建起电厂，让老百姓用上电灯，我们能在电灯下做功课。

一天，工厂打杂的王顺笑吟吟地走进家里，把一袋米撂在了厨师老高眼前，吩咐说："东家说了，就用这米焖饭，上上下下都吃。"

那仍然是袋高粱米，东北大地最适合生长高粱，几乎家家都吃高粱米饭，碾高粱的手段，也绝大多数是石磨，只碾去粗皮，没有碾掉的高粱内皮很涩，吃起来噎嗓子。作为德昌实业公司财东的爸爸，很早就有用电机舂高粱的想法，他说："必须用功率大的舂米机才行。"

王顺撂到厨房里的那袋米，是爸爸从日本引进了先进舂米机碾出来的新产品，高粱苦涩的内皮碾掉了，米粒的颜色不是暗红而是粉白，焖的饭，又香又经嚼。这得来不易的成果，是爸爸这般志士们不知费了多少周折，才建起来电厂，长春的百姓才用上了电，点上了电灯。

我小学的校长和老师吃了爸爸送去尝新的白高粱米后，那位头发斑白，拐着一双解放脚（曾经缠足），曾是长春有声望的进步女性之一的老校长，热泪盈眶，柔声地说："孙先生，你为东北子民做了件好事，这是文化啊！"

爸爸受了启发，便把这个新产品命名为文化米。

文化米在东北大地上不径而走，邻家的老光棍周爷爷，弥留前喝了两口文化米粥便心满意足的场景，极大地震撼了我那不谙世事的幼小心灵。我体味到了，那是他吃了一辈子涩高粱后的盛宴，是电带给他的恩物。

收入郑重等著《另一个太阳》，文汇出版社，2002年7月第1版

104 松花江的哺育

一

1936年夏季的一个星期天，我们几个十六七岁的女中学生，面临着高中的毕业考试，说是到清静的江南公园的江边舒散舒散，得到了舍监村田老师的同意，便相跟着出了校门。我们学校左侧有一条直达江边的幽径，很窄，曲曲弯弯，两边都是小户人家，没有院墙，家家都用祥子垛当墙（把小树一劈四半，作为烧柴，垒在一起，俗称祥子垛。祥子是当时吉林市的主要烧柴），垛就在自己的小区。这里十户有九户是卖祥子的，我们中年纪最长的徐婉是学生食堂的小经理，时常到这里来为食堂买祥子，买他们家家自产的鸭蛋，跟这里的居民很熟。使我们最满意的是幽径尽处王大爷家的木船，我们都以为那船是用天池的红松刨就的，通体似乎是根整木，红松那整齐的年轮随处可见，抚摸、依靠就像靠在妈妈的怀抱里一样，软中有硬，说不出的温厚舒适。而王大爷的老儿子小虎，就是神话中的哪吒，弄水使船，敏捷到了使我们眼花缭乱的程度。谁要是惹翻了他，木篙击水，准叫你冷水浇头，手法的准确，就像使的是喷枪似的。但他也最怕人家说软话。我们这些姑娘叽叽喳喳地几个小虎兄弟叫过，他便红着脸答应下我们一些分外的要求：什么渡我们到荒凉的沙滩上去看王八晒蛋啦，什么到水闸口去摸鱼啦，等等。

这天，我们急匆匆地穿过幽径，

萧军与萧红

吉林女师魁星楼光绪四十三年，1908 年 5 月 23 日，省城吉林建立"官立女子师范学校"，1931 年"九一八"事变后，改为"吉林省立吉林女子师范学校"。

直奔江边，为的是请小虎渡我们到上游去，避开一切关心我们的耳目，进行一项绝密的活动。

当时两只比较珍贵的红蓝铅笔过手，小虎便应承了我们。为了避开王大妈的干涉，我们按照小虎的指挥，伏在船体两侧，悄悄地推船离岸。到了小虎允许我们上船时，不仅鞋袜浸满了清冷的江水，连制服裙也湿到了膝盖以上，江上的清风一吹，暑气全消。我们索性脱却鞋袜，躺在船底，赤脚撑起濡湿的裙子迎风前进。我正自觉得有趣，却听小虎笑着嚷："怪事！怪事！没下雨就出'蘑菇'了。"我傻得很，真的去船帮上找蘑菇，心里还想：这船上生出的蘑菇才是真正的松蘑呢！徐婉一手按倒我，一手递给我一本看得已经黏乎乎的书，并示意我看看别人。我这才发现伙伴们躲在"裙子蘑菇"下，正在贪婪地看着书。那是萧军、萧红离开故乡之前，在哈尔滨创作的小说集，我们"舒散"的目的，就是读它。是徐婉通过秘密通道借来的。

我立刻浸沉到书中去了。高亢的使我振奋，压抑的使我沉思，而那描绘庶民苦难的又使我心酸。这是我们东北青年的心声，是萧军大哥哥、萧红大姐姐对我们的召唤。我忘记了船，忘记了风，只觉得松花江的清波托拥着我，那曾经托拥过萧军、萧红的清波。

江边天主教堂作晚祷的钟声响起来了，江上奔向三道码头的船只也多起来了，小虎催促着："回去！回去！"

是该回去了，也许严师加慈母的村田，我们背后叫她穆老太太的人，正在校门口守望着我们。她是切望把我们这些今日的淑女，按照日本人的典范培养成明日的贤妻的。她没有意识到我们并不重视她的标准，也许她明白但不说，我们师生之间有一道看不见的樊篱。

徐婉把"满洲国""康德皇帝"的《访日回銮训民诏书》捧在手里，似乎我们出去是为了背诵这篇圣典。我们知道，她是做给村田看的。

二

同学山口澄子的妈妈邀我和哥哥一道去她家过盂兰盆节，观看京都东山下的大字形篝火。直到节日的前一天，我还在犹疑，是去还是不去。我很清楚，澄子正在偷偷地爱着哥哥。哥哥强烈的民族自尊心不允许他接受澄子的爱。澄子是长女，哥哥不愿意以"满洲国留学生"的身份入赘日本世家。这在 1938 年高唱"日满一体"的当时是时髦又易办的事，而且哥哥前三天已经离开日本的事，我还没有向澄子说起。

山口妈妈是那种只知道奉献的人。丈夫辞世之后，她便把全部身心的体贴都给了两个女儿；她又是那种迷信天皇是天照大神的尘世使者，天皇是奉了神的指示，以日本的先进技术协助开发洪荒的满洲达到共同富裕的。这一切，我都无法和她争辩，我的知识远不够说服她的高度，而我的感情，又不愿意惹这位异国妈妈伤心，她太善良了，善良到不愿意承认还有坏心肠的人。

谁知，16 日的清早，澄子兴冲冲地来到公寓接我们。我只好谎说哥哥到他的好朋友增田家去了。澄子虽然仍在微笑，那掩藏不住的失望却使她的脸扭曲了。半响，她才说："令兄不在，真扫兴。不过我主要是为你来的，中国书店来了新书，我先陪你去买书，晚上再去看篝火。"

万万没想到：我在中国书店买到的新书，竟是来自抗战后方的萧军的《八月的乡村》。我迫不及待地读了起来。萧军对故乡那肥沃的黑土、对那受难的同胞、对那半觉醒的民族倾注的热情使我激动不已，我的心飞回了清澈的松花江，似乎又看见了江上那顺流而下的鹅黄的松花。书印得极其朴素，封面通体洁白，没有星点装饰；左上角是横排的红色的书名，作者的名字用的是近乎黑色的藏蓝色紧排在书名下边，出版的是生活、新知书店的店名，是印在书脊上的。

我不记得那天晚上我是怎样观看篝火的，任凭澄子拉着我，上坡、下坡、串小巷，走大街。身边是婀娜起舞的日本老百姓，

日本盂兰盆节盛况

日本的盂兰盆节在阳历八月十五日左右举行，期间，大部分日本人会返乡，家家设魂龛，点燃迎魂火和送魂火，祭奠祖先。在各种形式的盂兰盆广场舞会上，男女老少们身着夏季的和服，手持团扇，有的的地方还带上面具。他们先跪拜祖先，然后随着音乐围成圆圈起舞，以慰藉祖先的灵魂。节日接近尾声时，身着和服的日本女子把点燃的灯笼放入河川，通过漂向江海的灯笼寄托对先祖的思念。

眼前是辉煌的束束篝火，耳边是深远苍凉的安魂之曲。回荡在我心里的却是那《八月的乡村》。想着远行的哥哥，他步萧军的后尘，跳出满洲，到华北去了。我不知道他能不能像萧军那样顺利地找到自己向往的队列。

感谢被武威冲昏了头脑的日本军方，他们竟没有下令扯断这根和中国后方联系的文化纽带。感谢经营中国书籍的日本商人，他使我们这些一直和祖国隔绝的东北青年听到了祖国的呼声。感谢可爱的澄子好友，她为满足我对书籍的渴想提供了方便。中元祭奠祖先的鼓声撞击着我年轻的心，这是日本民族的招魂之鼓，这节日却源起于我的祖国。为什么我们两国要厮杀呢？我的好朋友澄子，我善良的山口妈妈，包括那从遥远的烽火后方运中国书来京都的日本经理，我确信，他们都不需要战争，我不知道战争怎样才能制止，在异国的夜空下，我的心困惑得战栗着。

1988 年 7 月 8 日

原刊梁山丁主编《萧军纪念集》，

春风文艺出版社，1990 年 10 月第 1 版.

105 长春忆旧

我虽不是生在长春，却从有记忆的那一天起，铭记的事物一概来自长春。我家住在名为西三道街的大道旁。这条大街东起大马路，西连通往郊区的木桥，宽阔笔直，是当时仅次于柏油路的路面，那正是张学良将军力图振兴东北之时修建的。街上可以说是百业兴旺：典当铺、绸布庄、米粮店、五金杂品店，等等，鳞次栉比，十分热闹。在靠近木桥的边上，还有一家整天燃着红彤彤炉火的铁匠铺，店面前竖着大木架，不时地拴有马匹为它们挂掌。

新京旺盛市街明信片

使我毕生不忘的是我家的左邻右舍。如果面南定位的话：左邻是由梵蒂冈派遣的法籍神父主持的天主教仁慈堂，与我家的大院仅有一架板墙相隔。右邻是沙俄的道胜银行长春支行，耸立着绿漆的圆铁屋顶。隔大街相望的是英国的卜内门洋碱公司，用的是十分精致的中国砖刻门面。胜家缝纫机公司则在明亮的大橱窗里放了一架比实物大得多的缝纫机样品。夹在卜内门与胜家两大公司之间的是个土著的贩马大店，黑漆大门上贴着门神秦琼的彩色像，院门右侧是座泥塑的财神像。像前的铁香炉里终日香烟缭绕。进大院的生意人，

15

面对神像有跪下叩头的，有鞠躬的，也有作揖的，那诚惶诚恐的样子十分滑稽可笑……

　　如此这般，我儿时的生活便同时汇入了神的、人的、东方的、西方的缤纷色彩。我曾从仁慈堂的法国嬷嬷学习圣经，从道胜银行留守的沙俄贵夫人学踏管风琴。我会伶伶俐俐地用长春土话从卜内门蓝眼睛的洋掌柜手里买回白生生还略带香气的碱块（这家大公司只作批发）。这种碱块去污快又不皴手，洗黑色衣裳不留白毛毛，我家上上下下的女人们都喜欢使用。我是为了显示我的"能耐"去干这件事的。那个蓝眼睛的洋掌柜说我的黑眼睛能看透灵魂，情愿白送碱块给我。我把一叠宽宽的官帖（吉林省官银号出的纸币）往他的红木柜台上一丢，用前襟兜起碱块扬长而走，心里却在骂："谁稀罕白拿洋鬼子的东西！"给他官帖，也是我的促狭：当时市面上最顶用的是袁大头（铸有袁世凯头像的银币），其次是中、交票（中国银行、交通银行发行的纸币），找零头才用官帖；我就是想让那洋掌柜对那一叠子的官贴不知咋样用才好。至于胜家的缝纫机，人们说那种针会飞，一眨眼

"满洲国"参议府
　　最初入住商埠地六马路的原吉长道尹公署，入住前这里是长春市政筹备处的所在地。3月末，溥仪迁由原主管盐政的吉黑榷运局改建的执政府内（1934年3月后才有临时帝官之称）。参议府是个议政机构，第一任议长张景惠。1937年后，该机构随国务院迁入顺天大街（新民大街）新址，即现吉林大学医学基础部所在处。

便能缝起一件长衫。

父亲却真的买回来一架胜家缝纫机，打开那漆得照人的机头套，按照中文说明，我三下五下便挂好上线、嵌进梭心、连上皮带，"哒哒"地踏了起来。自然这又是我的"神童"行为，姨娘们、姐姐们惊诧得张口结舌，这惊诧自然使我得意，震惊我的却是机器比人工强百倍的事实。

父亲计划开办一家铁工机器厂，为了带我散心，他骑马带我驶出木桥去察看一家情愿卖给他的地块。那是城西一个叫杏花村的小村，村前村后杏树错落，正开着繁花，一片云霞，我看得好开心，甚至哼起"春风得意马蹄疾"的诗句。猛回头，却见父亲双眉紧锁；我不解，父亲说这块地是不错．地势高盖厂房好，离电源又近，离城里也近，出货进料都方便。

"那就买嘛！"

"头道沟（日租界）金泰洋行的日本老板也想买，官家怕他们，咱们怕是买不成。"

2012 年 5 月梅娘回长春，右为女儿柳青

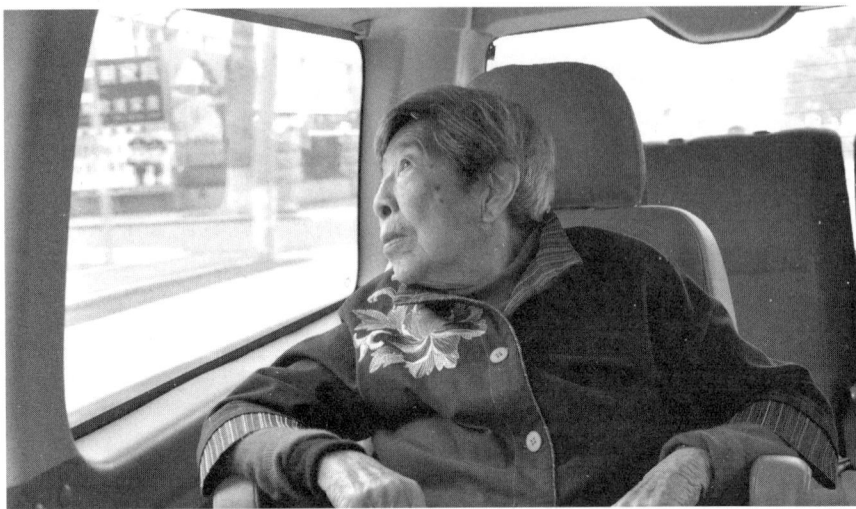

2012 年 5 月梅娘回到长春三道街

　　"九一八"粉碎了父亲实业救国的壮志，也结束了我无忧的童年。旧长春给我上了切切实实的一课，我以切身的感受明白了半封建半殖民地的社会相。

原刊于长春《吉林日报》1992 年 5 月 9 日

106 寒夜的一缕微光
——《小姐集》刊行 52 年，祭宋星五先生兼作选集后记

　　1937 年夏日，我的国文老师孙晓野先生，把我在高中时写的作文，推荐给长春益智书店的经理宋星五先生，希望把这一束表达了小女儿爱憎的文字作为习作出版。孙老师和宋经理素昧平生，慕名相访；而对我来说，那位至少可以被我称作叔叔的经理先生更是高不可攀，遑论出书？宋经理看过我的文稿之后，曾轻轻地说："难得的真诚，难得的清丽，这是又一篇《寄小读者》。"就这样，在"满洲国"康德皇帝颁发了《访日回銮训民诏书》的翌年，"日满一体"之说甚嚣尘上之际，两位中华民族的知识分子，顶着八方压力，以《小姐集》为探路石子，为我和我的同辈人开辟了一块可供我们呐喊的绿地。其后的几年内，益智书店相继刊行了一群青年文人写的关注人生、揭露丑恶的作品。

　　1941 年，我正就读日本，并沉浸在鲁迅先生的系列著作之中，为故乡为民族的前途忧心如焚之时，得知益智书店被查封，宋先生被捕入狱的恶讯。宋先生终于以他的"胆大妄为"被戴上了"满洲国政治犯"的"桂冠"。这个恶运的必然到来，无论是出书的宋先生还是写书的青年人都不意外。这消息是以记者身份短期访日的吴瑛带去的。那天晚上，我陪吴瑛去见识日本京都东山燃放的中元篝火。在奈良的但娣和在京都的田郎接待了我们。这日本民间一年一度为祖先招魂燃放的篝火，也燃在我们追思祖先、追思祖国的心里。我们杂在载歌载舞的异国庶民之间，听着时而激越时而苍凉的鼓声，说不出是种什么滋味。午夜过后，我们挤在但娣学校宿舍的小房间内，倾听着拂晓时传来的呦呦鹿鸣；但娣提议，让我们以书声来迎接未来吧！田郎便继续辅导我们学习尚未读完的日文版的列宁的《论国家与革命》。我们用异国的语言朗读着这无产阶级的经典。列宁精辟的论述向我们沸腾

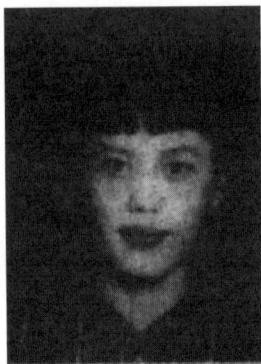

吴瑛小照

吴瑛生于 1915 年，卒于 1961 年，吉林市人。原名吴玉瑛，又名吴辙，笔名瑛子等。东北沦陷时期的重要作家之一，担任过伪满洲帝国报《大同报》记者、《满洲文艺》主编等。1939 年，她的小说集《两极》刊印之后，在东北文坛引起轰动，获得民间文艺赏。

的血液中注入下振奋与希望，再没有比建立一个共产党领导的国家更使我们向往的了。我们相约：一定在不同的岗位上为建设新中国而尽力；之后，我们从不同的渠道汇入了民主革命的洪流。尤其使我欣慰的是，前辈宋老先生也在新中国的阳光下，卸却了政治犯的枷锁，准备重建书屋。

"文革"中，来向我进行外调的人向我炫耀他们如何把宋星五这个"大文化汉奸"投狱，宋又怎样拒不承认罪行的情况，以便启发我来揭发宋的汉奸罪行。我记不得我是怎样回答提问又是怎样离开交代问题的派出所走回家中的。我跌坐在陋室的一角，真的是万念俱灰了。许多我不愿承认的事实都在残酷地向我展示，逼使我脱却了书生的甲壳，认真地审视起自己、体察起环境来。

很多智者都曾断言："历史不可能直线上升。"这已是生活证实了的真理。那些为促进历史前进奋斗却被历史的潮流淹没的人，一律化作历史再次上升的基石。我为化作基石的宋星五先生祈求冥福。

1986 年，沈阳春风文艺出版社为我和我的同辈人刊行了《长夜萤火》，选集收入了 8 名女作者的作品。8 人中除了悄吟（萧红）和刘莉（白朗）外（她俩在东北行文期间，还没有益智书店），都是益智书店扶植过的作者。当代作家陈放这样说及《长夜萤火》："面对这些女性灵魂的自我发现、寻找、挣扎、困惑、抗争、呐喊，血一样的吻和冰一样的柔情，我们仿佛听到了九天玄女和女娲从另一个世界

1941 年，梅娘和吴瑛在日本

送来的歌声……"这证实，我们呐喊的声音虽然微弱，可当代人听到了，这就足够了。最近，我又得到通知：吴瑛、但娣和我 40 年代的作品被选入了 1937—1949 年度新文学大系，这使我们欣慰。遗憾的是吴瑛过早地夭折了，幸存的但娣和我都已华发盖顶来日无多了。

原刊于《长春晚报》1992 年 1 月 21 日

107　纪念田琳

　　田琳临去的时刻，是她的老伴守在她身旁。我虽然没有亲眼见到这一场景；我却确信，田琳是微笑着离去的。因为，她终于获得了真正的爱情。

　　田琳的这位老伴，我还没有得到结识的机会。田琳的每次来信，都娓娓情深地叙述了他们的双栖生活。为了给我和蓝苓寄上一握新茶，田琳的这位如意郎竟跑遍了梅岭的茶庄，为的是选一种最清最香的新茶。田琳寄来的照片，总是两人相依相偎。一张照片，两人对着一摞稿纸在商谈着什么，十分传神，田琳似乎在叙说，老伴专注而听，那神色绝无半点烦意。这使我联想到自己。田琳晚年重听，一件事总爱喋喋起来没完。我一听她絮叨就发烦。我和田琳相交 50 年，我深愧，我对她的体贴与关怀，远远抵不上她这位只相交三年的老伴。

　　我们这一代从遥远的三十年代末跨过来的知识女性，正值政治、经济的大动荡时期，正值新旧矛盾大交锋大较量的时期，且不说政治上经受的狂风骤雨，在爱情上也是磨劫重重。当田琳有幸得到了跨出国门去日本留学的机会，对生长在北国边陲小城的她，真是福星高照，

田琳小照

　　田琳（1916—1989），笔名但娣、罗荔、晓希、安狄、田湘、山鹰等。黑龙江汤原人。1935 年毕业于黑龙江省女子师范学院。1937 年公费考入日本奈良女子高等师范学校。1942 年毕业返回东北，任职于开原女子高级中学。1943 年 12 月，因谋划离开"满洲国"被日本宪兵逮捕，判刑两年。1944 年秋，以监外执行身份任职于新京满洲映画协会编剧科。抗战胜利后，历任东北电影公司编剧、专业作家、编辑等职。著有小说诗歌散文合集《安荻和马华》（1944）。

再遂心也没有了。就在这学业开拓的同时，她陷入了又一个受践踏的低谷——她的初恋。

那是位翩翩佳公子，就读于日本名牌大学中的最名牌——京都帝国大学，学的是40年代炙手可热的经济专业。对我们这些女留学生来说：这位公子，那是名副其实的白马王子。田琳以她外在的娇小柔媚、内在的勤奋好学，赢得了公子的青睐，两人很快就出入相随，互相为伴了。这使得我们又羡慕又妒忌，抱怨老天不公，所有的福星都降临给田琳了。

一个骤雨阵阵的夏夜，田琳突然来到了我的住处，她失魂落魄，样子伤心已极。女高师那黑裙白衫的校服紧紧地贴在身上，短发滴着水，额头上的细血管，蚯蚓似的凸出来。显然，她已经在雨中滞留了很久，我完完全全被她的样子吓傻了。

原来那位公子占有了她，还得意地哂笑她的幼稚，并把他家乡的夫人和迷恋他的日本女招待的照片显示给田琳看。原来，公子秉承着历史中男性的特殊地位在戏弄田琳。这位佳公子利用了田琳对初恋的痴情，利用了日本对男人宽松的环境，践踏着神圣的爱情。他告诫田琳，如要张扬，田琳就会被高师开除，且勒令回国。

时代毕竟已进入了40年代，男人恣意横行的封建规范已是强弩之末；而田琳，毕竟是接受了新思想的时代女性，她冲决了束缚自己

奈良女子高等师范学校

奈良女子高等师范学校创办于1908年。该校和东边的御茶水女子大学被称作"日本女子大学双璧"。1949年，奈良女子高等师范学校改制制奈良女子大学。

的思想禁锢，向公子还击了。那位伪君子为了不在他"品学兼优"的前程上抹黑，不得不收敛了魔掌。物换星移，专攻历史的田琳，吸取了历史的教训，终于从自己的历史误区中冲了出来，投身于人类解放的大事业中，笔下，流泻出一篇又一篇鞭挞丑恶的作品。

人，毕竟是双栖的动物，和谐的、互补优缺的男女二重唱，是生理、心理的需要，是社会的必然。田琳在双鬓霜染、双耳重听的生理年龄之时，以葆有蓬勃生机的心理年龄，毅然决定抛下家乡熟悉的一切远嫁南国。这使我震动于她的勇气，又不禁联想到那个凄风苦雨的夏夜……

田琳晚年撰写着回忆录。她说，要在爱情的折射中写出时代的印迹。我相信，她一定比以往写得更好，因为她明白了生活的真谛。

原刊于黑龙江省文学学会《文学信息》1992 年 8 月 31 日第 89 期

108 我与日本

说起我与日本，真是千丝万缕，恩怨相叠。从我不懂事的时候起，每过农历新年，我总会有件大红的细绒线衫穿。那红彤彤、软绵绵的衫子装在一个长方形的白色盒子内，捆着特制的红白两色的丝带，上面写着"娘样"，这是专门给我的礼物。我的学伴牵着我的衫襟，摸了又摸，摸了又摸，得出一致的结论："这衫子不但暖和，还比棉衣好看。"娘那些贵胄夫人的女伴，对我的红衫子更是啧啧地赞不绝口。不过，我很早就暗暗地明白了，她们赞的不是衫子，赞的是显赫一时的父亲，说的是："你家二爷真能干，连日本人都对他上心。"

稍稍大了之后，我知道开在长春车站广场上的金泰洋行，地基是父亲帮助买的，那楼也是父亲帮助筹划盖的。买时，长春只不过是南满铁路的一个二等车站。随着火车的启动，长春县兴旺起来，地价年年上涨，金泰洋行的生意也越做越红火，我家总是有各色洋货由金泰送上门来，所有货品都只收出厂价。父亲说："这金泰的老板是个真正的买卖人，不忘旧。"如此，我便打扮得俨然日本的贵胄小姐，常常被老师、同学侧目相看。这种有异于一般的感觉，使我很是尴尬，甚至一看见那矮矮的老板亲自带着店员送货进家的时候，便在心里暗骂："就你们日本人会做买卖，把我们的钱都挣去了！"

是这个精于商贾的日本老板，在我们那还处于农耕意识的环境内，给我上了商业的第一课。

那位与父亲在神案前三跪九拜结为生死之交的木村叔叔，是我少年时最佩服的人物之一，他是满铁东方研究所的成员，讲一口地道的长春方言。他在去长白山腹地考察的时候（扮作收购珍贵兽皮的中国商人），被当时吉林省境内威名赫赫的女土匪驼龙所掳。是父亲想方设法救了他出来，他就暂住在我家里养伤。这个受过高等教育的地质学家，十分相信长白山的草药，他全身都是驼龙用鸦片烟枪烫伤的溃疡。他只许孩子们称他穆叔。他讲起长白山的黑熊，长白山的野猪，讲得十分惊险有趣。他给我辅导地理课，不要说东北、华北、中国甚至是太平洋、大洋洲，不用看地图，三笔两笔便能简捷地画出那儿的地形地貌来。我常常摇撼着他的胳臂，问他是不是真的是日本人，他说，他投错了胎，没投到孙氏门中来。

就是这位穆叔，在日本全面占领东北之后，不畏杀身之祸，暗地里协助父亲和七叔张鸿鹄从日本买了军火，支援进山抗日的马占山。

我去日本上学以后，曾小住穆叔那广岛祖遗的农家小屋。穆叔不知被军方政府派到什么地方为他的祖国效劳去了，独子尚志哥哥也已应征入伍，静子婶婶背负着双重离愁也仍然体贴地接待了我。每当黄昏，婶婶把穆叔最喜爱的八重樱（这种樱花开的时间最长）插在穆叔照片前的花瓶里时，婶婶那沉重的忧思捶打着我的心，我甚至恐惧地联想到穆叔又是被无从抗拒的野蛮力量掳了去，折磨得遍体鳞伤。婶婶那妻与母的无垠情绪，向我昭示着战争的残酷，它不仅祸害了我的故土，也无情地吞噬了日本善良的百姓。

1942 年，太平洋战争遽起之后，我们回到了作为华北政权首府的北京，是应丈夫的好友龟谷利一的邀请，到北京帮他办杂志社的。日本军方把这个曾由军管宣扬圣战的杂志社交给龟谷，希望能办成一个缓和中国读者情绪的民间社团。这个文学气息浓郁的日本青年龟谷，向往把作为社团法人的杂志社办成扫却战争阴霾、宣扬人之常情、化解中日仇结的真正的杂志社。在我先生柳龙光的主持下，杂志社出刊的杂志报刊以求知、消闲、探求生活情趣的软目标为主旨，在那中国老百姓以仇恨的眼神无声地凝视驰马横刀的日本巡逻兵的氛围内，杂志社赢得了读者，不仅经济能够自给，且有盈余。龟谷沾沾自喜，以为他真正为日中友好贡献了力量。

就在此时，我以激动的心情翻译了日本名作家石川达三的长篇巨著《母系家族》。讲述了身受地主蹂躏的母亲、身受资产大亨始乱终弃的女儿的故事，以及女儿的女儿为解脱自身苦难所做的诸种尝试。这和我周边女人们的凄惨岁月何其相似。不同地域的我们，正以相同的心态探求着妇女的幸福之路。《母系家族》在《妇女》杂志连载后，我收到很多读者的热情来信，对书中的女主人公寄予以了理解与同情。

龟谷的沾沾自喜，瞬间便被操刀者的手捏得粉碎，他以志士的胸怀承担了对"大东亚共荣共存"宣传不力的所有罪由被送回了日本。杂志社交由积极为战争效劳的华北政务委员会情报局接管。这本意料中的事，来自战争叫嚣更其猛烈的特定时期，完全顺理成章，龟谷以自身的血肉之躯荫庇了柳及其他杂志社的重要成员。这是个正人君子，我只怕龟谷和我的穆叔一样，从此便杳如黄鹤，没入云烟，只余青冥九天了。

在这样艰难的时刻，柳却为一桩喜事遮掩不住兴奋之情。他在早稻田大学上学时的一位棋友（当时是日本驻华北占领军的军法处法官）竹内义雄，在两人对弈之余，告诉柳可以结交一位文学青年，这需要办法更需要侠肝义胆。竹内所说的文学青年，就是 20 世纪 70 年代末80 年代初名噪神州的电影《归心似箭》的剧作家李克异。李是西直门车站爆炸案所逮捕的嫌疑犯之一。日本军方认定那起爆炸是"土八路"搞的，抓了很多人。交由竹内审询，经过唇枪舌剑的交锋，竹内欣赏起李克异那一往无前的精神和那优秀的文学素养来，不愿意残害这样一个人类菁华。几经周折，竹内以被牵连的无辜者为李定案。柳以三家殷实商店作连环铺保，李则用被铅笔钻（审讯用的一种刑具）钻得裸露白骨的细手指写下"不写抗日文章"的诺言，用这几件法宝，护着李克异出了军法处的鬼门关。

当然，那样的非常时期，这出悲喜剧不可能以皆大欢喜收场。以探亲为名去了东北故居的我和柳，得到确信，竹内身为反战同盟成员的底细暴露，被押送回日本本土，这位身殉人类和平的志士怕也没入云烟，融入青冥九天了。

李克异则以巧妙的掩护，迳去八路军投诚，结束了在华北的流浪岁月。从容地写下了长篇巨著《历史的回声》。

柳因为海难辞世，躲过了这些说不清的历史纠葛，陷进去的是我，人家硬说柳并没有死于海难而是去台湾做了国民党的特工，我从小穿过日本衣裳，又有誓共生死的日本父辈，有众多的日本好友，可以判定是货真价实的日本特工。与匿藏在台湾的柳遥相呼应，谋划做出对不起人民的事。

1941 年，梅娘在日本（右一）

青空悠悠，时序裊裊，强敌压顶时我敢于按着良知行事，可以说已经炼就了泰山崩于前而不惊的坦荡。我只执著于人类的共同愿望，那就是理解、和谐、前进。我那归天的日本父辈，我那可能仍然健在的我的日本同学，肯定会同意我的自我总结。无尽的遗憾是，静子姊姊随着美军在广岛升起的蘑菇云，乘着她的农家小屋飞入九天，我只盼望她会见了穆叔，也许还有被我称作哥哥的尚志。

1995 年 1 月作

原刊于日本《民主中国》1995 年第 3 期

109　我的青少年时期（1920—1938）

　　编者按：这篇文章本是梅娘有待修改的初稿。后吉林省《蓼花》杂志主编上官缨先生从梅娘手中拿走手稿后，便交给长春的《作家》杂志发表了，梅娘后来说，该文存在一些问题，未及推敲。比如，当时为了叙述的方便，"后娘"这一人物形象采用了小说手法，没有按回忆录的方式来写。

俱往矣

　　如果从"家"来叙说我自己的话，可以说：家教育我认识了一个严酷的事实。那就是：尽管物质是生活的基础，物质所给予人的，却不完全是欢乐。这个清醒的认识，定下了我一生的基调。

我的青少年时期

　　我父亲是个贫农的儿子，由他父亲，用肩膀把他担到了长春，从地薄人稠的山东省的招远县担到了塞外吉林省的长春县。

　　19 世纪末叶的长春，被认为是关内移民者的天堂。据说那辽阔的黑油油的大地，几乎没有人耕种。哪怕是在城边子上开出一小块地来种甜瓜，一季就能赚下一年的吃喝。运气好的，碰上卖洋碱的洋人，一担甜瓜就能卖上一百吊的官帖（吉林省政府官银发行的地方纸币），一百吊官帖是十斗高粱的官价。这不是洋人缺心眼，是他们不认识官帖上图画一样的汉字。若是会酿酒，那就更好了，一锡壶烧酒能跟老毛子（俄罗斯人）换一张羌帖（沙俄银行在东北使用的纸币），而一张羌帖能买一件白板羊皮大氅，等等。这些有根有据的传闻，吸引了一批又一批被天灾人祸折磨得奄奄一息的关内子民。爷爷也只是有个远亲在长春城郊范家屯种瓜种菜，他认定人挪活、树挪死的朴素哲理，便毅然带领全家跋山涉水，徒步走到长春，投亲靠友开掘生路来了。

到我有记忆的时候，爷爷种瓜糊口的事早就没人提了，不仅是因为爷爷和奶奶已经过世，两个长姑姑又已远嫁，更重要的是：由于父亲的弃农经商，我家已经告别了祖祖辈辈赖以生存的土地，成了城里人。父亲的发家史，是我家的至爱亲朋邻里乡亲、甚至更大范围内的神话。

父亲 12 岁上到英商卜内门洋碱公司做小使，从而学会了英语。之后又到沙俄的道胜银行和日本的正金银行去做跑外，以惊人的聪敏和毅力掌握了俄语和日语。正因为他的这种特殊才能，被当时长春境内最大的大官——中华民国驻长春的镇守使看中了，选他作了女婿。20 世纪初叶的长春，英、俄帝国主义者，加上后来取代沙俄的日本人，在政治、经济上明争暗斗，呼风唤雨，逼得外祖父渴求一个通晓洋话的人守在身边，以便应付错综纷纭的各种情况。他不顾娇女的反对，硬是把这个来自泥土的年轻人招为驸马。这个际遇，对父亲来说，是个双面开刃的刀，利弊参半。在父亲醉心振兴实业的事业中，外祖父为他提供了政治的、经济的双重方便；在个人生活中，父亲套上的却是副难以拆卸的枷锁。他和他的夫人——我们子辈尊称为娘的掌家太太，在性格上、兴趣上完全对立，真可以说是南辕北辙，怎么也走不到一条路上来。这是个悲剧婚姻，不幸的是，我恰恰是父亲悲剧婚姻的副产品。

我童年生活的家，在长春县城里的西三道街，那是个有着上马石、下马磴的敞亮大门。这上马石和下马石是娘的陪嫁，是昭示娘那三品封疆大吏的世家的。这个不仅漆得亮光闪闪而且被经常擦得一尘不染的敞亮大门，和街东头英商卜内门洋碱公司的精致砖刻的铺面房、街西头沙俄道胜银行绿铁的圆屋顶、雕花的铁栅栏门，等距离排开，使得西三道街这条大街别具一番姿态。如果用现代语言来描述的话，也许可以这样象征性地说：在英、俄帝国主义者的围困中，中国的民族资本家正企图穿越夹缝，冲出包围。

据小姑姑说：我是生在海参崴的，是父亲在中东铁路做货运主任时的一段往事。

父亲因为公事的需要，时常在海参崴逗留，因而结识了我的生母。两人情投意合，同居了两年。父亲和他的金兰之友为了筹建奉天（沈阳）到海龙、海龙到梅河口的奉海、海梅两条铁路——这是张作霖为了冲出南满路对吉林腹地运送粮食而提出修建的。奉海、海梅联结，在吉长铁路（吉林到长春，为当时东北少有的国有铁路之一）的梅河口站搭线，从长春到沈阳便可以躲开南满路，不受日本人的气，走自己的运输线了。为了奔走这项伟业，父亲辞去了中东铁路的差事，把我和生母带回长春。他原本是打算把我和生母安顿在四平街的。由于四洮铁路的兴建，四平街这个联系内蒙的边陲小镇已成了交通枢纽之一，呈现了不可遏止的发展态势。就在在四平街为生母营造的住房装修之时、在父亲忙于两路的营建，奔波于沈阳、长春、吉林、梅河口之间的时空当儿，被娘钻了空子，用极其隐蔽、阴险的办法逼走了我的生母。这件事，在我们家族之间，是个公开的秘密，只有在娘面前，没人敢提而已。娘只准家丁人等说我是娘亲生的娇闺女。她用这话骗我也骗她自己。骗我是为了叫我相信她，亲她，从而取得父亲对她的谅解；骗她自己，很可能是出自一种赎罪的心理，因为人们传说我的生母已经自戕，她很看重冤魂索命这种命运报应，为此一直不能安顿。正如俗话所说：我是娘胎带来的苦命，该受磨难。

这个暗里明里的生命之谜，使我常常睡不安枕。我情愿我就是娘的亲生的娇闺女，可是我从未体会到她对我的慈母之爱。这个困扰我小小心灵的难题，是娘一下子给予了再明确不过的答案。事情是因为我亵渎了狐仙引起的。当时，广袤的东北大地上，狐狸成仙得道的故事很多很多，娘十分相信这个。她认为：父亲那迅速膨胀起来的家资，不单单是因为父亲际会风云、长袖善舞，而是因为父亲小时候在山里挖过狐狸窝，没伤害狐狸小崽，那小崽如今前来报恩，帮助父亲运载财富的。她命令在我家那巍峨的连脊大瓦房西侧，修筑了一间狐仙堂。狐仙堂比东西配房略矮，却装饰着和正房一样的画栋和绚丽的藻井。

前脸涂着寺庙正门的黄色，朱红的雕花窗棂没有糊纸，狐仙是不怕冷的。这殿堂不许孩子们进去，娘每日前往拈香。当檀香那沉厚的香气随着霭霭的暮色飘进晚课的书房时，我总是抑制不住想去探探狐仙殿堂的好奇心。一天晚上，趁督促我们练字的老先生没注意，我悄悄地溜进了狐仙堂。

1910 年的海参崴

原来狐仙跟戏台上的番王和王妃一样，胡三太爷带着有翎尾的头盔，胡三太奶戴着凤冠，原来是一双戏子，我索然了。忽然发现那一双狐仙不是坐着，而是蹲踞在宝座似的洞穴上面，洞穴里垂下一双又粗又大的尾巴，想看看这尾巴到底有多长，我绕到宝座后面，却不小心踩烂了泥塑的长尾巴尖……

当然，娘是非同小可地震怒了，她一反平日惩治人的惯例，亲手拿了她从外祖父家里带来的打人软鞭，那是条用蛇皮编就的花纹斑驳的鞭子，向幼小的我凌空劈将下来；我只觉得脊背冻凝，从肩腰窜下一条冻蛇，上身像砸了根冰杵，旋即火焰灼过一样的炙痛起来。我吓昏了，却忘却了哭，因为我看见娘眼中的仇光，那不是请神赦罪的惩罚，而是泄恨，倾泻由忌妒转化的越积越烈的仇恨。我确确实实地明白了，这绝不是亲娘的眼神。绝对不是。不过，从总体来说，这一打也未必不是好事，使我过早的，以切肤之痛体会了"家"这个温馨的界定也可以有不可告人的悲惨内涵。

娘用层层丝绸捆缚着我，我成了她生活中一个用以炫耀的物件。每当她命令我穿上华贵的衣衫，在她环佩叮咚的女友面前出现时，我便脊背发麻，四肢冰冷。这种亮相，一切鞠躬、请安、献茶、递烟，必须按着娘的教导进行，差一点便会被责骂失却了大家风范。我一直强烈地感觉到，自己不过是个偶人，是和大客厅里日本朋友送给父亲的、穿绫挂缎、面带拘谨微笑的偶人一模一样。别人家的女孩穿上花衣裳便美滋滋笑着的样子使我不能理解，我从来不知道穿新衣裳有什么快乐。

父亲十分钟爱我，真个是掌上明珠，只要他在家，我便尾巴一样地缀在他身后，寸步不离。他在中国的日本妓馆里宴请宾客，或者他们在哪个私娼家里推牌九、打麻将，也带着我，我很多很多模糊的记忆，都是在天杠、地杠、闭十、么六的骰子吆喝声中留下的。这使我很小就有机会接触了光怪陆离的大千世界，很小就不喜欢那灯红酒绿的生活。不过，父亲从不饮过量的酒，当那些喝醉了酒的绅士们东倒西歪，在女人们的搀扶下出洋相时，父亲那清醒的熠熠闪光的眼睛深深地铭刻在我的记忆之中，在这种时刻，他抱起瞌睡得迷迷糊糊的我，走向等候我们的车子，在我身边轻轻地说："好闺女，咱们回家睡觉去！"我记得很清楚。他从来不在那些地方过夜，带着我，也许正是一个最最正当的回家理由吧！

父亲不在家的时候，一过傍晚，我便焦急不安，常常在奶妈的掩护下，偷偷绕过娘那笑语纷然的小客厅，溜到大门口去接他。却是十次有九次等空，冻得全身冰冷、噙着失望的眼泪，不舍地望着伴着我们闪亮的小星悄悄地溜回卧室，悄悄睡下。

我总觉得，父亲是连母爱也一并给予了我。只要他在家，他便叫我穿上他从哈尔滨秋林洋行买回来的西式衣裳，穿上白色、褐色的半高筒皮靴在他铺有虎皮的座椅前后，嬉笑奔跑，揪虎头上翘起的虎须。他也常常带我驾上只有两个大轮子的轻便马车，在长春城郊的土路上驰骋。他把马缰递在我手里，任凭我自由驾驭。本来我家那辆从法国买来的郊游车已经是当时长春市的奇特物件了，再加上一个穿着洋衣裳小姑娘大声喝马。所过之处，总是引起过路人驻足而观。父亲很可能很中意他这突出习俗的举动（当时，一般的女孩子不允许这样疯玩）。

也许，他是有意识的，他就是要他的娇女像男人一样，敢于独立，敢于自己掌握走向。这成了我终生难忘的往事，父亲把他那勇于向前的精神素质传给了我，这是他给我的最最珍贵的东西。父亲给我影响最深的还有一点：是他经历大难时的从容与镇静。是张作霖和郭松龄内战的那次，父亲提供给郭松龄的几火车原木，在什么地方被张的军队（也有人说是日本人）给放火烧了。那是一笔很大很大的财产。娘为此恨天怨地失声痛哭，家丁人等也不敢稍有响动，全家沉浸在肃杀氛围之中。父亲呆在他自己的房间里，要我和他一块码字块拼字玩。这是贴有彩画的注音字母ㄅㄆㄧㄈ字块（父亲和我常常一起拼字玩），那次，他要求我拼的是什么字，已经忘了，只记得第一次没拼对，第二次又没拼对，我有些慌惑，正待推开字块时，父亲安安静静地说："好闺女，别着急，再来！再来！"在我多难的一生当中，父亲这鼓

奉海铁路奉天总站（现为沈阳东站）

东北奉海铁路是中国东北第一条由中国官商自主合办的铁路，打破了东北铁路建设由沙皇俄国和日本垄断的格局。奉海铁路自奉天省城大北边门外的毛均屯起，向东北延伸，经抚顺、营盘、八家子、北三城子等地至海龙——今吉林省境内，长236公里。1925年7月开工，1927年9月竣工。又于12月延长至朝阳镇，长16公里。此外，还修建自梅河口至西安——今辽源支线，长66公里。1929年4月随着省城改名沈阳而改称沈海铁路。

舞斗志的"再来！再来！"的勉励，总是伴着袭来的灾祸出现，使我平添了度过艰难的精神力量。

我只用了断断续续的三年时间，便读完了初小四年、高小二两年的全部课程。十岁那年，以优异的成绩在长春县立女子高等小学毕了业。这并不是由于我的绝顶聪明（这是父亲给我的评语。娘说我的生母是狐狸精，狐狸精有两个心眼，我是小狐狸精便有四个心眼），而是因为父亲为我们子辈准备了良好的学习条件。我从四岁开始，便随着伯伯房中的哥哥姐姐们在家里念书。父亲为我们延请了三位老师，一位是清朝遗留下来的拔贡秀才，教我们读经写字；一位老教员，教我们数学；还有一位沙俄老太太，教我们英文。那老太太十分古怪，一年到头穿着黑衣裳，她的丈夫是道胜银行的高级职员，死在任上，她便守在和丈夫同住过的屋子里，不肯离开长春回归故国。她的英文讲得很顺口，没有怪腔。当然教我们这些学启蒙英文的孩子绰绰有余。她很喜欢我，送给我俄罗斯的民间画集，用磕磕绊绊的长春方言给我讲宝石花、三头凶龙的故事，那些在异国的土地上拼力战胜丑恶的英雄、美女们使我心神向往之，异国的老妈妈，在我幼小的心灵中，播下了追求真善美的种苗。

1930年的长春，只有一所教会办的萃文女子中学，教学水平与长春县立男中相比稍有逊色。据说国文和英文教得还不错。可是，这两门功课我在家里就可以读好。因此，一开始，父亲就打消了让我就地深造的念头。当时，有两个城市可供选择，一是哈尔滨、一是吉林。哈尔滨的女子一中女子二中都学俄文。父亲认定未来的时代里，英文比俄文有用，他不愿意我去学俄文，那就只有到吉林去了。父亲当时

20 世纪 40 年代初期的梅娘

还是吉海路的董事，常有公事到吉林去，照顾我也很方便。他的一些北伐后过来的吉林省议员朋友也劝他送我到吉林就学。据这些新派的官员们讲：省女中办得不错，校长是随着北伐军过来的革命志士，老师中的绝大多数是来自上海和北平毕业的大学生，教材用的是中华书局出版的最新课本。省内各县的仕女云集那里，是省内拔尖的女学校。只是一点对我不利，省女中随着关内的教学习惯是秋季始业，而我们长春的县立女子高小是春季始业，要去省女中便需等上半年。

父亲鼓励我去考初中一年级的插班生。他认为：我的国文和英文都不成问题，算术突击一下四则题也可以应付。他估计，这一个学期的台阶，我有能力一步迈将过去。

父亲是我心目中的圣人，我遵从他的决定，虽然心里不无忐忑。我理解，能够早一天去吉林住校读书，对我、对父亲都是好事。我已经一天天长大了，父亲不便把我再带来带去。放在家里，他总担心他不在家的时候，娘会变着方法折磨我。娘那容不得对她稍有违拗的小心眼，已经把对我生母的妒忌转化为对我的仇恨了。这一点，父亲从来没说破过，我却用我的"四个心眼"体会到了。

我很顺利地通过了插班考试，国文和英文的成绩都不错，算术也及格。我那洋洋五百字的《论振兴女权之好处》的作文，是我自己命题自由发挥的。这很使老师们惊讶，他们难以相信这么个小女孩却有这么多的时尚思想。其实，我只不过是在父亲的逼迫下，读了两本梁启超的《饮冰室文集》，从中掠得了民主思潮的鳞爪，又从我敬佩的《秋瑾传》中得到了一些启发而已。最主要的还是由于父亲开明思想的熏陶。父亲一直告诫我，一定要学好立身的本领，做一个在社会上站得住的人，不要依附男人、仰赖男人吃饭。

女中的生活使我快乐无比，这个由北伐志士主持的女校，朝气蓬勃生机一片，学生们个个扬眉吐气，几乎看不见一个俯首低眉的弱女子来。每天清晨，当国旗在操场的上空升起，我们唱起"白山黑水、女权肇始、我校凤清芬……"的校歌时，一种庄严、深沉的感情常常使得我热泪盈眶。我们的各科老师都很称职。特别是教我们国文科的王春沐老师，更使我佩服得无以复加。他为我们朗诵闻一多的诗、落华生的散文，详细分析了冰心的《寄小读者》的优点，要我们背诵《繁星》那清丽优美的诗句。他指引我们用白话文写作文，记日记。我迅速扔掉了那已经运用自如的之乎者也等虚词陈调，开始使用呢、呀、啦、吗。一经按口语语序记下自己的思想感受，我觉得笔如春潮，总有涌不尽的浪花。王老师为我上了新文学的启蒙课。

1931年暑假开学，为了迎接新同学入学，学生会组织了文艺晚会，高中的同学演出了易卜生的名作《娜拉》，这使我联想到我那杳如黄鹤的生母，因此记得很牢，另外还演了些什么已经忘了。但晚会那炽热的气氛，却长久、长久地在我心头荡漾。娜拉带领我，开始阅读起西方文学作品来。雪莱、拜伦、罗曼·罗兰……这些西方的文学大师，开拓了我的眼界。高尔基的《母亲》还曾诱使我思索起什么是革命人生的艰涩话题。

暑假开学不久，就是"九一八"了。18日当天，校长就从省党部得到了日帝全面出兵沈阳的消息。他立即下令停课，要求走读的同学回家暂等，把住校学生全部安置在教学楼地下的大锅炉房里，由年轻的老师组成护校队保护学生。19日，我们在提心吊胆中度过，20日白天仍然十分平静，傍晚开始听见了零星的枪声，随着夜色的加浓，枪炮声越来越密。很多同学吓得哭起来。舍监徐老师劝了这个抚慰了那个，哭的人却越来越多，闹的徐老师手足无措。这时，校长来到我们中间，为大家讲起女娲补天的故事，这个古老的传说，他讲得如此生动、如此壮美，同学们逐渐安静下来，忘掉了外面的战争，沉浸在校长讲述的无畏的精神世界里。当时，我是住校生中年纪最小的一个。徐老师用她那大红细绒围巾裹着我，无限温暖充溢着我的身心，我心静神驰，安谧得甚至萌生了睡意。21日清晨，枪炮声完全停止了，校长要困坐了一夜的我们到操场去活动活动，换换空气。他带头离开地下室，却在教学楼的拐角处愣住了，像被钉子钉住了一样地僵立在那里。

面对我们的教学楼，隔墙是吉林省国民党省党部，一个撼心夺目的场景正在出现，那面一向飘扬在省党部楼上的青天白日满地红的旗子正在降落、降落、降落。

校长那陡然僵立的姿态，那如注的目光，几十年来总是鲜明地出现在我的记忆之中。当时，我立刻念出了王老师要我们背诵过的闻一多先生的诗句："我爱一幅国旗在风中招展……"我觉得我立刻长大了，懂得了什么是同胞，什么是国难，历史书上昭示给我的史实，变得活生生地在我眼前凸现出来。只一夜之间，吉林市便被日军接管了。

市面很安静，有的店家照常营业，只是走读的同学没人到校里来，住校生一个一个被家里接走，我也被父亲派人接回了长春。长春和吉林一样，也是一夜之间换上日帝做了主人。

家里的日子使我如处笼中，从省女中获得的新知识，熔岩一样埋藏在我小小的躯体之中，我已经长大了，明白该怎样生活。我表面温顺，为的是免招娘生气，心里却像着了火一样焦灼难耐，恨不得插翅飞回学校去。教我们英文的沙俄老太太辞馆不作，我失去了异国的恩师，娘不准我到道胜银行那大鼻子的住处去看她。对娘来说，一切受雇于我家的人都是她的臣属，我没必要屈尊去看什么老师，何况她又是洋人。没能跟老师话别，这成了我一生的憾事，使得我进书房都失掉了兴趣。父亲安慰我，要趁这个空当儿好好学学史记，他请老先生讲给我听，且不要求我背，只要领会神髓就行，他说那书里包含着为人处世的道理。父亲就这样培养我，没有要我去读姐姐们读过的烈女传、女儿经。我同时请数学老师教我初中二年要学的代数课，我要为回校准备条件。

无论是代数课还是史记课，都填不满我求知的深坑。我到处搜罗书看。父亲这个新生的资本家还没顾得上系统地充填他的书橱。我家原有的藏书，不过是正统的经、书，等等，另外的一些，是父亲为了他个人消遣购买的时新小说，如福尔摩斯侦探案、大盗亚森罗平，等等。坐落在长春四马路的一家专营天津、上海出版书籍的书店，每逢有新书来，便遣店员将书送到我家里供我们挑选。买哪些不买哪些，原来是我们的国文老师做主。我一回到家里，便由我做主。我买了林琴南的整套翻译小说，买了过去老先生不敢做主买的《红楼梦》、《西厢记》，买了木刻版的部分元曲。这些由汉字结构的社会世相，使我接触了古人，使我懂得了什么叫历史，我沉醉在古汉语那深邃幽美的描述意境之中，为祖国文字表达能力的高超而赞叹不已。

塞外的秋天是十分短促的，刚过了中秋便降下了初雪。省女中已经正式复课了。但父亲没让我即时返回学校，他要求我稍等、稍等。我发现，他也处在一种不同往常的精神状态之中。他把沈阳的、铁岭的，甚至远在朝鲜汉城的分公司一一收拢了，只在四平街的德昌实业公司投下了大笔资本，且命令修整了由车站直通公司的一段铁路支线（那是他参与四洮路修建时买下的）。他原准备把这个公司营造为生母的基地，生母消逝之后，他一直没有亲自经营，委托他的老搭档侯尧雪伯伯主管。看起来，父亲是有新的打算了。

日帝派到长春的主管官原姓藤本，我之所以记得他，是因为他有一次在我家喝酒时，指着坐下的藤椅告诉我他就姓藤。他是父亲在正金银行时的同事。他总是一身长袍马褂出现在我家的客厅里，我们孩子们称他张伯伯。我一直觉得这位客人很有意思，中国人的父亲穿洋服（当时对西装的俗称），日本人的客人穿袍褂。是不是他穿差了衣裳。当时，世面上还流传着要建立满洲国的特大新闻，更有人指实说废帝溥仪已经秘密到了长春，在五马路的督军府旧址将修建皇宫，等等。不过，有一件事却并非传说，新成立的满洲中央银行要聘请父亲去做副总裁。对这些传闻，父亲缄口不提，却带领全家筹备起如何过大年来。往年，我家名下在长白山山麓替我们管理山场的农户，都要赶着马爬犁送来冻鹿肉、冻狍子肉、野鸡、猴头蘑菇等山珍，历年都是娘会同大伯、三叔查收经管，父亲从不过问。这一年，父亲指令我带着记事本，对每一架爬犁的主人都记清了姓名、记清了管地的范围，特别是对两个他伐木时结下的相识，连人家过日子的情况都问了个一清二楚。

按着一向过年的老规矩，把铁支架从库房中拿出来，老更夫劈好了松柏香木，从除夕的前一天起，老更夫便显示山里人的绝活，架起了四角四方的玲珑篝火，那火金蛇一样地窜起后，直到燃烬不塌架子。父亲巡看时，眼神恍惚，似乎冥想着什么。院子里散满了松柏的香气，地面上铺满了麻秸，踏上去便"咯吱咯吱"地响。从大门到正房，点燃了两行红纱灯，那贴着金色德新堂堂号的特大纱灯在外客厅的正门口高高挑起。这堂号还是爷爷在父亲挣了大钱后择吉日请鼓乐班奏乐定下的。很可能父亲认为那是封建世家的一种炫耀，早已经不用了，这一年不知道父亲这样做意味着什么。能是追思祖先吗？还是为了向他的日本朋友展示中国心呢。

这个喜气洋洋的大年，准备得人人满意，连入冬以来就没出过房门的娘也到院中踏着麻秸踩岁。父亲穿着灰色的织有团龙图案的皮袍，把一挂挂的红小鞭分给我们，让我们尽情燃放。从午夜零点起，辞岁贺新的客人们便一拨接一拨地来了。

父亲命令我换上白纱缕叠的西式短裙，穿上白色的半高筒皮靴，还亲手为我扎上了白纱的大蝴蝶结，叫我站在小客厅的门口，为我家的、大房伯父家的、管事三叔家的仆人们，还有管片的警察、送信的邮差等分了压岁喜钱。我便从随在我身后的奶妈托着的红托盘里一一拿起分给众人，这历年都是娘主持的。他为什么藉口天冷不让娘做而让我来，又为什么要我穿上据姑姑说是生母喜爱的西式衣裳？他是要把他创建的一切都画上中止的符号，要向这种生活告别吗？

要我分发赏钱的重头戏其实在后头，那是娘绝不肯做的，给花界的姑娘分发赏钱。当姑娘们（大约有七位）进入小客厅，婀娜地向红彤彤的福字下拜时，父亲也从大客厅赶了过来，他请姑娘们喝红葡萄酒，那是张裕公司送给他的年礼，刚刚启箱。他祝愿姑娘们好运，朗声说：诸位是我的客人，千万不要拘泥，请畅饮一杯，姑娘们莺声燕语地致谢，又一次姗姗下拜时，那份娇柔、那份娴雅、那份显示了青春魅力的身姿，我以为是客厅里那幅工笔的洛神图变真了。我丝毫没有贱视这群如花似玉的女人们的感情，她们是太好看了。娘骂她们贱，不知贱在哪里。父亲要我以特选的装束接待她们，是显示我与她们不同，还是要我明白女人还有另外一种人生呢？也许，正是从孩提时感到的那种神人交错的恍惚情思，种下了我笔下为女人呐喊的基因吧！

这一年的雪特别多，不仅是多雪的冬天了，初春仍然下着大雪。元宵节的第二天，大片鹅毛般的大雪又盖满了天地间的一切。傍晚，起了风，风卷雪舞，打得人难以睁眼，路上早早地断了行人。可能是过节过累了吧，只不过七点钟的光景，家里人便都回到自己的房间里去了。父亲却坐在外客厅里不动，我以为他是为了陪伴七叔张鸿鹄，被孩子们称作七叔的这个人，是当时哈尔滨市的电业局长，显然是为了重要的事，特地在喜庆的节日来到了长春。我向七叔道过晚安，准备回自己房间时，父亲看了七叔一眼，却命令我留下了。

我有些不安，不知道父亲留下我做什么。偷眼看他，他只是抽烟、抽烟。七叔则尽管翻看父亲那旧了的日本杂志，也一声不吭。我从书架上拿了本亚森罗平盗案，坐在父亲的坐位旁边看了起来。

突然，摩托轧雪的声音自远而近，我不由得走向窗口，掀起厚厚的窗帘向外窥望。在日帝全面占领东北以后，摩托车声几乎和警车声等同，它是占领者独占的交通工具。摩托车声总是伴着各种不幸降临。它居然嘎的一声停在我家的大门外了，我吓得掉转身来望着父亲，父亲却仍静静地抽着烟，只有七叔把手中的杂志推开了。还没容我细想，一个日本人便走进客厅来了。使我稍稍安心了一些的是：来人穿着藏青色的日本邮递省的制服，是送日本电报的信差。七叔用日语和他说了些什么，来人放下电报，客客气气地呷了两口父亲奉上的白兰地，便回转身走了。

父亲和七叔显然是高兴极了，他们交换着意见，说日文又说俄文。后来父亲命令我在一块白绢上写下："大豆五百石，穆陵王宅提货。

高粱三百石，牡丹江王宅提货。"又写红小豆、菜豆、黑豆都有数量及提货地点。写完他们核对了又核对，便把电报纸投在壁炉里烧了，命令我把白绢夹在一个黑布旧棉袄中缝好。他们只看着我做，我因为心慌弄不好时，父亲一一指点我怎样包边、如何顺线，自己却绝不上手。我好不容易才一点破绽都没有地缝好了棉袄，完成了这种平时绝不会要求我动手做的活计。父亲替我擦掉额上沁出的细汗，拍拍我的头顶作为嘉奖。七叔则夸我字写得好，没有女气，便打发我睡觉去了。

这件神秘的任务总是纠缠着我的思路。因为那天晚上，无论是天气、无论是父亲和七叔的神色，以及那件我家人从不肯穿着的黑布棉袄都给了我一种非同一般的感觉。我猜想，或者他们又是在接济伐木工人，据管事说，父亲曾给山里人汇过款。接济伐木工人为什么要把粮食分散在好几处呢？

这不能不使我联想到当时家里的处境。春节前娘咯了一次血，这突然显现的病情把娘吓坏了，父亲听从南满医科大学教授的建议，准备送娘到大连南满医院彻底检查诊治。送娘就医这是理所当然的，他同时又说，为了使娘放心，我们这一房包括他和子女都陪着娘去玩他几个月，他说这会对娘疗养有利，对我们这些孩子们见见世界有利。这可能都是上得台面的理由，究竟为什么，闹不清。可我不能去找父亲寻根究底。父亲之所以特别喜欢我，就是因为我懂事，懂得应该把什么样的事装在心里。

父亲说的我们这一房的子女（我们家习惯用大排行的顺序，即伯伯、叔叔的孩子大家一块排），除了三弟、四妹是娘亲生的心肝宝贝外，我是娘的假亲生，比我只大两个月的二哥，是姨妈所生，姨妈是个非常俊俏的农村姑娘，是父亲发家伊始奶奶从众多乡亲中选出来服侍父亲的。她一直服侍年老多病的奶奶，陪奶奶住在命名为德新堂位于长春郊区的范家屯老宅里，娘一直不肯承认她的哪怕是姨奶奶的名份。很可能父亲鉴于生母的惨剧，一直安排姨妈住在老房子里，把二哥接到城里来上学，生活由我的奶奶照管。父亲说带我们出去见世界，其中学历最高的是我初中一年级；二哥不会跳级，仍老老实实地念小学五年级；三弟和四妹小学二年级。其实，我及二哥和娘只不过是种观念上的关系，娘出外治病，舍不得的是她亲生的一双儿女。为什么父亲要把所有的孩子都带上，他是要和故土诀别吗？

早春，柳树刚刚绽出来白绒绒的毛毛狗时父亲便带领我们全家到了大连，住在华三伯特意为我们腾出来的一幢小洋房里。那是当时被称作大连消夏胜地的星个浦。因为季节还早，一半的避暑洋房都空着，非常安静。娘经过检查后，便由南满医院指定了专门护士来照看她，为她打针吃药，父亲本为脱开尘世而来，乐得在他独住的房间里观海看书。最开心的是以二哥为首的我们这几个孩子了。有机会不去学校，脱开家庭教师的约束，真是从没有过的自由时光。用娘的话来说，我们简直是玩疯心了，有时连饭都忘记回家吃。三伯的房子坐落在一个小小的漫山坡上，周围全是野生的刺儿梅。我们到达之时，刺儿梅还正盛开。放眼望去，黄的、红的、白的、粉的花朵摇曳在绿叶之上，恰似精工织就的毡毯。再加上院子里的苹果花、桃花、樱桃花，人完全浸在花海里。最使我心旷神怡的是那碧波粼粼的大海，这看似单调的水，却随着早中晚的时序变换着不同的姿态。潮大的时候，浪一直涌到我们住房的院墙脚下，撞激起如雷的帘幕。潮过，墙角的凹陷处，便留下了许许多多有趣的小生物，黄的、蓝的小海星，白色、灰黑色的钳子和海红。最喜人的是那横行的小螃蟹，自以为跑得很快，实际上并未逃出追捕者的目光。我捉着它，放在脚下，看着它支起大钳子慌慌张张地跑走，常常为了追踪它，忘记了吃晚饭。

我们交了好几个小朋友，最初他们是躲躲闪闪、又进又退、迟迟疑疑地过来的。一经和我们，又由我得到了父亲的认可时，便雀跃着奔到我们的"领地"来了。他们提着洋铁罐，拿着粗铁丝拧成的扒子，寻觅并捕获各种海鲜。这一般都是他们家里晚上吃的小菜。我们的院墙恰恰形成了个小小的避风角。这里总可以扒到比裸露的海滩更多的海蟹和蜡子（东北一种常见的鸟——编者注）。我们常常把海物提到厨房去，做饭的陶大娘便和我们一起吃那活鲜鲜的、只用开水烫过的保有海腥气的食物。这是我吃到的最鲜最鲜的海物，比出现在宴席上、用各种调料炮制过的牡蛎和海蟹不知鲜了多少倍。有时，我也把父亲拉来参加我们的盛宴，他那恍惚的略带惆怅的神情，使我不自禁地联想到人们讲述的他的过去，他本就是这铁丝扒子中的一个，只不过扒的是大豆和甜瓜，范家屯那里没有海。

大连的夏天是迷人的，空气总是香幽幽的。我走过祖国不同的海港，大连却总是裹着最绚丽的色彩在我的记忆中出现。小朋友给我留下了极其深刻的印象。我认识了另外一种简陋、贫穷但生机盎然的人生。小朋友都会说不同程度的日本话，用他们自己的体会来说：你不会说几句小鬼子话，就休想顺利地通过各种检查站的哨位。这是清政府把大连划给沙俄，又由沙俄把大连拱手让给日本人后加在大连同胞头上的土枷，受制的中国人便想出各种招术来求得生存。几乎所有的小朋友都有一套和日本人周旋的巧办法。我第一次从心底理解了被外人统治时那种难耐的处境。小朋友问我：是不是全东北都被日本人占了？是不是被日本人占了后大家还是中国人？更以极其不屑、鄙视的感情问我是不是长春也有"二太君"，他们指的二太君，是指为日本人驱使的中国人，一个小朋友嘻嘻哈哈地教我念了两首民谣："狗呲牙，呲牙狗，不看家门跟人走。东街窜，西街走，哈伊、哈伊（日语"是"的转音）舔腚沟。""鬼子说是好天气，腿子说成快宰鸡；鬼子说是要下雨，腿子说成吃大米。中国人熊中国人，家里出贼外人欺。"

我当时记牢了这两首民谣，最初是感于它的痛快、淋漓。逐渐悟出了它所表达的对谄媚者的憎恶。我原本讨厌那种低声下气、讨好权势的人，甚至曾联想过：若不是那些趋奉娘的"腿子们"做好了圈套，也不会那样了无痕迹地将生母逼走。中国人再给日本人当腿子，那可真是丧尽天良了。

夏天还没完全结束，娘看上去便完全康复了。她要求回长春。父亲劝她到青岛再疗养一段，青岛的气候最适宜肺病康复，而且父亲许诺，从青岛转济南去天津，从天津坐火车回长春，不坐日本船，因为娘怕海上风起她会晕船，坐中国的火车很方便也并不绕道。这样，父亲可以就便看看老朋友，孩子们也可以见识见识关内的大城市，先玩上个一年半载再说。

父亲一向最会抓时间，他的每一天都安排得有条不紊，似乎他也习惯于那样的生活。对我们更是如此，他最不喜欢我们荒废学业，特别是又如二哥，二哥不是那种机敏得可以跳过学阶的人。为什么父亲要这样潇潇洒洒地带领一家人遨游，我左猜右想，只想到了一个可信的答案：父亲可能是要躲避那已经在长春做了主宰的日本人，他不愿意去伪满洲国做什么中央银行的副总裁，或是伪满洲国的什么通产省大臣。那些怕也是一种"高级腿子"吧！如果是，父亲绝对受不了。

在青岛，我们几个孩子可是玩得再开心也没有了。环水倚山的青岛，谜一样地吸引着我们。那左拐右绕的半山路，那时隐时现的粼粼碧海，那众多的水果，特别是那溢满蜜汁的大桃，吃得我们连饭都不想吃了。因为在我们那寒冷的家乡，就是我们那样奢侈的家庭，也只吃到了罐头中的桃子。当我一个人在那按着德国模式修建起来的住宅区徜徉，为了辨别方向，在某一幢有着尖顶的小洋房前驻足时，甚至兴起了会有一位真的娜拉从那窄窄的小门走出来的异国情思。

历史告诉我：青岛是第一次世界大战德国战败把租借的青岛还回了中国的。当时，那里没有租界，没有享有治外法权的洋人衙门，我没有感到在长春、在大连时的压抑感。我进一步理解了父亲，他还是在摆脱满洲罩给他的暗影。

短暂的青岛之旅，被石友三的使者打断了。石友三接我们一家去济南暂住，他已经为我们安排好了住处。石友三被蒋介石吃掉麾下的十三军后，正在济南蛰居。当时还在山东省主席任上的韩复渠，草莽时期也得到过父亲的资助，他也欢迎父亲前去。石友三是长春同乡，小时候和父亲一齐念过私塾，又是20年代闯荡江湖重新结拜的金兰之友，他是父亲计划内要会面的老友之一。

济南我们暂住的家，靠近大明湖，院子里有好些好些柳树，也许因为过去根本没有理会，我注意到济南的柳树有一种特别柔韧的美，长长的柳枝飘呀飘的，像烟又像雾，迷迷荡荡，请来照看我们的李妈妈告诉我，那是因为大明湖的水气滋润着柳树的缘故，李妈妈带领着我们，几乎整天待在大明湖里，这里有吃不尽的鲜菱、鲜莲子，有数不清的小石凹，二哥他们便去找蛐蛐，我悄悄溜进说书场，听艺人讲各种侠义故事，那用民间语汇组成的评书音节，时而铿锵，时而婉约，似乎历史中的李世民、秦琼、包青天、南侠北侠一概在你眼前活生生地站立起来。我听得上了瘾，李妈妈不带我们出去玩时，我也偷偷地掖上一毛钱，溜进那蓝布围成的书场去听书，深厚的民间文学滋养着我。

刚到济南时，父亲还时常到石友三家、韩复渠家，还有一位原来的铁路总监的家去做客，有时很晚才回家来。后来便渐渐不去了，且常常写起大字来。我猜想，可能他们什么协议也没有达成，父亲曾说过，他和六叔（石友三）要商量重要的事。我猜想，我们不会再在济南住下去了。

从济南到天津，原是父亲预定的回归路线，很不幸，一到天津娘就犯了病，而且来势很凶，当即送娘到法国医院去住院。家里无人主持，我便理所当然地替娘理起家务来了。

一经接手管家，我才明白我家当时的窘境。原来我们上下十几口人的日常开销，都是由东北老家用高价兑成黄金送过来的，伪满洲国建立以后，伪满洲国中不能兑换国民政府的中交票（中国银行、交通银行发行的纸币）。原来关内外畅通的货运也因日本人在山海关等关口建立了边防而不能通行。尤其是大宗交易，必须持有关东军的特批才行。这是父亲的悲剧，他这个在东北拥有相当资产的实业家，伪满洲国不准他将资产转移出境。何况在与日本人合作方面，他又表现得十分暧昧。

随着 1932 年的逝去，1933 年的农历大年来临了。管家的我竟然没有现款来开支必要的礼品和赏钱，父亲望着愁眉苦脸的我，竟展颜笑了。我以为他一定有了生钱的办法。我知道那些官面上的限制并不能彻底限制着他，只要他想做，都会顺利解决。没想到他竟要我去当当找钱。去当当，是我们家乡的土话，即把值钱的东西送到典当铺去以之抵押借款。我们那样大的开支，什么东西能押回来那么多钱？再说，我们那样的家世也要落到靠这个当当吗？

经过反复捉摸，我似乎摸到了父亲的真正意图。我们这次进关，父亲似乎是在追逐一个理想。可是无论济南的石友三、韩复渠，还是天津的邹作华（原吉林省炮兵司令），以及原吉林省的省长张作相都劝父亲回家，邹伯伯甚至要父亲替他物色一项能在东北投资的实业。国民政府中的委员王克敏正酝酿成立什么冀东自治政府，从执政的日本鹰派内阁的策略估计，日本人完全可能把战火一路点燃下去。如果是那样，东北就是可靠的战争后方了。没钱过年的家事尴尬还是父亲计划中的大事失望的浓缩，父亲要我去当当，正是他不愿意有所羁留不愿惊动各方的下策。

我捧着那只沉甸甸的装着大明宣德紫铜合金香炉的锦盒径自去见日租界伏见街的四库银行留守处的主管，换回来一小皮箱崭崭新新的纸币，这件事是我们父女间的绝秘，无论是父亲还是我都未曾向任何人说起。但这件事给我的震动却无法纷说。那位主管曾是我家的座上客，曾对紫金炉流露过艳羡之情。紫金炉是父亲一个落难之友的传家宝，难友的夫人临危前送给父亲要父亲照顾难友唯一的儿子。为了那个来历不明的孩子，娘曾大吵大闹过好多次，甚至说那孩子是父亲的骨血等。用这样一个缠绕着友情、亲情的稀世之珍换取日用，父亲肯定不知用了多大的勇气才作了这样的决定。那个被我们叫作大哥的人远去了俄国，父亲说那里对他最安全，父亲供养他在念大学。

用这箱纸币过年，付了娘的医药费，并买了从天津经沈阳到四平街到长春的头等火车票，立刻就要告别这迁徙的生活了。我童稚的心却怎样也不能平静地从当当这个魔咒般的片刻脱出来。我还不懂得那稀世之珍究竟应该具有什么样的价值。但我知道那件东西是寄托着一颗悲惨的慈母心，是注满了父亲义结金兰的纯真友情。我以为那才是那宝物的真正价值。在当当的过程中，我体会了什么叫作炎凉。我不知道父亲怎样平复他自己，他依然很稳定，对娘、对我们十分耐心。

娘由法国医院专请的护士直接护送到长春去了。父亲把我们安置在四平街，托侯伯伯照管，便也追到长春去了。

住进了应该是生母领地的小巧楼舍，我在二楼西侧为自己选了一间向阳的卧室，为什么要选这间，我自己也说不清楚。我总觉得这一定是生母愿意分给我的房间，那房间紧挨着父亲的办公间，那里放着他用旧了的铁柜。

娘很快就离去了，父亲只命人把三弟接去为娘送葬。抱着哀哀啜泣的四妹，很难说清我对娘的离去是种什么样的感情。我们兄妹中，已经是三个没有自己的亲娘了，父亲将怎样处置他这个残缺了主妇的家呢？

父亲很快就从长春回来了，他不仅风风光光地安葬了娘，而且把我们原住的房子给了出嫁后还一直靠娘家接济的我们的小姑姑，小姑父一直病、一直病，父亲把表哥和小表姐的学费都安排下了，并且命令德昌公司的管事按季拨下小姑姑一家的生活费，这使我很安慰，我这个嫁了个痨病鬼、没有多少文化的小姑姑是我童稚生活中最心疼我的人，我甚至暗暗地感激起父亲来了。

更使大家惊奇的是父亲把姨妈从范家屯接了过来，而且郑重其事地为姨妈的"扶正"大宴宾朋，姨妈亲生的儿子，二哥却并没有为亲娘的正位感到十分欣喜。他和我一样，和姨妈一直是一种观念上的关系，我们只是在去范家屯为爷爷奶奶扫墓时才见到过她。也许因为对娘存有戒心，也许男孩子根本没有什么亲娘不亲娘的感觉，似乎他也在观望，看看亲娘是不是管教得很严。

父亲改变了一向的生活习惯，脱却西装，只穿中国袍服，而且立刻以声望和资产主持起世界红卍字会四平街分会来，在专为生母营造的楼舍里，他给自己留了一个房间——他的办公室，其余的都分给了孩子们，而且兴致勃勃地帮助我们每个人添置摆设，挑选窗帷。我们已经改变了对姨妈的称呼，不称娘，而称妈。我曾暗自思索，是不是他仍然把杳如黄鹤的生母在心中排第一？他和姨妈住在原有的平房里，客厅也设在那里，在客厅旁侧，修建了佛堂，供奉着红卍字会的主神——至圣先天老祖（我至今闹不清那是位什么神道，红卍字会是个庞大的慈善组织，分会遍布华北、东北）。每日忙着诵经、礼佛、助学、济贫，冬季开办施粥厂……悠哉悠哉地做起寓公来了。

使我称心的是父亲立刻同意我返回吉林省女中去上学，按着我原来的班次，插入高中一年级的第二学期。我第二次迈过了荒废的学阶。

刚成立的伪满洲国教育，仍掌握在原有的教育界人士手里，除了学校增加了两名日本的副校长外，教学内容没有发生大的变化。自然科学一如既往，就是国文和历史我们仍然用的是中华书局的课本。讲世界史的老师，讲希腊的文艺复兴、讲欧洲的工业革命、讲第一次世界大战。讲中国历史的老师，讲三皇五帝、讲大禹治水、五胡乱华……只是临时规定，不许讲现代史，不许讲袁世凯和日本私签的二十一条。两位日籍副校长，男的管行政、管财务，女的管教学。这位女士是典型的日本上层贵妇，她的目的是把我们培养成有教养的娴雅的女人，要求我们进退有序，端庄温柔，达到贵妇人的品位。

使我永志不忘的是国文老师孙晓野先生的授课。他为我们讲汉语的结构和特点，为我们讲文学史，启迪我们学习并欣赏祖国璀璨的文化成就。他为我们讲解楚辞的时候，不仅带领我们欣赏楚辞那优美、贴切、生动的词句，还把我们引进到屈原那忧国忧民的高尚情操之中。我背诵着离骚的警句，"长太息以掩涕兮，哀民生之多艰"，"虽体解吾犹未变兮，岂余心之可惩"。我深深地被激动了，眼前幻化出屈原那岸然伟立的身躯，这是我们的祖先，我们该怎样才能无愧于英雄的先祖？我暗自庆幸，我们遇到的是多么优秀的老师。我也更加怀念起给我上了新文学启蒙课的王春沐老师。据说他奔赴关内，投笔从戎去了。

沈阳"九一八事变"纪念馆

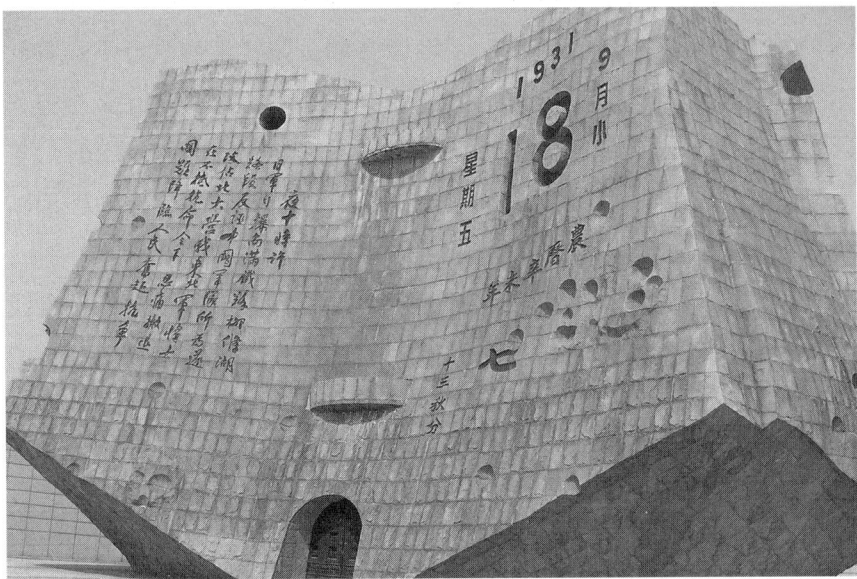

在孙老师的帮助下，我们组织了读书会，读《文心雕龙》、《藏书》等古代文学论著，还争读高尔基的《柯尔巴乔夫》、果戈理的《死魂灵》，等等。读书会中的黄绍岩同学不知从哪儿弄来了萧军、萧红在东北沦陷前在哈尔滨出版的《跋涉》。这是和我们同饮松花江水的大同学。这启迪了我们。我们认识到在日帝统治的特殊环境里，学好祖国多彩的文学遗产、传播她，这是我们殖民地青年义不容辞的责任。效法萧军萧红，我们也筹备印行一个自己的刊物。孙老师为我们从学校拿来蜡板，自己掏钱为我们买蜡纸。谢绍珍的父亲送给我们纸张。孙老师让我们把编辑部设在校图书馆里（他那时兼任校图书馆主任）。有意思的是，我们的图书馆利用的是省文物魁星楼的辅助房屋，世代供奉的文坛祖师魁星，如今荫蔽起他的女弟子来了。爱开玩笑的张仪清，常常用扫帚当朱笔，要点某人作女状元，我们书声笑声，恣意享受着我们的花季。

我们兴致勃勃地写了起来：写对家庭的感受、写对社会的不满、写一切我们幼稚的心感到的沉沦、黑暗与不平。忽然谢绍珍同学失踪，开在我们学校旁侧的雨天书店被查封了。传言说他们散布抗日言论。孙老师及时作了果断的处理。他拿来刻书板，刻书刀、拿来甲骨文权威罗振玉的最新书稿（孙老师一直协助罗振玉研究甲骨）。我们的小小编辑室刹那时便成了刻书的小作坊，我们都是新学乍练的刻书匠，安然度过了校方和警方因为谢绍珍失踪而引起的整肃。罗振玉是伪满洲国康德皇帝溥仪的老师，是中国、东亚、甚至是世界的甲骨文研究权威。完全没有想到，这位平日被我们讥笑、唾骂的遗老、这位伪满洲国的文部大臣，却成了保护我们这群思想叛逆者的黄罗伞。

1936 年的冬天，我以优异的成绩念完了高中的全部课程，得到了村田副校长发给我的特殊奖励。奖励我带领全班同学（我是班长）以全百分的成绩默写了康德皇帝访日回銮的训民诏书。其实这是个真正的骗局，当时任何人都不相信中国会跟日本的始祖天照大神有什么关联，更不相信日满是什么兄弟，那训民诏书还不如一张配给的大米票更受人重视。对我们来说，默写诏书是毕业考试的第一要项。我出主意为防墨汁洇纸，在宣纸的考卷下加一张衬纸，在衬纸上用铅笔写下由ㄅㄆㄇㄈ拼成的诏书全文。村田不认识ㄅㄆㄇㄈ，也没注意到那淡淡的铅笔笔画，她亲自监考，完全没想到这里面会有什么花招。她对着我们班一致的考卷微笑着。这是她的成绩，她教育我们这些淑女记牢了皇帝的训民诏书，她为日满一体作出了出色的贡献。这出滑稽戏唱得太精彩了，同学们怂恿我写一篇寓言小品，纪念我们的机智。遗憾的是我没能把这篇文章写成，家里突然打来长途电话，叫我回家，原因是父亲突然病倒了。这对我真是晴天霹雳，我完全吓昏了，立刻抛开学校的一切，回到了父亲身边。

守在父亲的病榻前，只觉得天旋地转、心胆俱裂。父亲时时处

于半昏迷的状态中。清醒时，向我讲述了片段往事：那大雪之夜的神秘任务，父亲向我交了底，原来他和七叔从日本买了军火，接济进山抗日的马占山。至于一家人的关内之旅，是父亲追逐一个朦胧的理想，他妄想联络石友三、韩复渠、邹作华等枪杆子组成抗日义勇军。在日本军威胜如雷霆之时，那些旧军人吓破了胆，而他这个愿意倾家的经济后台又被当权者锁住了手脚。他说，他走了着死棋。半昏迷中他总是唤着生母的名字，那无尽幽思的深沉呼唤，使我摒心敛气、连大气也不敢出，怕惊动他那似醉似痴的心灵自由。我把脸贴在他那时显痉挛的手上，盼望能由爱女的依傍，减少他的渴念之苦。有时他命我把四妹和新生的小妹抱了来，看着我们三个娇女儿争着替他擦脸、擦口水、擦鼻涕。小妹刚刚满两岁，长得跟朵小花骨朵一样。她还不能理解父亲这深沉的爱。我明白，父亲担心我们称之为妈妈的女人不懂得庇护女孩儿，这是个男性中心的世界。

无论是从大连南满医科大学请来的日本教授，还是专程从长春接来的名中医大耳朵王，都未能挽救父亲的生命，父亲终于在有为之年抛弃了他的亲人和他创办的一切。

逝去了父亲的家，使我觉得像墓地一样的空旷和死寂。被父亲命令我称作妈妈的女人，我和她没有一丝亲近之感，她依然住在和父亲同住的平房里，也依然允许我们孩子们住在生母的小楼里。我们每天到平房的饭厅里吃饭。哥哥、弟弟、

满铁附属地的横滨正金银行长春支店

妹妹都去上学，我带着小妹玩一会，便回到小楼，不是回我自己选定的房间，而是回父亲为他留用的房间。那房间里全是父亲在中东路任职时的一些旧物件，甚至还有一双父亲进山伐木时穿的大马靴。我渴望找到一些什么，一些能够为我描绘生母形象的东西，可是我什么也没有找到。

偶然一次，我靠在父亲临时设置的小软床上小憩时，觉得床垫下似乎有件什么东西，翻找之下，那是绣有父亲名字的一方白手帕，手帕中包有几根不同纸张的小纸条。写的是俄文。这就是父亲和生母热恋时相约的遗迹吧！我那随着她的父母侨居海参崴的生母，豆蔻年华一心渴望回归故土的中华女儿是经历了一场怎样亦喜亦悲、幸福与悲惨相叠、欢乐与苦难相伴的短暂一生啊！

由于父亲生前的嘱托，公司的事务仍由侯伯伯主导，侯伯伯体现父亲的遗志，商得母亲同意，我们仍然都去上学。二哥也高中毕业了。三弟、四妹也念完了初中，上哪里去上学，却是个一时决定不下的问题。到关内去上大学学费不好解决，而且侯伯伯担心这会招致日本当局的进一步怀疑，以致连公司也不好维持。

我和二哥决定去向七叔请教。七叔坚决主张我和二哥、三弟、四妹一齐到日本去求学。要二哥、三弟学电机，继承父亲未完的事业；要我和四妹学医学制药，既能获得养生的本领也可以为社会造福。他一一分析了我家从关内返回来的处境、详细地比较了天津、北平的大

以《回銮训民诏书》为内容的邮票

《回銮训民诏书》是伪满洲国皇帝溥仪1935年访问日本回新京，即长春以后，颁布的一份诏书。当时，所有的国民都被强迫背诵，一些高等学校里还要求用日语背诵。

学和日本的大学的优缺点，讲得透彻明白，具有不容抗拒的威力。我一向对七叔分析事物的精辟口服心服，只是弄不明白，这位身居塞外边陲的人为什么对时事、世事如此清明透彻了如指掌。直到1947年，我和他的长女茵陈在北京相遇，才多少知道了七叔的底细。七叔在天津南开、在日本和周恩来总理同学，俩人友情极厚，总理那首"大江歌罢"的诗就是书赠七叔的。不言而喻，七叔的分析得到了侯伯伯和母亲的赞同。在春季来临，日本大中学新的学年开始时，我们便踏上了樱花之国。临行，七叔把他的日本好友吉田顺的地址详细地告诉给我，情真意切地亲笔写信给吉田，请吉田照顾我们。七叔嘱咐着我、凝望着我，以为我或者不明底细（这吉田正是父亲和七叔从日本购买军火的襄助人），或者早已忘却了孩提时的往事。我只郑重地收好信件，没加一词。但我的心却十分安顿。那位从未谋面的日本长者，我认为一定会给我最好的指引和帮助，肯定是我们可以仰赖的人。

遗憾的是吉田旧年年尾逝世，夫人带着女儿和幼子离开东京回多雪的鹿儿岛故乡去了。我也辜负了七叔的期望，没有去学医，而是进了女子大学的家政系。吉林省女中的村田副校长，一封信便解决了我的入学问题。她是女大的早期毕业生，她向母校推荐我这位满洲淑女，女大只简单地试了试我的日语听写能力，便收我做了预科生。

女大是专门培养贵妇人的学校，主要课程是美化生活的各种素养，追求的是怎样陶冶情趣，构筑家庭。这些课业无需花费我很多的时间，我已经为自己觅到了一个崭新的起点：那就是到神田区的中国书店去看书。我做梦都未曾梦到过：在东京、这日本帝国的心脏、这侵华战争的决策源，会有中国抗日后方的书籍出售。那是一些什么样的书啊！邹韬奋的自叙、何其芳的《画梦录》、朱光潜的《论美学》、《给青年的 12 封信》、郭沫若的《屈原》、《孔雀胆》，等等。读《雷电颂》的时候，恰恰是个风狂雨骤的夜晚，望着雨窗上面异国那乌云翻滚的夜空，我心潮澎湃，想起父亲在我们举家返乡之后写给我的"威武不屈、富贵不淫、贫贱不移"的横幅，我认定，屈原身上释放的正是这样的彩光，这是我们民族的精魂，这是列祖列宗给我们的。我该怎样做，才能无愧于祖先、才能不辜负父亲对我的期望？

我为自己制订了一个计划，首先把鲁迅先生的书读透。小说完全能够接受，《狂人日记》中展现的人吃人的社会相，我能从外祖父那一家人的所作所为印证出来。杂文读起来吃力，但像《聪明人、傻子和奴才》那言简意深的小文，使我顿开茅塞，它几乎成了我观察人生的透视镜。出了象牙之塔所讲的美学、哲学观点，我虽然不能全部理解并接受，但它启示我思索起文学的使命来。先生那犀利的、嫉恶如仇的笔触锤炼着我，我觉得自己深沉多了，我非常喜欢先生的自白——当然这只是我的判定——在生命的通路上，将血一滴一滴地滴过去，以饲别人，虽自己渐渐瘦弱，也以为快活。

正当我坠入书海，没日没夜地浸沉在哲人为我提供的智慧甘泉之中时，日本人射向卢沟桥的野炮轰得我坐不安席。为什么日本军人这样疯狂，这使我记起来日本时七叔为我们所作的时势剖析。他已经预见到了。他说："基于中日两国的国情，日本帝国不会为已获得满洲而止步。"他为什么能看得那么远？我强烈地意识到：以往的不平，只是一种朦胧、一种无可奈何的呻吟。我渴望寻求更直接更明晰的答案，《雷电颂》那激情的呐喊已经不能满足我了。

当我在书库前踟蹰，不知该读什么书才能驱散脑中的迷团时，柳闯入了我的视野，我们之间的第一次对话，一反青年男女初识时的惯性，竟是有关战争、有关国家命运的话题。这位来自我曾向往去读大学的北京城里的老北京人，是舍却了已经在北京辅仁大学读了两年的数学专业，来到早稻田读起经济学专业，是靠自己打工挣学费的穷学生。他一下子就震撼了我，我为他的缜密周到倾倒，这恰恰是我最最缺少的素质。我不得不暗暗地承认，比起他，我只不过是一根飘浮在水面上的羽毛，既不知道何时潮涨潮落，也不注意水面下边有旋涡。

他介绍我读他们早大的早期学友石桥湛山的论文。他真挚地说，他所以冲破种种阻碍到早大来就学，就是受了石桥的启示。石桥这位日本杰出的记者、编辑，在我眼前展现了另一个日本，一个一直反对侵略中国的日本。这不仅拓宽了我对中日关系的思路，而且使我明白了日本为什么要扶植溥仪那样的傀儡政权，日本害怕世界对这种赤裸裸的侵犯行径给予的谴责，更害怕那越积越重的中国人的反抗。我有体会，中国人的反抗，是流淌在几代人的碧血之中的，我不禁想起那个大雪之夜的神秘任务，那在山东、河北大地上的举家迁徙。特别是明白了孙晓野老师为什么那样迫不及待地一得知谢绍珍出事的消息便立即把我们装扮成小小的刻书匠人。他怕因为抗日罪名被封闭的雨天书店飓风会席卷我们这群民族火种。这是一代志士呵护下一代的良苦用心。不然，也许我们这一束小小的民族之羽，早就被旋涡卷入暗海了。

二哥对柳的闯入给予理解。很可能因为他一直被娘搁置在生活的边缘，他对一切都十分谨慎。他按着七叔的教导，真的去工业专科学电机，且在一家小小的工厂做小工，一锤一钳地生活起来。被娘娇宠的三弟，一直把读书当苦事，失去了父亲的管教以后，更加懒得不行。他非常地喜欢柳，因为只有柳，才肯不厌其烦地一遍一遍重复地教他说些生活中必需的日语对话，帮他修正作业中日文文法的错误。四妹则小鸟依人一样，辰哥哥辰哥哥地叫着，甚至去饭馆吃饭也要坐在柳身边，要他先尝尝那些我们没有吃过的菜肴，柳说好吃她才吃，我们这个小小的兄妹集体高高兴兴地接纳了柳。

寒假来了，我们原本没有回家度岁的打算。三弟却显露了病象，每天下午发低烧，胃口越来越坏，脾气越来越躁。在柳的陪同下，去医院做了检查。医生说怕是害了肺病，需要卧床休养。娘的这个心肝儿子，真是连娘的疾病也继承下来了。我立即打电报给侯伯伯和母亲，回电是：要我们立即回乡。

二哥不肯耽误学业，情愿一个人住在寄宿公寓去继续上学。只能是我护送着三弟、带上四妹回家了。而且，我暗暗地担心，怕四妹也染上了结核，因为娘病重之后，她一直要她的这一双儿女守在身边。

本来，我打算回家后安置好三弟就返回东京上学。侯伯伯和母亲坚决要我们过了大年再说。三弟是不能去日本了，四妹上的中学在四平街上完全可以，只是我一个人的问题了。我预感到，我又面临着难关。从父亲逝世之后起，便不断有人找上门来向母亲介绍谁家谁家的少爷好、谁家谁家的学生不错。母亲在这一点上，恪守着女大当婚的古训，她不断地就某人的合格不合格同侯伯伯商量要为我择婿。她话里话外地表示我的书已经念得够多了，女孩儿家书读到这个份儿上已经很不错了。"四个心眼"的我立刻就明白了。这种气氛下想向母亲要学费去东京上学是比登天还难了。刚好，长春来信说：小姑姑病重，很想我，要我去长春看看她。

小姑姑住的是原来我们这一房住的大屋，父亲已经给了小姑姑。但她是出了嫁的女儿，社会不允许她继承哥哥的遗产。三叔理所当然地成了这幢大房的领主。当我说暂时不想回四平街时，他安排我仍然住在大屋西侧的里套间里，那曾是幼小的我的避风港，只有是西侧原来娘的住房住着三婶，而不是按父亲的指派可以住进去的小姑姑。对着奄奄一息的小姑姑，女人的备受欺凌刺伤着我的心，但我无力维护小姑姑，我无力。我感到十分沮丧，我不知道我将如何生活下去。

更使我惶惶的是我没有书看，由于柳的劝告，我没敢把正热衷的石桥的论文集带回来，柳说由于石桥的反战立场，关口对他的书籍十分敏感，我还是少惹麻烦为好。他把他正研读的列宁的《论国家与革命》介绍给我，选了两个不同的译本。理由是这种小册子倒不惹检查机关的眼，这属于学术，与眼前的时势有距离。糟糕的是我的日文程度还浅，有关共产主义思潮的素养更浅。那并不流畅的一本由俄文、一本由德文译成的日本文集读得我十分辛苦，我依靠字典，一句一顿地苦读起来，我自然而然地思念着已经在我心中扎了根的柳，我渴想得到他的帮助。尽管如此，列宁的论述，还是在我眼前展现出另一种国家的模式。

吉林省女中的副校长何霭人老师知道我一时不会返回日本去上学时，将我介绍给伪满洲国的国报——《大同报》编辑室负责人、他的老朋友，原来天津《益世报》的一位老报人富彭年，推荐我到《大同报》作校对并主编一周一次的妇女版副刊。何老师说我肯定会在妇女版上挥洒我的才能。

我犹疑了两日，不知道是否可以踏上《大同报》这条贼船。眼下的尴尬处境再清楚不过地告诉我：三叔不会允许我长期地在他的领地里逍遥下去。我顺理成章的是四平街的人，应该回到四平街去生活。可四平街有我的什么呢？除了那间令我追思父母的小屋。我，毕竟已经没有了父亲的荫庇。我难以拗过母亲，难以拗过她恪守的环境习俗。虽然，她并不像娘那样忌恨我，但她给我的继母之爱就是依据大家典范，把我风风光光地嫁到穿绫着缎的世家大族去。

富彭年长者劝我去报社工作试试。他说："年轻人总要踏进社会，路怎么走，罗盘可是握在自己手中。"这意味深长的话使我下了决心。就到《大同报》去，首先我有了自立的资格，不再由家庭供养；其次我可以把工资积攒起来，为再去日本筹措路费、学费。事实上也正如富主编所说：官方新闻已成定势，并不具有读者，我们同胞要看的是社会版，是副刊。就让我用给我的这点点自由，尽量说说妇女的苦难吧！我要为我的小姑姑、为包括我在内的广大妇女呐喊：为什么我们连接受赠予都要受到阻碍，为什么我们不可以自己选择要走的路？

意外的是，柳利用暑假来长春了。他这个关里人为什么往关外跑，熟悉他的人都十分诧异，我心里明白，他多半是为了找我才来的。

他的出现，在我的家里搅起了轩然大波，当我明确表示我要和他结婚，不同意母亲为我选定的阚家公子时，小姑姑哀哀地劝我不要和母亲拗下去。三叔则威胁我，说我要真跟这个关里来的穷小子混，就坚决赶我出门，不许再踏进孙宅一步。侯伯伯更特地抛开繁忙的公司业务，到长春来看我。

这是真正的抉择，要么回四平街去，顺从世俗，嫁到名门望族阚家去，作个锦衣玉食的拴在男人腰带上享受荣华的偶人；要么随柳流浪，做个衣食艰难的苦学生，与未卜前途的生活搏斗。

当然，我选择了后者，这是我生活逻辑的必然。望着侯伯伯涕泪纵横的慈爱的脸，我的心在流血，我的身躯在颤抖。我知道，一向以父执之身照拂我的侯伯伯是怕我落入蓬门受苦，他认为自己有负于父亲的重托。我反倒安慰起他来，我说："如果父亲还在。他会同意我的选择，因为他从小就教育我，要自立。不要仰赖男人生活。"

就这样，我决然离开了养我的大富之家，只带了自己的衣裳。继母一分妆奁也没有给我，她以为这会迫使我回心转意，会迫使我回家。我是背负着鲁迅笔下的子君的灵魂离家的。但这不同于子君挣扎的20年代，社会对女人已经有了些许宽容。我有把握，有把握不会在我的身上重演生母的悲剧。我十分相信柳，相信我们会在今后坎坷的路上

满洲国时期四平街景

携手共进。不过，当年生母也是十分相信父亲的吧！不，那不是父亲的背信，是环境残害了她。我比生母接受了更多的生活教训，我不会走她那条无奈之路。我有这样的自知自信，确实如此。

原刊于长春《作家》1996 年第 9 期

110 我的大学生活

　　说起来惭愧，我的大学不是读过来而是混过来的。因此面对编辑的殷殷相邀我十分不安。我名义上是在读大学，其实，不是按规定的读什么，研究什么；而是按自己的选择，读了一些，研究了一些，一直混到校方宣布我毕业，我的大学生涯就画下了一个不具实质性的句号。我只盼望我的这份直白，能够获得读者的理解，因为这不仅仅是我一个人的心态，而是当年我们一批青年的处境。

　　1936 年，我从吉林省立女子师范的高中部毕业，面临的形势，对 16 岁的我来说，是压力重重，难以分解。如果我继续在满洲上大学，只能上女子高等师范。那个年代，那个地区，大学还没对女生开禁，延续上千年的重男轻女的习俗捆缚着社会。满洲，这块被日本人侵占了的沃土，在继续忽视女人。我不想学成之后当老师（我认为当老师最没出息。这个想法很狂妄，当时确实这样认为），虽然我很敬佩我中学的老师们（他们多半来自关内的北平、天津的大学）。我总有种说不清的疑惑，我不相信那个派驻了日本管理人员的女高师会有什么新知识给我。我渴望到北平或天津去上大学，找回不是"满洲国"而是中国的感觉。可是，当时泰山压顶的政治态势，我找不出抗争之路。

　　从家里来说，逝去慈父的家，对我是个不折不扣的金丝笼，恪守传统妇道的继母，认为女孩儿家书读到我这个份儿上是够可以的了，她的职责是：把我嫁到名门望族的大家去，做个锦衣玉食的少奶奶，她也就算是尽到心了。这个现实，我也无可奈何。

　　父亲金兰之交的张鸿鹄七叔，及时引导我走出了迷津。他说服继母，更得到了父亲去世后主持我家公司业务的侯尧雪伯伯的首肯，送我们姐弟四人一律去日本上学。他的理由简单明了，不容置辩。他说：由于父亲一直不肯就任满洲中央银行副总裁的官职，和日本的关系很僵。如送子女一律去日本读书，可以使这种僵直的关系缓上一闸；上关内读大学，"满洲国"币不能与中国货币兑换，学费不好解决。"满洲国"币能与日本国币自由兑换，生活水平也相差不多，家里负担得起。他用深沉的目光盯视着我，静静地说：日本比中国先进，你们可以学到很多知识。他建议，大弟、四弟去工业学校学电机，继承父亲实业振国的遗志，我和四妹去学医或学制药，学上一门自立于世的本领。

我们的这位张鸿鹄七叔，当时是哈尔滨市的电业局长，是我心目中和父亲一样的智者。这位毕业于日本东京帝大的留学生，和父亲亲密得很，在我家有很高的威望。他是和周恩来总理同时留日的好友，总理那首大江东去的绝句就是送给他的。其实，他是打入"满洲国"高官阶层的异己分子，是为中共工作的，这个情况，是我以后才知道的。

如此，我们去日本留学的事就定下来了。父亲青年时在日本正金银行的同事，当时是"满洲国"主管经济的藤本，这位一直作为说客请父亲就任"满洲国"高官的藤本，知道我们四人要去日本读书，立时派人送来了介绍入学的各种关卡，当时，"满洲国"的学制向日本看齐，我进大学，弟妹进中学都很方便。

另外一封来自我母校的推荐信，加速了我们去日本的日程。信是吉林女师的日籍副校长村田琴写来的。这位被同学们背地里叫作穆老太、举止高雅、礼貌周全的典型的日本知识女性，殷殷切切地劝我就去她的母校——日本东京女子大学就读。她之所以这样赏识我，是因为我表现并做到了她所渴想塑造的满洲淑女的形象。其实，这不过是出滑稽戏，我只是玩了个简单的遮眼法而已。那年，正逢"满洲国"的康德皇帝去日本认亲，回来后发表了《访日回銮训民诏书》，说什么皇帝他也是天照大神（日本大和民族的始祖）的子孙，以之佐证日满是真正的兄弟之邦。他的这份"诏书"满洲老百姓以不睬对之。事情是明摆着的，几千年来乃是炎黄子孙的认祖情怀是流淌在老百姓的碧血之中的，硬扯什么天照大神岂不是天大的笑话，狗肉怎么贴也粘不到羊身上呀！可我们村田琴老师，却命令我们默写皇帝的《访日回銮训民诏书》以示忠诚；且规定，不及格者不予毕业。这可真真正正的是道难题，我们连看都没仔细看过那篇亦文亦白、咬牙嚼字的诏书，如何默写得出来？同学们一筹莫展之际，身为班长的我出了个鬼主意，我去向村田请示：为了表示对皇上恭敬，我们愿意用宣纸与毛笔来恭默诏书，她欣然同意。我们备好了宣纸，备好了墨汁，为怕墨汁洇纸，还备了一张衬纸。点子就出在衬纸上，我们用铅笔，淡淡地用ㄅㄆㄇㄈ在衬纸上拼写了诏书。村田不认识ㄅㄆㄇㄈ，也没想到这里有鬼。当她拿到我们全班一致默写得整整齐齐的诏书考卷时，开心地微笑着，这是她的最佳的工作业绩，她为"日满一体"作出了贡献，她为"满洲国"培养了一批高标准的淑女。

东京的景象，引发了我这个殖民地中长大的女儿的万千思绪。按照当时日本社会上的惯例：老百姓把部分房屋租给留学生下榻（叫作贷家），于是我住进了名叫吉野的一个日本住友公司的小职员之家。吉野太太对我们非常友好，招呼得十分周到，她叫弟弟为学生仔、叫我和妹妹为闺女们。这个宛如家人的称呼，使我们丢掉了诸多疑惑和不安。吉野一家人的面目和君临满洲的日本人相差实在是太大了。住熟了之后，我才明白，日本的媒体宣扬的是用日本的先进技术帮助技术落后的满洲开发资源，以达到两国的共同富裕。没见过殖民者烧杀抢掠真面目的日本老百姓，真诚地相信这个美丽的谎言。因为日本确实资源匮乏，满洲又确实没有先进技术。而且，从明治维新以来，媒体一直着重渲染的是白种人对黄种人的歧视，同是黑头发黄皮肤的日本人和满洲人必须通力合作，改变白种人垄断世界的局势。这个渲染，很合表面谦虚其实自视极高的大和民族的胃口。

接触了日本本土，我体认到，我在满洲学的那点点日语只不过是个皮毛，要在日本住下去必须把日语学通。

经过思虑，我没正式去女大上学，而是进了东亚日本语学校的高级班。留学生前辈告诉我们，创办东亚日语学校的松本老人，是个中国通，他一直反对政府侵略中国，是中国人的真朋友。

梅娘女中时代的学生运动会

那时，松本老人已经退休了，他不时地到学校里来巡视。碰见他，他了解了我的情况之后，不是向我说什么兄弟之邦、日满一体的鬼话，而是给我讲了个民间故事。他说：日本人进满洲，是趁菩萨瞌睡，小鬼偷吃了供奉给菩萨的油豆腐。他的这个比喻，把我惊呆了。我开始思索起战争，渴望知道战争的诸多内涵，十几岁的一个女娃，狂妄地把民族兴亡的重大课题和自己搅在了一起，从心底感谢松本老人给我上了一堂意味深长的战争课。

我们这一代在东北大地上长起来的青少年，最迫切的愿望就是想知道关内，也就是中国大陆上的各种情况。"满洲国"成立以后，关内的书籍一律不准进境。中学虽然学的仍是中华书局和商务印书馆刊行的课本（"满洲国"还没来得及做出自己的课本，1938年以后便全改了），但那都是过去式。我们需要了解现时，需要明白自己的处境，需要探究未来，我们东北的年轻人，是背负着几代人的被侵略的苦难长大的。我的那个富有的家族，我的那个一心想振兴实业的父亲，是在不断地跟租界的洋老爷们打交道，拼搏过来的，他的发家史，步步伴随着难耐。具体到女人身上，悲惨到凄绝人寰。我的祖姑姑据说是美甲一方，日俄战争后，横行在东北大地上的沙俄军仓皇溃退，他们用来购粮强塞给老百姓的沙俄纸币——羌帖，一夜之间成了废纸；祖爷爷在家无隔宿粮的情况下，把祖姑姑聘给一位土地主的病儿子换回来果腹的高粱。祖姑姑在备受欺凌的情况下，20岁上便郁郁而死。我的姑姑用那花花绿绿的纸币给我们折叠偶人游戏，告诉我们老百姓是怎样受羌帖的跌宕而家破人亡，就是这位姑姑也因为姑父吸食鸦片夭折而年轻守寡，不得不依靠娘家度日。英国人强送给中国人民的鸦片，"满洲国"成立以后，成了公开的娱乐品，我的堂兄，20岁不到便陷入了吸鸦片的毒坑而一蹶不振。侵略者造成的各种伤害，是嵌在我们的骨髓之中的，我们无法回避身陷水火的处境。松本老人给我的启迪，至今难忘。

卅年代的东京，中国留日的学生有个组织——中华同学会，人们告诫我，去那里，会受到满洲特务的监视。我没有被吓倒，终于打听到了，我们吉林女师的一个叫颜毓荷的同学，初中毕业后去北平读了民国大学，常在中华同学会出入。于是，在颜毓荷那响着风铃的贷家小屋里，我见到了一群颜的朋友。他们悄悄地为我唱起了东北流亡学生的歌曲——《我的家在东北松花江上》；指引我去内山书店看中国大后方的书，指引我去逛神田街的书市……那是些什么样的书啊！朱光潜的《论美学》、郭沫若的《屈原》、何其芳的《画梦录》……还有萧红的《商市街》、萧军的《八月的乡村》。我的视野扩展到了中华大地，我的同胞在我的眼前活生生地站立起来，我找到了中国人的感觉。民族的温暖使我心潮激荡，我忘记了我的东京女大，我在上着中国人的大学，在日本帝国的心脏——东京。

神田街的书市拓宽了我的思维，我看到了日本人重视文化的一面，那结晶着人类智慧的书带着馨香融入了我的躯体，书摊旁的盏盏小灯，合着夜的深邃向我述说着世事沧桑，向我介绍了马列主义，给我说明什么是剥削，什么是剩余价值，我浮沉在书海中，上着真正的大学。

这时我结识了我的丈夫柳，他在北平辅仁大学学数学，中途来到日本的早稻田大学学经济，他说中国的落后，病根在于没有现代的经济。他是个非常非常好学的人，正着迷于早大的早期毕业生、当时是名记者的石桥湛山关于中日两国国情的论述，他说，石桥的论述说尽了中日战争的不可避免性。卢沟桥的炮声，证明了石桥论断的准确。给我上了关于故乡沦陷的主课。

《华文大阪每日》封面

《华文大阪每日》
半月刊创刊号封面

丈夫考进日本大阪《每日新闻》社做记者后，我转学到了神户女子大学，那间私立的、由东京女大早期毕业生主持的大学是培养贵妇人的温床，日本很多女名人、很多外交官的夫人都出自该校。我选择了家事课，只因为家事课的功课比较轻松，我要腾出时间来读我自己选定的课业。

当时的日本，把席卷20世纪的马列主义作为学术研究对待。他们也抓共产党，但不禁书，就说列宁的《论国家与革命》吧，就有两三种不同的由俄文、德文译成的日文版本。当时在京都帝国大学读经济的于明仁，在奈良女高师学历史的田琳，同是大阪《每日新闻》记者的鲁风、雪莹和我及丈夫成立了自发学习的小团体，像吞食食粮一样地猎食着这些红色书籍。想起那时的热忱，至今仍然心动。一位哲学家曾总结说：20世纪初期的青年，不信仰共产主义是没有心。真是一语中的。

随着华北的王克敏傀儡政权的建立，南京汪精卫的伪政权建立，我对国民党政府的腐败无能有如目睹，我完全丧失了对国民党可以抗日取胜的信心。我在中华同学会看到过的资料证明，是蒋介石命令张学良不抵抗日军而丢失了东北的。张学良在我的心中有一定的威望，父亲当年的创业是张学良的改良政策支持的……

我们如饥似渴地寻觅着救国之路，究竟一个什么样的政权才能打败侵略者，我们互相辩论，互相启发，度过了无数个不眠之夜。在日本的古都奈良，凌晨走出夜读的田琳的小屋，奈良温婉的小鹿"呦呦"地叫着走过来接受人们的抚摸时，我总是泪在眼眶里转，把自己的宵夜——白薯干送到小鹿的唇边。那时，日本人果腹的白米已经短缺了。我们学校里也有了所谓的"勤劳奉仕"，不定期地到被服厂去协助缝制军衣。庞大的军服需要，说明战争的激烈化程度，被媒体煽起来陷入战争泥淖的日本百姓也朦胧地觉察到了大东亚帝国很可能是个难圆的梦。

神户女大家事系的主课是古文学、美学、茶道、花道及外国语（英语、法语还有德语）。茶道所营造的人生气氛，对我影响很深，那是个洗涤灵魂的场所。学校里的茶道教室，围在一丛绿竹之中，我们按照茶道祖师千利修的规则，洗盏、泡茶、静心、修身，把世俗尘声锁定在翠竹之外，意静神驰地享受茶香中的恬淡人生。彼此奉茶时，我注意到了忧愁已经悄悄地爬上了这群淑女的眉梢，她们中的亲人——哥哥或弟弟，甚至是未婚夫、丈夫，出征后已经做了他乡之鬼。再恬淡，也无法脱开这种亲人遽亡的伤楚。

花道是个酬答天籁的课业，是再现自然和谐的美育课，我把黄玫瑰插在凸花的暗色玻璃瓶里，配上新生柳枝那白茸茸的毛毛狗，就感觉到春天在轻轻走近。如果换上褐色的芦荻来配黄玫瑰，那感觉便是秋天主管了人间。我们的花道老师，一个名叫美智子的高雅女士，对我在插花中的创意很为欣赏，但我们总是不欢而散。课业之后，她常常说："这种课业，满洲没有吧！"我很想回答一句"满洲的蔷薇是泡在血泊里的"，来刺刺她那把大和民族看得高于人类的傲慢，却几次都忍了下来，因为随着战争残酷的具体显现，我已经脱却了姑娘的鲁莽，我明白这种情绪的发泄，只能招致灾难。我只能保持我这个满洲淑女的形象才能顺利地学完课业。

神户女大的古文学课，以紫式部的《源氏物语》为重点，是必修课。我好不容易弄懂了日语古文语中的句式，才啃读了日本的这部关于两性爱情的千古绝唱。书里讲述的爱情坚贞得肝肠寸断，和我们中国的帝王一样，帝王可以移爱多方，皇妃和姬却总是忠于一身，非常非常地缠绵悱恻，非常非常地男性中心，我不喜欢书中那些仪态万方的女人，因为她们距离现实太远了，这当然是我对古文学的无知。其实是那个悲情时代，使我们这群背负着国恨家愁的热血青年无法接受爱情至上的信念了！

珍珠港的炮声，媒体吹嘘到了歇斯底里的境地，老百姓的反应却很淡，勿须说已经有人越来越明白战争怕是要赌不赢了。我们居住的小镇上，贴着出征之家标志的门户似乎一下子就冒出了很多，背负着婴儿的小母亲，手持"千人针"（"千人针"一条长布，上面画了一千个针点。日本的母亲们相信，只要一千个不相识的人都缝上祝福的一针，这条长布便具有了保护战场上兵士的神奇力量）伫立街头，请你为她缀上祈福一针的景象是那样地令人心酸。

女大的课业结束了，我得到了同学们的惜别礼物，不但是我们，连这些日本的淑女们也不再提什么日满一体了。她们和我一样，悄悄地品味着民族的苦难。在这美丽的岛国里，尽管很多绿地都改种了水稻，果腹的稻米的配给量仍在减少、减少。而我，这个被共产主义洗

1941 年，梅娘和丈夫柳龙光

柳龙光，生于 1911 年，卒于 1949 年，北京旗人。曾就读于北京辅仁大学理学院。1936 年毕业于日本东京专修大学经济学部。1939 年 2 月考入设在日本大阪的大阪每日新闻社，任《华文大阪每日》杂志的编辑。1942 年 2 月，与妻子梅娘一起返回中国，在北京定居，直至抗战胜利。期间，柳龙光担任过燕京影片公司协理、《国民杂志》主编、武德报社编辑部长、华北作家协会干事会干事长等职。

涤了的头脑里，已经灌满了这样的思维：只有共产党才能拯救我的祖国。这是我的大学中最为紧要的一课。

柳辗转地接受了一项工作，我们想方设法不露痕迹地在我们居住的小镇上，在奈良、在京都、在大阪每次买上三日份的磺胺制剂留存起来，抗日战场上极缺这种新药。留存我们融入了抗战的外围，我们筹措着返回祖国，我的远离硝烟中的大学怕是要移地而上了。

2001 年 8 月作

收入季羡林等著《大学往事：一个世纪的追忆》，

昆仑出版社，2002 年 1 月第 1 版.

111　佛像画册与松本妈妈
——喜读《戴草笠的地藏菩萨》

　　我读到了一本非常优美的画册，是日本画家清水耕藏作画、鹤见正夫配文的民间故事画集——《戴草笠的地藏菩萨》。这本通篇以飞雪作基调的画册，诱起我很多绮丽的遐想，引我回到了曾在日本就读的岁月。当我还是一个姑娘的时候，有机会到日本北部的雪国去，在那里结识了一个和我同等大小的女孩，她叫松本芳子。很遗憾，我们刚刚相识她就病了。有一天，我踏着铺满了积雪的半山路去看她，是她妈妈引我去的。

　　雪飞着，一团团，一团团。我的草笠和松本妈妈特意为我披好的蓑衣上，一层又一层的飞雪铺上来。松本妈妈一只手拉着我，一只手不停地为我拍落飞积上来的雪花。松本妈妈的脸冻得绯红，草笠下的那双眼睛，交替地变换着欣慰、焦灼、感谢的神色。我还不会说很多的日本话，但我完全理解松本妈妈的琼琼细语，她在抚爱、安慰、鼓励着我，像对她亲爱的小女儿一样。

　　突然，她站住了，站在路旁的石刻地藏菩萨像前。像为我拍去积雪一样细心地为地藏菩萨拍落了头上的积雪，然后双手合十，告诉我，她是在为芳子祈福。

　　清水耕藏也画了相似的场景。卖草笠的阿公替地藏菩萨拍落了头上的积雪，把没有卖掉的草笠一一给路旁的菩萨戴上。画家用惊人的笔触描绘了菩萨的表情：他们头上顶着积雪时：双眉深锁，眼睑下垂，一副不胜严寒的神色；到草笠戴上去，双眉舒展，眼含笑意，一副暖融融的姿态。这两幅不同的脸相，形象地表达了沁人心脾的关切。

　　画家笔下的下一场景，是阿公两手空空地回到家里，为没有卖掉草笠换回年糕而向阿婆道歉。迎到门口的阿婆，却只怕寒风冷雪打痛了没戴草笠的阿公，用她的宽袖子频频地为阿公揩拭。

阿婆的脸，带着日本女性传统的温存，雪花落在她雪白的头发上。画家的巧手用了两种稍稍相异的白色区分了白发和雪花，使你感觉到雪花似乎在回映着空间的光泽。而阿婆的脸，那一张交替变换着责备、担心又欣慰的脸，多么酷似我的松本妈妈，我仿佛又听见了那种琴弦轻拨时的琮琮细语。

日本雪国的风俗，把石刻的地藏菩萨像竖在路旁，随着地方的相异而竖立的像不等。三尊五尊，甚至有多到十二尊的。在我国地藏王菩萨高大的金身塑像，大都供奉在雄伟的寺庙宝殿里；但在日本，地藏菩萨正像土地神在我们祖国一样，是与老百姓休戚与共的神灵。人们把美好的希望寄托在他们身上，并伴着许许多多动人的故事出现。人们相信，只要老百姓有难，他们就来搭救。我的松本妈妈在大雪中为罹病的女儿祈福，正是这种善良愿望的寄托。

画面的特定时间是除夕。最有光彩的画幅是戴了草笠的地藏菩萨为阿公阿婆送来了装饰元旦的彩纸、象征幸福的红橘，和阿公特意到镇上去卖草笠准备换回来的年糕。画家只画了地藏菩萨送礼之后远去的背影，而把戴着阿公自己的草笠的那位菩萨排列在最后。草笠，从商品角度来说，那只是几个小钱的货色。在雪团飞舞的严寒之中，把自己头上遮雪挡风的草笠戴在对方头上，那才是真正千金难易的温煦。这就质朴地提示了穷苦的阿公所给予的同情是多么深厚。

配文在这里起了画龙点睛的作用，只用了一句话就概括了一切。台词是阿公的旁白："我再冷，还有个家呐！"

画册的最后一幅，是阿公和阿婆因为听见有人踏雪远去而奔到门外来查看究竟的情景。这一对老夫妻，站在瑞雪盖顶的小茅屋前，小屋衬以玫瑰色的天体，示意元旦即将在雪霁的凌晨中降临。两个人一齐凝望着远去的菩萨的背影。画家没有用平常的欣喜的微笑来装饰他们的脸，而是把那种泛着光彩的向往写在他俩的眼角眉梢，而阿公带着他的浑厚，阿婆带着她的温存。这充分体现了人们共同的意愿——对美好生活执着的追求。

中国寺庙里的地藏菩萨

日本路边的地藏菩萨

翻看着画册，我简直不愿释手。松本妈妈在雪中冻得绯红的脸，总是叠印在画册中阿婆的脸上。尽管我记忆中的松本妈妈还是黛眉云鬓，但是时间会加给她皱褶与华发，她也完全会像画册中的阿婆一样，脸上身上都刻下了岁月的磨损。

至于祈福，像地藏菩萨在除夕之夜给无力购买年糕的阿公送来年糕一样，完全不意味着迷信，而是意味着善与美。我敢断定，今日可能仍然健在的我的松本妈妈，当然不会愚昧到相信当地土方能够医病。在她双手合十的前胸里，跳动着的是作为母亲的炽热的心，只是千百年的习惯动作而已，正像这优美的画幅牵动了我这个平凡的女人一样。我怀念我的异国母亲和朋友，我也愿意像我的松本妈妈一样，双手合十，为她，为她的芳子，为所有的善良的人们祈福。

原刊于香港《大公报》1979 年 8 月 6 日

署名柳青娘

112 我与日本文学

　　杉野元子女士给我写了封信，希望我在这次聚会上，谈谈"我与
日本文学"。她还为这次聚会邀请了贵国研究中国文学的权威人士藤
井先生参加，藤井教授推却了"陈独秀研究"的座谈会前来，我十分
感谢，也很不安，我没有认真地研究过日本文学，只能说说我在接触
日本文学的过程中，有某些直觉，某些领悟，某些感触吧！

　　这个命题，使我认真、仔细地梳理了这段尘封的往事，人老了，
很多记忆都已失落，仔细回想，我接触的第一篇日本文学，竟是周作
人译成中文的与谢野晶子的《贞操论》。

　　我上高中的时候，已经是"满洲国"的康德纪元了，时间上，已
经使我们与本土的中国有了距离。我们学校里已派驻了日籍的校长，
不过教学的还是我们原来的老师。我们的吉林省立女子师范，是当时
的名校，很多老师都是随着北伐战争到东北来拓荒的志士，新文化的
气氛很浓，我们爱戴的何蔼人老师便是志士之一。

　　何老师对我不时在作文中冒出来的对女性不幸的同情，对社会丑
恶现象的批判很欣赏，他悄悄把《新青年》杂志拿给我看，在刊登《贞
操论》的书页上他还加了红色的重点。

　　刚刚 16 岁的我，还不能完全领会《贞操论》的观点，更想不透
贞操在两性生活中的重要性，只因为那是来自《新青年》，又是何老
师介绍给我的，觉得很珍贵，便一字一句地抄在笔记本上。随着年龄
的增长，随着生母不幸一生在我心中烙下的悲惨，我对晶子提倡的贞
操应该是两性共守的道德准则非常认同，拨开了当时社会中以女方不
贞而加害女人的道德迷雾。这是日本文学给予我的第一份营养。"文
化大革命"中，红卫兵抄家时，把旧笔记本踏在脚下，我甚至感到了
像是踏在我的心上一样。

　　我翻译的第一本日本小说：《白兰之歌》，是在非常被动的情况

与谢野晶子小照

与谢野晶子，YosanoAkiko，生于1878年，卒于1942年，日本现代女诗人。生於大阪附近的甲斐，原名凤晶，自幼喜好古典文学，中学时接触现代文学，1900年加入以与谢野铁干为首的东京新诗社，成为"明星派"成员，之后离家到东京与铁干同居，并于翌年结婚。终其一生，与谢野晶子育有十一名子女，写作逾二十本诗集，并且将《源式物语》等古典日本文学名著翻译成现代日文。她的第一本诗集《乱发》出版于1901年，书名源自前辈女诗人和泉式部的短歌收了近四百首受其与铁干爱情激发的短歌，崭新的风格与大胆热情的内容轰动了诗坛，这些短歌为传统和歌注入新的活力，其浪漫的光环始终为日本人民所敬爱。

之下。1938年，我到"满洲国"的《大同报》就职，社长大石把《白兰之歌》的翻译工作派给了我，那时还没有《白兰之歌》的单行本，是根据《大阪每日》的连载进行翻译的。我当时的日文水平，还不够做日本小说的翻译工作，在柳龙光的帮助下，磕磕绊绊地译了几章。因为柳龙光考上了《大阪每日》的记者，我们离开长春转场，直到《大同报》连载了《白兰之歌》并要求我写篇后记时我才匆匆忙忙地看了我没译过的部分章节。久米正雄在《白兰之歌》中点画的中国女青年完全没有中国女人的韵味：我以为，那是按照日本男人口味凑起来的虚无人物。我不愿意跟着久米的腔调，极力宣扬东北大地的富庶，煽动日本人在东北落户。对我来说，那意味着强盗霸占了你的家园还胁迫你同唱赞歌。我在译后记写道：这是日本人写给日本人看的故事，也是发生在我们土地上的故事。《白兰之歌》带给我的苦难真是一言难尽。新中国成立后，审查我的历史，把这项译作定位为"为侵略者张目，是对侵略行为的赞美，是汉奸行为"。这个汉奸定位，包括我一些和日本的其他过往，是我用了廿多年无声的停笔时间还清了的。这不关日本人的事，是那个时代的要求。因为刚刚从抗日战争的血海里挣脱出来的中国人正处在一种情绪化的昂愤时期，我和我的同伴都没有逃过此劫，这也是中日恩怨纠葛的一段插曲吧！

1938年年底，柳龙光到《华文大阪每日》就业，我们脱离了《大同报》，转场在阪神线的西宫镇安顿下来，我得到了自由阅读日本文学的机会。说起来，也许是种缘分吧！我首先选中的作家是夏目漱石，不是因为我对他有了了解，只是由于他的名字，因为中国形容知识分子不恋物质、热爱自然时有一句成语是枕石漱流，也颠倒用作枕流漱石。这个漱石的命名使我与作者有了相通的感觉。我读了他的《我是猫》，他那幽默辛辣的笔触批判了现实社会的庸俗与丑恶，我借用他的观点来观察社会时，也觉得目光犀利起来。他的《门》中的两性观点和我郁结在心的女性情结也有某些合拍，不过，我不喜欢他的《心》，读了两次都没有终篇，可能《心》那消极渐趋老年的灰色情绪与我当时的年龄和社会体认都不搭界吧！

这段时间，我也浏览了日本文中介绍西方的一些篇章，这大大地开拓了我的眼界；柳龙光也有这方面的兴趣，他在《华文大阪每日》上辟了一个专栏，题名为"海外文学"。我翻译了两三篇，印象深的是德国人黑塞写的短篇，小说的主人公懂得了兽语，因之看透了世间的肮脏与不平，结果被作为疯子送进了疯人院。很可能我是感到了说真话时要承受极大的压力才选了这篇小说的。

这一时段，我的创作也进入了高潮，不敢也不能触及民族被压的大环境，积压在心中的对妇女的同情之火烧得我不吐不快，夏目昭示给我的"暴

夏目漱石著作《我是猫》书影

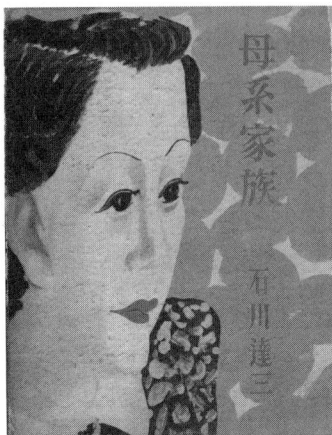

石川达三《母系家族》书影

梅娘小说集《蟹》书影

露真实"成了我的价值取向。我陆续写了《蚌》、《鱼》和《蟹》。真正的是一种淋漓的感情宣泄，使我体认到了创作的喜悦。

从日本回到北京之后，我翻译了丹羽文雄的《母之青春》，是在一种既志愿又无奈的情绪下执笔的。丹羽是日本命名为"笔部队"的成员之一，他为战争摇旗呐喊，我不愿译他的这类作品，他又是"大东亚文学者大会"的主持人之一，我选择《母之青春》，因为书中讲的是母女两人对待爱情的不同态度，这和我的主题相近。我还有一点私心，想《母之青春》也许能够冲淡中国人对丹羽战争文学的厌恶吧！包括我在内。

翻译石川达三的《母系家族》出自同样的心理。石川的《活着的士兵》在中国翻译出版后，效果可能与他的愿望相反，因为他真实地描写了日本兵在中国的暴行，从侧面为侵华战争的残酷做了真实的注脚。随着战争的推进，我已经悟到了日本文坛也和我们一样，有"从政"和"为民"的分歧；从政的《白兰之歌》很快就销声匿迹，暴露真相的《活着的士兵》则留存了下来。

《鱼》、《蟹》先后得了"大东

亚文学奖"之后，使我困惑了好长时间，我没有为"大东亚的文学共荣"做过贡献，为什么要颁奖给我？又仔细地看过袁犀的得奖作品，他也没讲日本人的事，我仿佛找到了答案，这是从文学角度做了定论的，因为用文学来阐述真实、宣扬人类共同追求的真善美，是作家的天职。而且，我隐约地觉得，日本的侵华战争已经是强弩之末，日本人的情绪也从战争的狂热中冷却了许多，敏感的日本作家们肯定也感触到了这一点，尽管这样想，我仍然没有去领奖。

这时，使我经常思索的是：什么才是中日民族间的真正交往？漱石小说中的一句台词（出处在哪里，想不起来了）"有理想的人，能够找到自己的路"，这引领了我；在日本接触到的日本女人那敬业、勤劳、忠贞的美行，这使我念念不忘，我认定：同样受着儒教的大男子主义对待的日本女性是我们的姐妹，我们共同的心愿是盼望安定、幸福地生活。我的路应该是做些力所能及的化解中日仇恨的工作，战争别管多久终归是要过去的。

那时，在北京出刊的日文杂志《燕京文学》有很多富有生活意韵的小品文刊出，这正合我的心意，《母系家族》在《妇女》杂志刊出后，我接到了一些读者的来信，都认为这是中日妇女间的真正沟通。我选了细川武子的少女系列，和饭冢朗的家庭系列，译出后在《妇女》杂志上刊载，也都受到了读者的好评。同时我也发现了一个有趣的现象，我在日本时，写的文字是阐述中国人的情感，而细川她们住在中国，写的是日本人的事，描述的是日本人的心理状态，其实文学的根本就在你的故国情怀之中。

停笔22年之后，我回到了我的工作岗位，又一次接到了一件奉命文学（性质当然完全不同于接受《白兰之歌》之时），中国的研究日本的权威人士孙平化在日本落地生根的日文小册子译成中文的任务委托农业部找到了我，希望我把一本讲述中国茶在日本落地生根的日文小册子译成中文，为中日交往中这段历史佳话作贡献。这本中译本的《茶史漫话》（农业出版社1986年版）在我们的农村读物中有一定的知名度。

"文化大革命"之后，我们还没有完全从那场不该有的"革命"中清醒过来的时候，我在卞立强先生的家中发现了釜屋修点评赵树理的论文。这本书的题目震惊了我，是《光荣的崛起，悲惨的死亡》，这满怀同情的话语，使我迫不及待地翻译起来，先后在不同刊物上刊出了部分章节。最后，由北岳出版社出版，还附有釜屋撰写的赵树理与日本农民作家伊藤永之助的比较论文。伊藤访问中国时，赵树理曾和他同座，伊藤写的小品《相见记》也在我们的报刊杂志中刊出了。赵树理曾给伊藤当场书写了孔子的名句"有朋自远方来"。

我的工作单位，有很多日本讲谈社等出版社出版的画册。我很喜欢。我译了多篇，反响不错。

这之间，渡边澄子教授来北京访问，送给我她的著作，这使我很开心，因为这证实了我的想法，用女人们的相通来化解中日恩怨是条不错的路。我用她的《田村俊子传》写下了祖露事实的《两个女人和一份杂志》，为我们的地下党员关露平反作证，澄清了罩在关露和中国人的好朋友左俊芝（田村俊子）头上的迷雾。

我看了石川编剧的电影《金环蚀》，他剖析金钱左右政治、政治腐蚀灵魂的这部正剧，彰显了作家的良心。我为石川抛却了为政的无奈，回归了文人的良知而庆幸。

总之，日本文学给予我的启示和滋养成了我一生的财富，祝愿我们之间的沟通进一步深入，使我们成为真正的好邻居、好伙伴。

2004 年 9 月作

收入梅娘著、侯健飞编《梅娘近作及书简》，

同心出版社，2005 年 8 月第 1 版.

113　往事如烟

——妇女杂志的记者生涯

　　20 世纪的 1942 年春天，我和丈夫柳龙光从住了四年的日本回到了北京。对这个 1937 年被日本霸占了的中华民族的古老城市北平，占领者玩了个遮眼法，他们说："华北政务委员会的出现，标志着历史的转折，北平在浴火中重生，作为大东亚共荣圈的一环，我们来协助你们重整旧颜。"就这样，北平的记年，复归为北京了。

　　满洲国生存的经验告诉我，日本军方惯会花言巧语，指鹿为马。华北的政务委员会必定和满洲国的政务院一样，只不过是日本军方打造的前台宣传员。我只盼望，被重称为北京的北平，即传统中的北平、北京，还没有被摧毁殆尽，还能寻觅到中华民族的神魂。这神魂是托拥着我们这一代在殖民地长大了的中华儿女的精神支柱。进入北京时

梅娘与北京大学博士涂晓华

生命虽然只有二十一年，从小就领会过沙俄、英、日等帝国在东北大地上的轮番肆虐，我获得了一种朦胧的觉醒；别管霸道来得多么汹涌，迟早总会过去。被踩踏的人间，只能靠自身凝聚的力量，才能重生。怀着这样的心态，我进入北京的职场，进入了《妇女杂志》。

1944 年，梅娘在南京

《妇女杂志》是臭名昭著的宣扬日本武德军威的武德报社出版实体中的一环，是个销量还能自给的月刊，我糅杂着青年人的些许困惑、些许莽撞，设想在尽可能的情况下，执笔为文，为读者送上一缕希望之光。

可能恰恰赶上日本军方已经觉悟到了宣扬军威的宣传只能招致更多的仇恨，又遇到了军中主政、文化气质较浓的文化官员，在他向柳龙光下达办刊宗旨时的一番话中有这样的表白："我们也不看好宣扬军威的武德报，两年前（1939 年）已停刊了，之所以还沿用这个名称，派有日籍社长，为的是搞白纸、搞印刷物质方便一些。"他赞同柳提出的以质问、求知为主的办刊方针。

如此这般，在比满州国稍许宽松的气氛下在北京文坛，我们锁着脚铐的"文化舞女"开始旋转，这脚铐的不容硬砸、难以拆卸，小小文化人的我们心知肚明。等待我们的，仍然是违心的日月，什么能说，什么不能说，什么愿说，什么坚决不说，自我掂量吧！

在日本就学的经历，在日本与日本社会的零距离接触，使我确信，别管生活在什么政治框架下的庶民，对安定幸福生活的向往与追求完全一致，这是人类的自然要求。这便是人们沟通的基点，就这样，我开启了我年轻的生命在北京的时间段。

在浏览的日本杂志中，看到了名为细川武子的女作家刊出的一系列的少女篇章，其中的《千人针》短篇使我注目良久。故事很简单：女中学生绫子在上学途中遇上了背着婴儿、站在大路旁请求过往行人为她在"保佑平安"的手巾上缝上祝福一针的楚楚动人的小妇人。丈夫奉令出征，据说

梅娘在南京

有这种缝上一千个陌生祝愿的手巾可以嘉佑士兵平安归来，对此，她深信不疑。小妇人举着手巾，向每个路人奉致请求，"请缝上一针吧！请缝上……"海风吹散了她的细语。婴儿在她的背上不安地燥动。这是妻子的心，这是年轻的女人的心。绫子决定帮助她，她没有进课堂，而是站在校门口，恳求过往的同学们助她完成这项助人的心愿，完成无辜的少妇与婴儿的心愿，一定保佑征人平安归来。

这个清新的短篇传达的是庶民对战争的无可奈何。细川其他呈现日本庶民的人间情事的小说我也一一移植到了妇女杂志上。我就是这样把我的情思展现在《妇女杂志》上了。

我也写了很多应景的文章，报道中日妇女只谈生活质量的座谈会，访问女性中的顶级人物，访问女大学生，等等，我只想传达一种信息，在非常时期中，人们要过的，过着的仍然是合乎人性的善美的生活。

我没有涉及大东亚共荣圈，没有，一篇有关的报道也没有写。因为我想做的只是苦难中的一丝安慰，是寒夜里的些许暖意。

有批评家批评我们，说我们那个时段的工作是为侵略者装点升平。就算是吧！我并不后悔那段入世之笔，我是按着中华神魂铸就的良知动笔的，我很坦然。

位于台湾基隆港的太平轮
遇难旅客纪念碑

　　在《妇女杂志》上连载的《母系家族》，是日本大作家石川达三的巨作，我移植她，是想向读者介绍日本城市女性的喜怒哀乐。也是我向社会呼吁的心声。日本女性和我们一样，仍然生活在儒教的大男子阴影之中，女人需要自己冲出这不公平的世况，这就是《妇女杂志》应负的职业道义。也是我的职业走向。

　　2005，早春匆匆写就

梅娘

此文应涂晓华之邀于 2005 年 4 月 13 日写就

收入涂晓华《〈女声〉杂志研究——上海沦陷时期妇女杂志

个案考察》（博士论文，北京大学，2005）的附录

114 几句话

去年夏天，我写了一篇题作《蚌》的中篇，我的几个朋友看了，他们说《蚌》中的女人是不应该死的，结果我把《蚌》里的姑娘带到《鱼》里，《鱼》也没能表示出我心上的郁结于万一——一种女人的郁结。

我开始想写另一篇，那就是《蟹》。

可是《蟹》完全离开了《蚌》和《鱼》，《蟹》的结局一点都不是我所想象的那样。我的心中繁殖着的情感，我没能有条理地整理好，让它将我的初衷表现在纸上。

《蟹》就是在这样的情感下写就的。

如果读者能从《蟹》里找到了一点什么，即或是一点可憎的爱，就足可以使我安慰的。

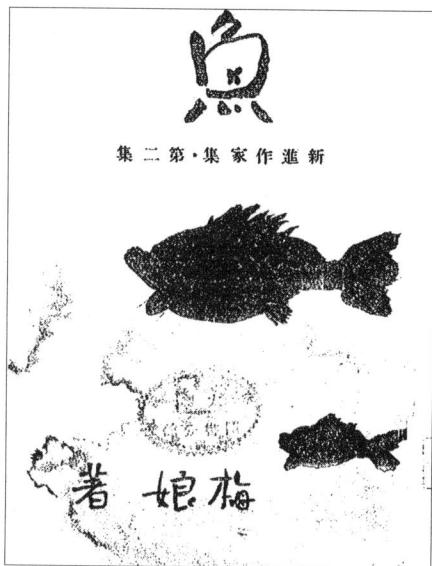

梅娘小说集《鱼》书影

七·一四·一九四一于北京

原刊于日本《华文大阪每日》1941 年 8 月 15 日 7 卷 4 期

115　复小姐姐

编者按：收信人小姐姐，系梅娘吉林省立女子师范学校时期的同学徐淑婉。她在学生自治会里负责伙食管理。

小姐姐：

你的信来的时候，正在我生产后不久，我的小女孩安静地卧在我身边，带着梦里的微笑，我反复地想着你的话，"多难的女人们啊！"那么我想，我将怎样教育我的婴儿去付起多难的生命呢？

我这样以为，一个女人不但能左右自己，且能左右一个家甚至一部分社会。我能想尽方法使我的丈夫良善、正直且对工作热心，则围绕我丈夫身边的社会群定能受惠；我能使我的孩子聪明有为，伟大而不卑鄙，则环绕我孩子的人们也一定能受惠。所以，与其说是多难勿宁说是伟大，如果把这伟大的工作解释成已达成的多难，我将同意你的话。

这真是一件过于艰辛的工作，一定得要每天鞭挞着自己，每天不断地上进才行，工作圆满的一天就是成佛，就是普渡众生，也就是得到了永生。快乐是寓在这工作的不断追求中。所以，小姐姐，丢开烦恼吧！无所希冀的人才会烦恼的，试验着教育起自己来，教育自己比教育旁人更难，但更有意义。我把"一人成佛九族升天"的俗语解释成这样，一个人能完善地修养了自己，则九族都能得到极乐。我想小姐姐能明白我的话，绝不会想我是发狂，是唱高调。

我软弱得很，这次生产剥夺了我过多的血液，现在我尚不能坐起来，时常觉到头晕，我充分地体会到健康的可贵了。愿小姐姐在还没有受到这重大的身体打击之前，努力珍重。

北京的春暮了，今年奇怪的没有刮过大风，沙漠风忘了这个瑰丽的城市了，藤花谢了，洋槐也谢了，我房里的桅子倒是刚绽苞。那是两株奇怪的花，一枝上开着黄白两色，花小瓣厚，一点也不好看，但却有特异的香气，一种相仿于桂花那样的甜香但更诱惑，我对它异常地喜爱。去年，在它开花时，我曾珍惜地为它浇了两枚鸡子，我的房东太太告诉我那是最能帮助花儿成长的，可是鸡子却更使它萎黄了，今年，我只好把它早早地拿到院里去，希望它在太阳下恢复过来，果然，它又重生了，我正期待着它的花，如果你来，早一天来吧！在我的栀子开花的时候。

职业我想总不难寻找，我当然会尽力帮你忙。不过我一定得要先告诉你，北京的生活程度是高出 10 倍于我们的寒冷的故乡的，一般下级薪给者的薪俸却和故乡相等。所以，一个人在北京，最低限度也要有 100 元才能维持，所说的维持是只限于吃及住，那 100 元里连添一件布的大褂都不可能，一件布质的旗衫的市价目前在 30 元以上。皮鞋起码要 70 元，从家到工作地的车钱也得预备一个相当的数目。如果你一定要来，来玩我赞成，我可以陪你在还没太热的时候，拜访北京城。长住，我希望你想一下，我愿意你到物价落一落的时候再来。假如真的在故乡里压得实在住不下去的时候，来了住在我家里也好，那样多少可以帮助你一些。不过，我怕你又不要，或者拘束，长了比故乡还会不恰，那时候就不好了。

我知道小姐姐是一切都料得开的，一切都看得很清楚，我想小姐姐能明白我的意思。

我的孩子很好，琛也好。请小姐姐放心。

我这是产后第一次拿笔，给小姐姐写信是我最大的快乐，我想小姐姐看我的信时也是一样。

敏子　6月5日

还有，我的《鱼》已经付印了，一共有 5 个短篇，大概月末可以发卖，那时候再寄给你。

原刊于北京《妇女杂志》1943 年 7 月 4 卷 7 期

116　随想·小传

双楼的生活使我幸福，更其令我兴奋的是我们身边聚集了一群青年，在日趋严峻的战争空气里，我们找寻着前进的路，探索着如何把为祖国效劳的心志和眼前的环境统一起来，我们开始涉猎马列经典，并为它深深吸引，常常为了弄懂一个命题，在异国的暗夜里，遮严了所有漏光的窗户，争辩到黎明。我们写小说、写诗、翻译我们认为有价值的著作，抒友怀抱，沸腾的年轻的心，渴望着为创造理想的社会而献身。

太平洋战争之后，尽管日本军方不断吹嘘胜利，在日本本土，战争的恶果已经逐渐显露，街上完全见不到青壮男人，几乎每家的门楣上，都钉有出征者的光荣牌。食品越来越短缺，竞子、鲸肉代替牛肉陈列在砧板上了。据说，这是从来没有过的事。对我们这些从来没表露过对满洲国忠诚的留学生，有"人"来拜访了。这就暗示，我们被注意了。

一个日本报人，柳早稻田大学的上级同学，介绍我们到北平去帮他好友的忙。他的"好友"正接管了一个拥有六种杂志、一份报纸的杂志社。这正合我们也打算返回满洲国的心愿，能有一个在北平的落脚点，实在是太好了。

1942年，我们加入了北平的文化人行列。我的小说、译作，陆续在各大杂志刊出，显得十分活跃，内心却十分惶惑。北平原有的文化人（包括未尝随北大、燕大南撤的一部分教授、学者，现任的大专院校的师生、文人、报人等），由于我们来自日本，用几乎是用来对待占领者的心态对待我们，这使得我们十分尴尬，一时却又难以分说。而那位重用柳的"好友"，却十分诚恳地要求柳放开手脚，以读者为上帝，尽量把刊物办得有魅力，重点放在人类的共同追求及真、善、美之上。这使得我们亦喜亦忧，摸不透这位占领者一员的知识人的真正意图，这又是一个难以分说。

1943年的下半年，柳的一位棋友，日本北宁驻屯军法处法官竹内，突然被军法处解职并押回本土。这确凿的消息来自柳的"好友"上司，这使得我们立即明白了事实。曾经在日本就和日本反战同盟接触过的往事，记忆犹新。可以肯定，竹内是朋友，绝不是敌人。怪不得他那样急切地要求柳保释因西直门爆炸案被捕的嫌疑犯李克异（电影《归心似箭》的作者）及几个被当局判定为反日嫌疑犯的中国人。当然，传递这个绝秘消息的柳的"好友"龟谷，心态也就昭然若揭了。我们庆幸，在北平又找到了朋友。

梅娘在北京

我们的庆幸，只说明我们判定政治风向的天真。1944年初，龟谷莫明其妙地被解职而且立刻消失了踪影，以龟谷为社长的自负盈亏的法人杂志社，被勒令移交给华北政务委员会情报局。柳没有被聘请继任他的总编辑。这突然降临的"闲暇"，给了我们切实思考前途的时间。而这时，我们得到了毛主席的《论持久战》、《新民主主义论》等书籍，曾在日本研讨过的《国家与革命》中的论断重新在心中燃起烈火。我们年轻的心，盼望着民族的解放，渴望得到献身革命的机会。我之所以在这篇短文夹叙了这段往事，是因为这段繁复迷离的经历坚定了我投身革命的信念。正是因为这段经历，在肃反运动中，成了我难以分说的"反动历史"。

1945年夏天日帝投降。当继母知道我们在北平"闲暇"之时，派大弟接我们回乡。她已除却了对我的不悦，因为多变的世事教育了她；父亲留下的家业，只有我们这辈年富力强的人才能支撑，才能复苏。她根本没有想到，也不可能想到，我们早已逸出了她的希冀，我再次摈弃了富有的家。

1948 年，柳受北方局城市工作部刘仁同志的委托，去台北作内蒙陆军总参谋长乌古廷的转身工作。不幸乘坐的太平轮在舟山口外沉没，柳带着他的奋斗沉入了大海。

我面临着抉择，我那涉世不深的二十七岁的头脑里，坚定不移地相信："只有共产党，才能救中国。"

五十年代的新中国，用蓬勃向荣的环境包围了我，我不停地挥动着我的笔，写探访记、写社会见闻、也写小说，笔下跳动的一律是欢快的音符。

由于我那些难以分说的往事，我们单位的决策，无论好坏也不肯承认我这个大小姐是真心实意来加盟的。他断定我是身在曹营的老汉，我被划作右派，开除公职，驱赶出老革命队伍，成了劳教分子。

二十二年胼手胝足地苦求生存，教育我重新审视了人生，我这才大梦初醒地记起了我们还有旧的文化沉淀。尽管过的是被革命者蔑视且又吃了上顿愁下顿的艰难时日，我却并不后悔。当我得到改正、重新被列为革命者时，知情者讥笑我傻，说我如果留在日本、留在台湾，现在会如何如何等，我只一笑对之。上中学时，国文老师孙晓野先生在那特殊的环境里，意气风发地带领我们朗诵屈原的警句："亦余心之所善兮，虽九死其犹未悔"那激动人心的场景历历在目，这早已深深植根在我们的灵魂之中，可以说，就是我的心证。

岁月不饶人，华发早生，如今尽管丰衣足食，握笔的锐气一再迟滞。五十年代立下的鸿鹄之志——要为我们两代生活在殖民地中的知识人抒发胸襟而写长卷的宿愿，未能实现。现在只有一点我是有把握的，再投笔，我绝不会只能状述姑娘的心声，因为我已经懂得了更多的道理。

这篇短文，不过是个"随想"愿以"自传"应上。

孙嘉瑞　1988 清明

1988 年 4 月 3 日寄《中国当代女作家编辑组》

梅姐：恼人旧纪事

201　小女儿的一条守则

　　九岁的小女儿，在红领巾的小队会上，自愿地给自己定了这样的一条守则——在家里帮助妈妈和阿姨做家事。当和我们住在一个院子里的她们的小队长，把这件事讲给我听的时候，我只是单纯地觉得好玩。我想这个淘气的小姑娘，不过受了爱劳动这样环境的影响，嘴里说说罢了。我不能设想，我这个扎着两条又粗又短的小辫子、整天东跑跑西跳跳，像麻雀一样爱嘈杂的小姑娘，会有耐性来做家庭琐事。尽管这样想，在她的小队长面前，我还是装着很郑重的样子，鼓励了小女儿一番。

1949 年初与柳青、柳荫在台湾

　　这之后，下班的时候，保姆常常告诉我，说，"姑娘今儿向我要事做，我叫她扫地了"，或者是"姑娘向我要事做，我叫她给弟弟洗手了"

等的话。保姆讲这些话的时候，用了那样一种口气，那口气就表明这不过是她照管孩子的一种方式，为了使小姑娘顺心而已。我全然没批判保姆究竟做得对或不对，可以说我是同意她的说法的。

日子一长，就在我的小姑娘身上，发现了惊人的变化。譬如说：原来她穿衣服是很不仔细的，常常把菜汤啦、糖水啦溅在身上，甚至红领巾也弄得不大整洁。自从她帮助保姆洗衣裳，亲自体会到洗衣服要流那么多的汗之后，她穿衣服就小心多了。又譬如她总是把自己的文具和玩具乱丢的，自从她负责帮助小弟弟收拾玩具之后，她自己的东西也开始很整齐地收在抽屉里了，她晓得尊重保姆，当然也更加尊重妈妈了，这使保姆高兴得不住嘴地夸奖她，总是说："瞧我们这好姑娘！"

我没想到，就是参加家庭的简单劳动，会对我的小姑娘发生这样强大的教育效果。平常如果说不懂得"劳动创造世界"这个道理，我一定认为对我是侮辱，可是具体应用起来，就恰恰证明我对这个真理所包含的深刻意义，并没完全体会。感谢小姑娘的辅导员，她不仅帮助了我的小姑娘，也帮助了我，让我进一步体会到在参加劳动的过程中，人们所获得的一切美德。

原刊于上海《新民报·晚刊》1954 年 7 月 12 日

署名云凤

202 妈妈的感谢

少年儿童出版社出版的半月刊《小朋友》，是我 6 岁的小儿子的恩物。《小朋友》以它童稚而有趣的内容，多方面地吸引着他。

小儿子的很多知识都是来自《小朋友》。有两次，竟达到了令我吃惊的程度。譬如，春节的时候，我们机关里有文娱晚会，我带他去了。走到猜灯谜的"文化宫"里时，我想他一定没兴趣，要带他去玩"钓鱼"。他却要求我念一两条谜语给他听。我看见一条这样的谜面："坐着飞机看北京"，觉得小儿子既喜欢飞机，又是一直在北京长大，可能猜得出这个谜面所含的意义。可是一看注脚，写的是打一地名，又转觉索然。本来也是，叫一个 6 岁的连火车也没坐过的孩子来猜地名，实在是有点文不对题。没想到，小儿子想了一会儿，却叫我俯耳过来，轻轻地问我道："妈妈！有叫'望都'的地方吗？"我想了想，是呀！坐着飞机看北京，自然是"望都"了。我说："是有这么个地方，离我们这里很远。你去问问管谜语的叔叔，看看猜得对不对。"他兴冲冲地跑去了，一会儿笑吟吟地拿了一支小喇叭回来了。自然不但猜对了而且得了奖。我就问起他为什么会猜到望都的。

原来《小朋友》上有这样一幅画，一个可爱的孩子坐在飞机里，眼睛看着下面的天安门，配上一首歌谣，描绘着孩子怎样愿意到北京来见毛主席。姐姐教他念歌谣的时候，就曾问过他，那个孩子看见了什么？他说是望见了首都。"望都"的知识乃是由此而来。

1953 年梅娘和三个孩子

又一次，我带他到合作社里去买他最爱吃的八带鱼。他问我："妈妈！您知道八带鱼是怎样被渔民伯伯捉着的吗？"我说："不知道！"他说："八带鱼是个懒东西，竟想占人家的便宜，所以被渔民捉着了。"

原来《小朋友》上介绍了渔民捉八带鱼的情景。他们用一根长绳子拴上很多贝壳，把绳子投到海里去，懒惰的八带鱼钻进不用自己造的房子里去睡觉，就被捉着了。

日常生活方面的知识，小儿子所得的教益就更加难以叙述了。今年第三期的《小朋友》上写着一个名叫冬冬的小姑娘，东玩玩西走走，见到的蜜蜂、水车、农民叔叔都在工作。冬冬就反问自己做了些什么？小儿子曾经以冬冬的姿态考问过姐姐一天都做了些什么。自然，我们也考问他了。他为了"过关"，总是找些事情做：帮助阿姨倒垃圾啦，把邻居的小妹妹送回家去啦，扫扫地啦，等等。晚上问起他的时候，他就唱着："好好好！我替奶奶引线啦！"或者"好好好！我代阿姨倒水啦！"

他也从《小朋友》上吸收了历史知识，知道古时有个很巧很巧的工匠鲁班，知道有个会造堤引水浇田的李冰，还知道唐朝的确有个和尚名叫唐三藏。《小朋友》已经成为小儿子生活的一部分了，他照着《小朋友》上教的办法做玩具，做算术，画图画。每到我看见那些涂满了糨糊、纸也剪得并不整齐、画也画得并不漂亮的作品时，强烈地感觉到了童稚的欢乐，感到《小朋友》带着他的小读者跨进了怎样丰富的天地。由衷地感谢着《小朋友》编辑辛勤的劳动。

原刊于上海《新民报·晚刊》1957年3月11日

署名云凤

203 与女儿相处

上月中的一个星期四，本来预定在我家温课的女儿的小队，到了时间不见人来，玉华是经常早到的，现在既没有影踪，连女儿自己也没回来。我觉得很奇怪，因为她们一向都是准时的，心下不免牵记起来，不晓得发生了什么事情。

一直到吃晚饭，女儿才回来。小脸蛋气得乌青，眼角上挂着泪珠，不用说，这是发生大事情了。

我没有问她，一直挨到睡觉，她才向我说了原因。原来是为了玉华。玉华家兄弟姊妹多，只有父亲一个人工作，不很富余。而她们这一小队里，都是家境比较宽裕的孩子。小队长京京，又是个异常要强的姑娘，总愿意自己的小队事事高人一等。常常集体去看电影、游公园等。同学们一说起一个新电影，京京便说："我们小队看了，小队会里还讨论过呢！"一拿起笔记，京京便说："瞧！我们的本子多整齐，全

出演《祖国的花朵》时的柳青，11岁

95

队一样！"在这样的情形下，玉华既不愿意向父母要钱去看电影、游公园，也不愿意自己一个人破坏"快乐的集体"。无奈，就想出各种借口来向同学借钱，今天你两毛，明天她三毛，竟积到了五块钱之多。

当然，这样的事只能相瞒一时，真相一露出来，玉华就慌了。一掩饰，免不了谎上加谎。姑娘们便认为玉华是骗子，没一句真话。京京更恨她破坏了小队的名誉。还不明白伤害人的自尊是最无情的打击，女孩子们起哄式地向玉华讨起债来。

女儿和小燕看不过这些行为，替玉华辩护了几句。"京京们"便说女儿和小燕愿意和骗子为伍，玷污了小队的纯洁。当小队去看电影的时候，京京就尖刻地说："别叫人家了，省得逼人家作贼！"直性的女儿和京京吵了。小燕不敢和京京吵架，也避免和玉华在一起了。

我很明白京京是个什么样的小姑娘，那是个善良然而被过分骄宠了的孩子。我也很明白跟京京吵嘴后的女儿的感情，对她来说，那是很沉重的。因为两人一向好得形影不离。

可怜的女儿软弱下来了，不想再触犯京京，想念她们"快乐的集体"了。

这对我是考验，我应该怎样指引我亲爱的女儿呢？

我建议她把自己对这件事的看法详细地跟辅导员谈谈。建议她想一想是否有办法帮助玉华把账还清，既要不伤害玉华的自尊心，又要使玉华免去同学的包围。同时也建议她和京京谈谈，商量商量究竟应该怎样对待玉华，也谈谈怎样才是忠实于小队的集体。

那一夜，女儿没有温书，对着灯坐了很久。

第二天，她向我要了五块钱，这是她从自己的零用钱中节省下来的，预备积攒起来买小提琴的钱。

几天过去了，玉华又到我家来了，两人一块温书，一块玩。玉华表面上很平静，看得出心里是心事重重。女儿也觉得索然，常常不知不觉地说出了京京的名字。玉华一听见这个，便用信赖而又痛楚的眼睛望着女儿，女儿觉察到了，便立刻把话扯开去。我觉得，我的小女

电影《祖国的花朵》海报（1955年）
主题曲《让我们荡起双桨》由乔羽作词。"让我们荡起双桨，小船儿推开波浪……"至今为人传唱。"

儿进一步接触到人生了。一个星期过去了，又一个星期过去了，我忍着不向女儿探询什么。但女儿的脸色开朗起来了，玉华也比以前高兴了，小燕有时候也来了，我知道，风波过去了。

星期三的晚上，女儿忽然要求我给她们预备一点好吃的菜，我答应了。第二天全小队都来了，京京一见我，脸就红了。那么伶牙俐齿的小姑娘，竟连阿姨都忘叫了。看起来，京京为她的骄宠付出代价了。

当然，她们很高兴，菜吃得盘盘光。晚上，女儿高兴地告诉我：她受到了辅导员的鼓励，受到了玉华妈妈的感谢，京京被批评了三次，连小燕也被批评了，因为小燕信了她妈妈的话，不跟京京辩论，也不理玉华，两头做好人。

女儿又把五块钱给我，让我替她存起来。玉华的妈妈宁肯少吃些菜，也坚决要把钱还女儿，这样，她只好收下了。

睡觉前，女儿搂着我的脖子，热情洋溢地说："谢谢您！妈妈！谢谢您教我走正路！"

原刊 1957 年 3 月 19 日上海《新民报·晚刊》

署名云凤

97

204 往事依依

朋友要求我为我的同行、我的好朋友雷妍（本名刘植莲——编者注）写传，迟迟未能动笔。不是不愿意，原因很简单：我希望我能从她所展示的时代画幅中，体会出我们那一代人的愤古衷情。只有突出这一点，我以为，才能无愧于出污泥而不染、傲然挺立的刘植莲，才能无愧于她的父亲——我们上代的知识人为女儿命名时的满怀期望，期望女儿发扬民族优点的深远意蕴。

我通读了雷妍女儿刘琤保存的她的部分作品，这是我们结交几十年来，第一次这样用心地析读着她。那些泛黄变脆了的纸页，一页一页地展示着莲心，这心有苦有涩，却丝毫没有掩盖着她所流溢的青春光彩。我时时掩卷长嘘："雷妍，你忍心走得那么仓促吗？"这长嘘，是我无从补偿的内疚。新中国成立后百废俱兴，使得我这个原来的富家女，完全没有意识到还有贫困扰人的世事。彼时，我在国家机关供职，端着金饭碗，不愁衣食，享受医保不怕害病。雷妍就职的是教会中学慕贞女中，尽管慕贞女中的教学质量有口皆碑，工资也还说得过去，但它是私立的，没有医保。肩负着一家老小生活重担的雷妍，不敢看病，以致沉疴缠身，过早地告别了充满希望的共和国初期。

大约是在1951年的夏天，她约我一起去逛东安市场，目的是要我去游说马德增书店的老板结清她抗日胜利前夕在马德增书店出版的两部小说《奔流》与《少女湖》的版税。日据时期肯为青年文人出书的小马德增不在店内，老马德增以时局战乱，未能展开销路为由，拒绝执行小马与雷妍的协定。粗心的我，并未细想雷妍为什么还盯着这项小钱不放，还说了理解老马做法的话。当我看出了雷妍的失望神色时，才猛然想及她有老有小的生活重担。

那天，她执意要买一包黑色染料，走了几个摊头，都没有，才尴尬地告诉我，女儿要表演团体操，规定要穿黑袜，长筒的黑袜太贵了，她挤不出这笔钱来，想把已有的白袜染黑。隔天，我买了两双长筒黑袜送到慕贞女中，站在她正在上课的课堂外，等待她下课。她那有磁性的娓娓讲述，听起来那么有韵味，洋溢着乐观、自信、自尊。我担心，这送袜的举动，会不会刺伤她的自尊？毕竟我们还没有达到披肝沥胆的友情高度。

我思索着，怎样才能得体地帮助她，我去找赵树理。赵正主编大众文艺创作研究会的通俗刊物《说说唱唱》，赵说请她写文章来。

雷妍从记忆中挖出来少年时期的农村生活经历，写了一个执著于耕耘的青年农民。都市浸淫过的文学话语，对贴近农民的题材显得格格楞楞。老赵一边看一边摇头，我的心也跟着跳上坠下。老赵终于说了："立意不错，改改看吧！"就这样，在赵树理的具体帮助下，改了四次，以赵命名的《人勤地不懒》在《说说唱唱》上刊出了。雷妍得到了新中国给她的第一笔稿酬。雷妍又写了一篇描写徒工的短篇《小力笨》，老赵还是边看边摇头，终于还是那句老话："立意不错，改改看吧！"

写这样的题材，不是雷妍的强项。为了适合当时的为工农兵的时尚，雷妍显得力不从心。看见她原稿上抹掉的散发着西洋风情的文学语句，我常常心疼得暗暗掉泪。刚好，人民美术出版社约我这个旧文人把西方名著改编为连环画文学蓝本，我把出版社分给我的题材转给了她。遗憾的是，她撑不住，已经病得不轻了，无力为文；她的丈夫接手改编好，出版社采用了。这稿酬，竟作了她的祭礼。

20世纪的三四十年代，是日帝霸占了东北、华北，进而向中国大地施加战争的时期。原本活跃在北京文坛的大师们，有的投笔从戎，有的韬光养晦，文坛上万马齐喑。充斥媒体鼓吹大东亚圣战的喧嚣，令人窒息。精神极度饥渴的芸芸众生，渴望看到哪怕只有点点人性微光的文字也好。入世不深的文学青年出场了，避开强敌压顶的尴尬态势，只说家长里短，只说生活常情。这是燃起了微光的希望之烛，摇曳着，暖了饥渴。

雷妍是这群秉烛的青年人之一。这个领受过西方文学精华，浸淫着祖国璀璨文化的小妇人，用无尽的柔情，只讲身边琐事，为暗如磐石的祖国、暗如磐石的家乡，送致了赤子的赤情。截至日帝投降前夕，北京有能力刊行书籍的出版社，都为雷妍刊行过文集。有艺术出版社的《良田》，这是被当时的评论界判定为可以与赛珍珠的《大地》比并的小说，因为赛珍珠只写了中国农民的愚昧与悲惨，而《良田》却写了农民悲惨中的希望。有新民印书馆刊行的《白马的骑者》、马德增书店刊行的《少女湖》、广智书店刊行的《凤凰》、文章书局刊行的《鹿鸣》，等等。而马德增计划刊行的雷妍文集《奔流》，上市日期是民国34年（1945年——编者注）8月1日，日帝8月15日正式投降，时局之巨变并未影响书店的决策，可见雷妍作品受欢迎的程度。

我以为，最能体现雷妍的思想与风格的作品，是她的短篇小说《彭其栋万岁》。情节很简单：穷大学生彭其栋为同学中的富家女儿章小姐吸引着，他用青年人的莽撞，寻找机会与章碰面，装作无意实为有心地窥伺着章的出出进进。这惹怒了美貌富有的章小姐，她不仅安排了保镖随侍，还有意无意地宣扬了彭其栋想吃天鹅肉的穷小子的卑微。当然，舆论是倾向章的。这迫使处在半开化中的大学行政当局作出了处罚决定，"停发彭其栋的奖学金"。彭其栋是靠奖学金读大学的。入学三年来，成绩一年比一年更好，却在大学第三年的关键时期，因为"行为不端"，付出了致命的代价。

这个"行为不端"的故事里有段彭其栋的淋漓自白，他在光天化日之下，拦住了章小姐，质问她：

你出奇地躲避我，作出似乎我曾侵害过你的样子；并且对外人说：你一个人不敢出来是因为怕我，我并不曾冒犯过你啊！我总想明白你为什么躲着我，怕我，像躲着蛇蝎一样。同时，在众人面前又要显示着你的美丽。你吸引人！你引诱我！不过我不怪你，我爱你，这都很自然，这是人性。你是一个可爱的姑娘，我是一个青年，你美是顺自然的，我爱你也是顺自然的，我们都没有错。

我不要别的，只要你把我当作一个普通的同学，正眼看我一下，但你从未把我当作一个同学，不把我当一个人。

这样说着的彭其栋，被企图逃开的章小姐激起了更大的愤怒，他抓着了章小姐的双臂，当女人喊叫"放手"之时，他用灼热的双唇阻止着她的喊叫，疯狂地亲吻了她，说："去吧！你用眼泪去洗你的耻辱吧！你叫一个穷小子亲吻过了，一个穿破汗衫的穷小子抱着个贵族小姐！笑话，太不成体统，请原谅我。"

上面这段自白，是彭其栋向社会袒开心扉，是对社会不公的控告。这抗议淳朴透明，要的就是人的尊严、人的地位。

当然，彭其栋丢弃大学落荒而走了。他拒绝了好心人在他被定位为"行为不端"的情势下给予的资助，他合乎人性地高傲地宣称，他没有任何不端的行为。

虽然点墨不多，小说对故事中出现的其他角色，也作了绘声的描述：那位从骨子里被贫富差别腐独得只认金钱的章小姐，那位顺从形势只肯调和世态的教务长，那些支持彭其栋，宣称"老彭做得对"的彭其栋的同学们。

作者把这个短篇命名为《彭其栋万岁》，可见心迹。这万岁是礼赞，是礼赞彭其栋身上体现的中华民族的神魂，绝不在不公、耻辱中低头，不在富贵中求媚……这在殖民地万马齐喑的精神状态中，既避开了政治上的审查，也宣扬了庶民的心愿。这就是雷妍代表的当时青年文人的心态。

受时空、受环境、受年龄的限制，雷妍在她短暂的生命中，这样表现了自我，也点染了时代，为我们留下了无限的情思。我遗憾的心不停地长嘘："雷妍，你走得太仓促了！"

2005 年春风料峭之时

205 一段往事
——回忆赵树理同志

1952 年春天，体验生活到了山西省平顺县川底村。我之所以选择了这块最贫困的土地，是因为他们坚决走农业合作化道路的热情激发了我。我渴望农业社这个社会主义的魔术箱能帮助我这个资产阶级文人得到脱胎换骨的改造。领袖是这样号召的，虔诚的我深信不疑。

使我喜出望外的是：名作家赵树理和川底社的妇女主任一起接待了我。老赵，和我在北京大众文艺创作研究会接触时一样，微微地笑着，神态诚挚又怡然。我高兴极了，相信他会在以后的共处中给予我众多教益，他一向的坦诚将使我毫无疑虑地吐露心曲。

他笑眯眯地引我到了一个打扫得干干净净的窑洞，一进窑门我就下意识地后退了一步，触眼的是一口白木茬的新棺材，靠着东墙威然而立。就在我这欲进又止的当口，老赵抢先一步，跨进室内拍着棺材盖说："多好的桌面！平整光滑，写起字来保准顺手！"他见我不动，随手拉过来一个崭新的麦秸蒲团坐下来比画着写字的架势，补了一句："你看，高矮也合适！"

我把行李放在与棺材平行的靠西墙的土铺上，禁不住轻轻地叹了口气。老赵见我这样，坦率地说："实话告诉你，社里找不出一张桌子供你使用。这里一向是木材珍贵，战争中支前又毁了个罄尽。现在才陆续解决了一些门窗。这是房东老汉省下来盖窑洞的木料打的。我想，你需要张桌子，又认定你不会忌讳这个！是我向社里建议安排你住这儿的！"

"放着好好的门窗不做，却偏要打棺材！"我冒出这样一句没掂量轻重的话儿。

老赵脸上的笑容猛然消逝，瞧了我足有一分钟，才轻轻地说："这是个古老的心愿，从爷爷的爷爷时就留下来了。从前，只有地主老财能够满足……"

虽然我认定这个心愿愚不可及应该改造，我还是被老赵那沉甸甸的忧思慑住了，我没再说话。直到他离去，我才回过味儿来，明白了我与他感情上的差距。他是这块土地的儿子，他和这里的农民血肉相连，他和他们一样淹没在解放了的"脱水火"、"登衽席"的巨大欢喜之中，他完全理解一个捣了一辈子土坷垃的老汉最向往的是什么，完全理解用胼手胝足的劳动要去换回什么。而我，只不过是从字面上认识解放了的农民，认识社会主义，想当然地认为社会主义的优越性该是什么。

给我编蒲团凳子的夏景，也就是我年轻的女房东。生得少有地俊俏，一和她对面我便想及太行出美女的俗话。很长时间我摸不清她是房东老俩口的媳妇还是女儿。她有时按照当地习俗，把云发盘成发髻；有时又像大姑娘一样垂着墨黑的发辫。我和老赵都在她家里吃派饭，这是社里对我们的照顾。夏景能把掺了菜和糠的粮食做得特别顺口，她抻的黑面条（面粉中掺上一半的榆树皮粉）像她的秀发一样绵长细润，吃得我十分香甜。

日子一久，我对夏景由喜欢转为亲密，当我弄清楚房东家的独生儿子——夏景的丈

赵树理小照

赵树理（1906-1970），山西沁水人。抗日战争爆发后从事抗日宣传和民政工作。曾任北京《说说唱唱》《曲艺》杂志主编。1957年到山西长期深入农村生活。1965年从北京调回山西文联工作。文革中被迫害致死。短篇小说《小二黑结婚》（1943）为赵树理的成名作。他的中篇小说《李有才板话》、长篇小说《李家庄的变迁》《三里湾》等作品，影响广泛。

夫，参军 7 年（经过了抗日、解放两次大战的胜利）仍然毫无消息时，便想按着婚姻法的规定，帮助夏景办理离婚手续。我背着夏景先来征求老赵的意见。像我们最初涉及棺材的话题时一样，老赵的笑容立时消逝，直视起我来。我被他严峻的目光盯得惶惑了，不知道这件本来可以说是合情合法的建议为什么会招致他如此忧思。好一会儿，老赵才轻轻地问我：

深入草原基层，左三为梅娘

"你和夏景谈过了？"

"没有，还没有！"

"那就先不要谈。"

"为什么？那个抗日志士肯定是早已为国捐躯了。不能让夏景这样下去，这不合乎人道！"

"你听我说：你是中央来的！你的话影响面广，这不是夏景一个人的事。像夏景这样的女娃，这一带很多、很多。你要帮助夏景，就等于拆了这个家，更可虑的，这会在这一带引起连锁反应。我相信你早已看清了，夏景是这个家的顶梁柱啊！"

我很想用鲁迅的"总是死的拖着活的"这句话来顶撞老赵，却没敢说出口，改了语气说："离婚有什么关系，我相信夏景会照样照顾老两口的！"

"这里人们的心理、风俗都做不到这一点。"老赵说。

我虽然被老赵折服了，可心里总不是滋味，很久才宽慰了一些。我注意到，在老赵面对夏景时，眼睛里有比我还浓烈的同情又夹杂着无可奈何的神光。我开始憎恨起那口白茬木棺来了，我时时感到它在向我示威，嘲笑我的无能，我眼睁睁地看着夏景向它献上青春作为祭礼，赎买着民族的沉疴。

1956 年当高级农业社的浪潮淹没了全国时，人们告诉我夏景被评为省级劳动模范了。我不敢问及夏景是不是继续奉献着"青春"。我只能暗暗祷祝，盼望这个殊荣对她是解脱而不是捆缚。虽然我明白，这不见得可能。

如今，近 40 年的岁月弹指而去，夏景和我一样进入暮年。曾和我们朝夕相处的老赵，用生命作祭礼，祭奠了他的社会主义理想。我只盼夏景有个黄土高坡婆姨们乐道的晚年，能够儿孙绕膝。

原刊于山西《赵树理研究》1990 年第 1 期

206　梅娘致许觉民书札

觉民兄：

　　谢谢你在视力不便的情况下，冒着冽冽寒风来看望我的暮年情谊，承君相邀，我继续回答你垂询有关我和赵树理的交往。

　　建国伊始，北京市文联有个大举措，为解放前夕在北京文坛上舞文弄墨的人办了个学习班，名之曰"大众文艺创作研究会"。领导者悉数来自解放区，赵树理是"领导"之一。我不讳言，当时的态势是，赵等人是来帮助我们改造的人。我们在被改造。

　　一天的学习课上，学习的是伟大领袖的传世之作：《在延安文艺座谈会上的讲话》。贫病交加以写北京掌故为生的刘雁声，晕倒在学习桌上。众人愕然之际，赵树理悄悄走近刘，把文联会计刚刚交给他的一叠稿酬数也没数就掖在了刘雁声的衣袋里。我当时激动得差点从座位上跳起来，心潮澎湃，汹涌着渴望平等、渴望理解、渴望关怀等多样情怀。赵给我上了共产党的第一课"尊重"。

　　在现今的世况下，我一直困惑着，不知道如何为树理同志打分才好。我认为：赵是位被理想灼烤的人。这灼烤透明、炽烈，贯穿着他的一生，在寒冷的太行山，裹着粗毛毯写《李有材（才）板话》时如此，写《小二黑结婚》时如此，公社兴起之时，写《三里湾》时如此，在史无前例的"文革"的批斗会上，他愤怒地宣称"我脸黑，心不黑"时更是如此。根源只有一个，他是农民的儿子，要为农民摆脱受屈辱的苦日子而生活而战斗。

　　建国初期，伟大领袖的威望太高了，他倡导的人生之路，他引领的生活方式，不仅是农民的儿子赵树理深信不疑；就是我这个资本家的女儿孙嘉瑞也心悦诚服，相信那是最好的，是新生共和国的唯一出路。

许觉民小照

许觉民生于1921年，卒于2006年，笔名洁泯，江苏苏州人。1937年在邹韬奋主办的上海生活书店工作，1949年以后，后历任上海三联书店副经理、上海军管会新闻出版处办公室副主任、北京人民文学出版社副社长兼副总编辑、北京图书馆参考部主任、中国社会科学院文学研究所所长等职。

在沟壑纵横的黄土高原，山西省平顺县西沟村、川底村，赵是领导建社的干部，我是入村采社会主义新风的农业部的小记者。我们干得可红火了，没日没夜地讨论：什么样的农活计什么样的工分才合理呀？一头毛驴、一头草牛（那可是农民的命根子）定什么样的价格入社交公才不伤农民的积极性呀？等等。心里想的，嘴里说的，概括为一句话："合作社是金桥，直通共产主义。"

赵树理骨子里流的是农民的血，他深知：农民的"私"和公社的"公"有着天然的隔阂。建社必得废"私"，怎么个废法这可是个千古难题，他呕心沥血，创造了一系列在"公"与"私"间彷徨着、拿捏着的典型人物范登高、能不够等人，这是痛心的引领，是含泪的微笑。为了减轻女社员们为"公"劳动的阻力，他自掏腰包，为川底社买了一架缝纫机，自当教练，嘻嘻哈哈，在自愿参加劳动的女社员之间，渲染使用机器的社会主义的优越性。

在这场为公社铺路不懈的战斗中，我一点一滴触摸到了一份真实。这项无视生产条件、精神条件，拽着老农向公社疾跑的举措，是不是脱离了实际？在和三仙姑、能不够等人交往，说着女人间的悄悄话时，我觉得她们的想法天然合理，感情里甚至萌生了负疚的思想情绪，这可不敢暴露，何况我还有条资产阶级的尾巴。

　　老赵洞见了我采风情绪不高时，一天笑哈哈地向我说："嘉瑞同志，我给你做顶八角帽吧！"（当时，下乡女干部，一律穿列宁装，带八角帽）。我莽撞地说出了心里话："戴八角帽，我也戴不出共产党员的风采！"老赵愕然了，瞪大了一向眯着的笑眼。我明白我刺伤了他。因为在讨论《三里湾》中老赵喜爱的先进人物王金生时，我说过"王金生的形象是不是拔高了"的话。

　　岁月流逝，有情无情兼下，现在的年轻一代，知道人民文学家赵树理的人，可能不多了。老赵创造的范登高、老正确等人，确是前进中的社会主义世界中的典型人物。他创造的福贵，被日本汉学家釜屋修誉为可与鲁迅的阿Q媲美的农民形象。就是赵笔下的这个福贵，在二十世纪四十年代，代表农民喊出了"还我做人的权利"这个人类最本质的诉求。

　　老赵以生命作为祭礼，奉献给了社会主义，这是树理的生命悲情，更是时代的谬误，思及此，便遗憾不已，这或许又是我的书生激情吧！

　　仅覆。祝严冬中多方珍摄！

孙嘉瑞 2005 年大雪之日

原刊于北京《传记文学》2007 年第 6 期

207 我与赵树理

出于对赵树理的深深怀念，当我看见日本学者釜屋修有关赵的论文集时，辗转托人借了一本，且迫不及待地翻译起来。

那翻译，不仅是词句上的准确转换，而且是每一组遣词，都缠绕着我的苛求：我苛求所有的词语都是最最恰当的，不仅符合原意，而且潜含着原书的神采。

赵树理是我的楷模，他那一片为民为党的深情，没有半点矫饰，真正的一片丹心。这实实在在地震撼了我。20 世纪 50 年代，当我虔诚地相信斯大林说的"共产党人是特殊材料制成的"名句时，我以为，赵树理是在现身说法。当时我

梅娘在现代文学馆赵树理的照片前留影

们一群被改造的旧文人，承受着被改造的重压，受到某些人的冷眼时，刚好刘雁声贫困交加，晕倒在学习桌上。这时赵树理把刚刚收到的一叠稿费，悄悄地掖到了刘雁声的怀里，这个悄无声息的暗暗相助，蕴含着多么丰富的潜台词！

那时我们共同在贫困的山西省平顺县川底村体验生活，同吃着掺糠的粗粮，他那津津有味的吃相，总是使我心动不已。生活中他总是处处特意呵护我们，绝无半点以改造者自居的态势。当他用自己的工资为川底社买了一台缝纫机，以减轻下地劳动的女社员们的家务时，他说："嘉瑞同志，我给你做顶八角帽吧！"

戴八角帽，是当时女干部最最应时的装束。我之所以没有戴（其实我有），是因为我心中藏着个隐秘：我以为男女不应一样装束。男女一样装束，不等于就是男女真正平等，而是对两性审美的冒犯。女人就该有不同于男性的独特的女人着装，当然不仅仅限于衣着。这种思想当时是绝不能公开宣扬的，连我自己也要加以批评。我甚至妥协地想，他真的给我做了，我也要戴出女性的风采来。

可我却仍然禁不住流露出了我的思想，有次我说："我戴上八角帽，也戴不出共产党员的风采。"老赵听了，愕然了一刹那，他立刻敏感意识到了我们背景的差异。之后，他再也没有触及过这类话题。

怎么说呢？不是为了扬名，不是为了稿酬，我字字斟酌地译了釜屋的文章，只是为了偿还思念。釜屋在题词中说："非难的死！"这非难用中国话来说，是不该有的、不正常的、横来的、强加的等，总之是不该发生的。釜屋认为不该发生的是出于对人才毁灭的惋惜。我却从"非难"中读出了愚蠢。愚昧的施暴者是种盲目的炫耀，自以为是维护真理；别有用心操纵施暴的人则是卖身求荣的卑微，是历史中所有的残害忠良、为一己之欲驱使的恶人的再现。这是赵树理的真正悲剧，是历史的真正悲剧。

1983 年，夏日

收入梅娘著、张泉选编《梅娘小说散文集》，

北京出版社，1997 年 9 月第 1 版．

208 记忆断片

响晴的天，猛然甩下来一颗手雷，一下子把我们母女相依尽享天伦的小家炸得粉碎、把我为祖国竭尽才智的心冻得冰凝、把我对社会主义的向往打落深渊。1958 年 5 月 30 日，我们厂召开了打击反革命分子罪恶活动的全厂职工大会，当场宣布：我和另外两名 1957 年划定的右派开除公职、立即押送公安机关实施劳动教养，连和家人见上一面也不允许。

说起我们的反革命活动，那真真的是哭笑不得。1957 年苏联的伏罗希洛夫参观第一届全国农业展览会，我们奉命前去拍摄纪实电影，目睹了当时的农业部部长助理左叶向采访新闻的《文汇报》记者大吼大叫，嚷着："是你重要还是我重要？"大家都认为这太粗暴，那不是个摆老革命资格的场合。悄悄地交换了不满的看法，并没有向其他人传播，只是悄悄地议论了几句，这便定位为反革命活动，而且冠以"罪恶"二字，你说是不是哭笑不得。

进了教养所的高墙，被驱赶到正常生活之外，我只揪心撕肺地惦念那三个没成年的孩子。从平川跌入深谷的我的小家，家长的责任一下子压在了只有 14 岁的大女儿肩上，她如何承担得起？致命的是：没有了我的工资，他们便断了养生之源。只因为我是右派，我便连做母亲的义务都被剥夺了，这是逆天行事啊！

我不知道我怎样才能继续生存下去。眼前迷迷离离总是那三个孩子，特别是那个身患重病的小女儿，我总是一惊一乍地听见她在呼唤妈妈。

教养所中管教我们的小队长把我从半死中拖了出来，那只是一句悄悄话："孩子们被你丈夫的老朋友景孤血收养了，还在上学。"

我明白为什么小队长只是悄悄地、悄悄地把对我来说是生死攸关的大事暗暗地告诉我。因为管我们也管她的大队长曾在我们的队前

鑽進農業部門的

文化漢奸、右派分子孙加瑞

農業电影社通讯小組

打着"作家"招牌、混進農業部農業电影社的右派分子孙加瑞，在这次反右派斗争中，已經被群众揪了出來，原形畢露，無处躲藏了。

这个自封"作家"的孙加瑞，从1952年到电影社担任編輯以來，始終堅持她資產階級的反动立場，从沒有編出过像样一点的農業电影或幻灯的說明。但相反的，从上海新民晚報上，却發現她化名为"孙翔""云鳳""瑞芝""劉遐""高凌"等寫了不少的东西，但那些东西，多是惡毒地污蔑我们工人、農民和國家机关干部，并公开販賣資產階級毒素的。这个右派分子的东西，所以能够在新民晚報上發表，其中的主要原因之一，就是她通过人民美術出版社右派分子徐淦的介紹，和新民晚報副主編唐云旌搞上了不正当的男女关系。

右派分子孙加瑞，披着干部的服裝，吃人民的粮食，可是她通过她的"作品"，却成天咒罵新社会：污蔑丑化我们的工人生活"如同旧日的小姐"；

雅"，等等。

整風开始以後了，她就勾結社內派分子，疯狂地向领导的歷次政治运"平反"，并利用題，煽动群众对领的謠論，企圖推翻社是王主任的小王里。"她污蔑"电吃飯；积极分子是各級領導同志和一糊里糊塗，某局長不通。"她甚至造"毛主席講的，官她企圖把他们大鳴大放期間，她伯駒、馮亦代、进行密謀和收集仙

俗話說：水有党的領導，反对和然的。孙加瑞出身家庭，她的丈夫是的編輯部長，当時她認賊作父，賣國她在1945年日本疆"为題，在北求日本妇女要"加強國家的战斗娘"的筆名，編腐蝕我们当时的亞文学工作者会

20世纪50年代的报纸上关于梅娘的报道

会上声色俱厉地宣布："管教人员队伍中，有人同情右派，说是对右派的处理重了，这是阶级斗争的新动向……"

我们的这位小队长，是抗美援朝时应征做翻译入伍的大学生，虽然我们教养分子不明底细，也看得出来她在那些由妇救会主任、支前模范提升而来的农民出身的女队长中，总是不那么搭调。她的丈夫身殉保家卫国；援朝结束，她受照顾被分配到了北京。她这样垂青于我，我不敢妄加揣测，或许因为我俩有个共同的身份——年轻的寡妇。可是，我俩更有个决然不同的身份，她是革命，我是反革命。这个暗暗的传递，在我的灵魂中引起非同小可的震动。孩子们没有流落街头。景孤血，这个颇负盛名的京剧剧作家——我一向对他不敢恭维，认为

他满脑子旧戏脸谱，该扫除的封建垃圾比我多得多——却甘冒被组织指责为立场不稳而收容了我的孩子。这也许是旧戏中的"义"滋养了他的灵魂吧。

孩子们在挣扎，我更没有理由颓丧，博大深沉的母爱召唤我苏醒。其实生活中的沟坎我并不是没有迈过。儿时，失去生母，被正夫人嫉恨，不知道哭过多少暗夜。女人受的凌辱一刀一剪在我稚嫩的心上刻下伤痕。刚刚懂事，故乡被日帝霸占。明明暗暗数不清的难堪，只恨祖国不强，发誓为祖国的复兴而战、为女人免遭欺凌而战的壮志哪里去了？

丈夫失事时，浸着台湾海峡冰冷的海水，不是执著于只有社会主义才能救中国，只有共产党领导的国家妇女才能获得实质性独立的坚定信念才奔到新中国的怀抱里来的吗？这恪守不渝的信念能这样破灭于一旦吗？

我不能不酷刻地分析置我于教养的我的右派罪行了。想来想去不得要领，怎么加码也够不上"一级处理"的条款。直到某一天批判我的检讨会上，大队长严厉地斥责我："你这个文化汉奸，还不彻底认罪。你写了多少为日帝粉饰太平的文章难道你能忘了？我看你是'人在曹营心在汉'，是怀着二心来的。"

这是个明白的昭示：他只说我是为日帝粉饰太平，没说我是为日帝作伥。我明白：这是他给我也是给他自己留了个退路。给他自己，很可能，经过七查八找，还没找到我的"二心"证据。给我，这完全是个震唬，若真能震唬出我的"特工"身份来，他可就是为共和国立了大功了。

说我是为日帝粉饰太平，最要命的就是"大东亚文学奖"了。得这个奖的当时，我就意识到这将是个走不完的怪圈，我不知道我将怎样去向爱我的读者说清楚，这毕竟是日帝文学报国会操纵下的产物。如果我按当时的情势如实说，说明我的小说《蟹》所以获奖，第一是由于北京大学的几位教授推荐（我可以列出好几位知名人士）；第二，《蟹》是当年的畅销书。一定要说有什么政治原因的话，可能日帝已明白了当时军事上的败相，要用老百姓认可的书来缓和一下情绪吧！我如果这样说，一定会被大队长斥为屁股仍坐在日帝一边，还在为日帝抹脂涂粉。可是，我也无法用金戈铁马大义凛然的杀伐之声来斥责《蟹》，说那小说如何如何为日帝的侵略张目，因为《蟹》只不过是说了一个家族破败的故事。

我只能无言。

无言就是抗拒改造，这当然不容我过关。僵持了半天，大队长和小队长悄悄地交流了两句，小队长问了：

"你和张爱玲齐名，为什么'大东亚文学奖'给你不给她，这是什么原因？"

大队长追上了一句："你不要以为我们不知道内幕，还是你自己说出来为好！"

大队长说的内幕，我明白，当然指的是我的"二心"了。

1944年，我只不过是个两年前才从日本留学回到北平的书生，正一个劲儿地忧国愁民，哪里能意识到会有在日本念书就是日本特务的指控？这是诬陷！我的心气得一个劲儿打颤，什么话也说不出来了。

又是一阵僵持。

大队长催问了："好吧！你不说你自己，就先说说张爱玲吧！"

"她也写了一些小说。"

"什么内容？"

"是大户人家尔诈我虞的事！"

"又来美化了！"大队长打断了我，"什么大户人家？全是欺压劳动人民的恶霸劣绅，一帮子吸血鬼！"大队长一锤定音了！他更重重地加了一句："你当然也知道，张爱玲叛国投敌，栽到美帝的怀抱里去了！"

望着义愤填膺的大队长，我只剩下了瞠目结舌的份儿。这位从土地上伸直了腰的农民，执行起党的政策来，不仅毫不含糊，而且有增无减。党指一，他必定做到一点五，甚至是二。这我已深有体会！可是，我无法与他纷争，他背靠政权，他的嘴大；我也不愿违背良知，痛斥张爱玲、痛斥我自己，我只能引颈待戮。

全小队的人，屏心敛气，等待风暴。

是小队长解了围，要我深刻反省，下次会上交待。

我能反省什么呢？我能也说张爱玲是叛国投敌吗？她带着她深邃的冷峻远去异国他乡，我带着我的书生激情投身理想。我无法如实说出张爱玲曾给我的震撼与我感到的遗憾。当社会上把我与她并列的时候，我还没有读过她的华章，赶紧找来读了。第一本读的是《倾城之恋》，张爱玲这样塑造了倾城之中的女主人公流苏："怯怯的身材，微风振箫般的声音……"多么传神！这是个十足令男人怜爱的女人。掩卷之余，一缕惆怅兜上心来，仿佛流苏在我耳边絮语："倾城之际，你要抓牢男人！"我反问了，为什么是抓牢男人，而不是与男人共同奋进呢？再读《金锁记》，曹七巧从贪恋黄金到被黄金吞蚀，只余留了一种最最可怕的情感——复仇！凡是自己未曾拥有的，谁也不准拥有，哪怕是自己的女儿。这是魔鬼的逻辑！读到曹七巧用市井淫秽的语言开心地揶揄初恋的女儿时，我毛骨悚然了。冰冰冷的黄金吃掉了至亲的母性，这多么可怕，张爱玲，你是揭露得多么淋漓！对张的这份感佩，我能在小队会上作为反省说出来吗？

是教养所对待右派忽紧忽松的措施，使我逐渐逐渐从书生的甲壳中褪了出来，使我逐渐逐渐地正面地审视了严酷的现实。滋生曹七巧的土壤，积淀了千年百年，岂是几纸革命的檄文便能扫荡得了的？只有胼手胝足的简单劳动，培育不出文明的花朵。

教养所放我回家了，我只能回到景孤血在自己的住房中分给孩子的一间耳房之中。家里原有的花梨木家具都被儿子换饭吃了。室内唯一的一张旧八仙桌，是景奶奶借给儿子做功课用的。这家里失去的不是家具，是我那重病的小女儿。是我的书生激情使她丧失了母亲。我的心痛得打颤，我对不起她那只有12岁的花苞一样的生命。令我惊奇的是：名书法家徐一达为我书写的"威武不屈、富贵不淫、贫贱不移"的横幅仍然张在墙上，这应该是件比较值钱的东西，儿子没有卖，可能是女儿特意为我保留下来的吧！对着儿子那刚刚突出的象征男性的喉结，我只有一个信念，去挣钱，什么活都干，别管多么艰难，也得让这个正长身体的大男孩吃上饱饭。

"文化大革命"铺天盖地地来了，我在教养所里曾经感受到的"左"的狂躁，在我们的胡同里呼啸着、刮着旋风。我们这些"黑五类"，挂牌、游街、挨斗。每天凌晨3点，别管是酷暑严冬，都会被原来扫街的老头吆喝起，他坐在一旁抽烟监督，我们自带扫帚，沙！沙！沙！沙——一帚一帚，把胡同扫得光光溜溜。革命群众起身之后，我们排起长列，大弯腰撅着屁股请罪，然后由革委会委员分配我们去义务劳动，给首长的院子掏下水道啦，给派出所擦玻璃啦，等等。领袖号召深挖洞之后，我们便去拉沙子、运砖、扛水泥、修防空洞。女儿受了"红五类"丈夫的钳制和我划清界限，断绝了来往。上中学的儿子为革命随着同学大串连去了。这是年轻人狂热的年代，为革命，在他们一切都不在

1962年梅娘保外就医回家与女儿柳青、儿子孙翔的团聚照片

话下，因为领袖讲的扫除一切害人虫、人人平等的口号实在是太诱惑人了。我也曾有过对理想的亢奋。我不埋怨女儿、更不埋怨儿子，因为我这个右派的定位，怎样也和革命挨挂不上。

白日的劳动结束后，我总是一身泥、一身汗地回到只有一个人的小屋，小屋的灯特别亮，这是一位我帮他家看护过病孩子的技术员帮我装的，因为我要在长夜里做绣活，以之挣出我的吃喝。这绣活是街道主任吕大妈帮我联系的，"大革命"兴起，"黑五类"不许踏出居委会管辖的范围，这隔绝了我做小工糊口的来源，吕大妈好不容易才联系到了这为外贸出口做加工的绣活。儿时，曾令我哭过无数暗夜的我们家的掌家夫人，为了把我规范成标准秀女，强令我学习过刺绣。万没想到，这点技艺却在这不寻常的时空里支援了我的生命。

灯亮得白雪似的，夜静得埋葬了所有的嘈杂。常常因为想儿子，绣花针误刺进指尖，止血的办法是最最原始的，只是用嘴去吮。血腥腥的，还有些许甜。我奢望儿子能早一刻体味到这血中的甜意。他是为了打倒害人虫出去串连的。害人虫究竟是哪一个？他这种年纪哪能分辨得清？害人虫并不把特色涂在脸上；正如好人也绝不把"善"行表露于外一样。譬如那位悄悄为我装灯的只有一面之交的技术员；那位嘴里监督我好好改造，心里却为我筹谋养生之源的街道主任吕大妈；那位说给我悄悄话的小队长；那位毅然收留了孩子们的景孤血……我就是在这些绝不显示的善行中艰难地活下来的。这一点一滴的真情滋养着我，使我意识到光明，鞭策我生活在希望之中。

1997 年 4 月应《现代家庭》记者之约而作
收入梅娘著、侯健飞编《梅娘近作及书简》，
同心出版社，2005 年 8 月第 1 版.

209　关于《三角帽子》

　　二十世纪六十年代，北京北苑新都砖瓦厂（劳改厂）有一位思想开明的厂长（姓忘记了，名不知道），想为"人尽其才"的劳改政策作些贡献，便在厂内组建了翻译组。当时的政治在押犯中，很有一些外语顶尖人才，如以西班牙文著称的吴欧（华北政权的文教大臣），称为德文专家的张心沛（华北政权的教育督办），农业部的一级俄文翻译王某，挂名新民会的法文专家陈某等人，都已经有了一把年纪，加上58年我们几个会外文的劳教人员，以吴欧为组长，脱开和泥筑砖的体力劳动，拿起笔杆来发挥专长服法赎罪。

　　我到翻译组时，他们已经从德文、俄文全力译完了当时干部必读书，列昂节夫的《政治经济学教程》。那正是社会上风行"放卫星"的年代。厂长找来一本西方畅销的文艺小说交翻译组译出放卫星。不与苏俄的政治搭边，是西班牙文的《三角帽子》。吴欧、张心沛各带

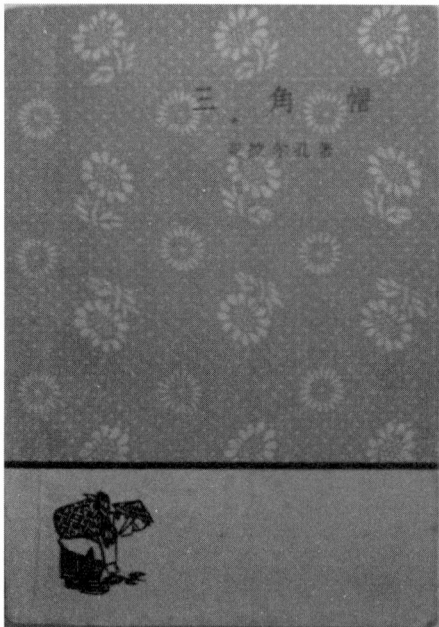

《三角帽》书影

一名助手，动手赶译，很快便交了译稿。出版社没有通过，理由是译文分段译就，没有整体风格。翻译组便把统一文字的工作交给了我，（经厂部批准）我可以自由增减变动译稿。我就这样急赶慢赶交了差，也不敢打听下文。结果是厂部宣布卫星放成了，翻译组得了出版社的稿酬，为劳改农场搞了创收。

我因结核病保外就医后，翻译组的副组长（人民大学的学生右派）李仲英告诉我，"三角帽"很受欢迎，译者为博苑。我一直没见到"三角帽"原本，直到四十年后的今天，是田钢为我觅来，才悟出"博苑"正是"北苑"的谐音。

孙嘉瑞

2012 年 10 月 21 日

210　苦涩岁月

淑真姐：

　　一直想写信给您，说说我的情况。我知道，在祖国怀念我的人当中，您是最最惦记我的。可以说：您的这份长姐情怀，从我们相遇的第一天就开始了。1958 年 5 月 8 日当我被警车押进新都砖瓦厂，定罪为大右派中的风流寡妇，即派分到"社会流氓组"去认罪服法时，是您极力向管教干事陈情，极力说明您服罪的化工组特别需要懂日文的人，才把我留在了"政治错误组"，免去我落在小偷、野妓等人的改造行列之中，成全了我看得极重其实是可悲的知识分子形象。现在回想：当时的这套做派整个是出臆想的荒诞剧，可当时的我们却是一派地地道道的真诚。

1926 年的刘淑真

　　其后，当我俩有机会说说悄悄话时，我才知道，您是当时砖瓦厂内改造得不错的旧知识分子中的典型，是标兵。您任组长的化工组，有二十几个劳教人、劳改犯供您差遣。您做主研制出的什么复合溶剂，什么胶甚至还有什么晶体，在社会上知名度极高，多半销往东南亚。是政府在劳改战线实施"人尽其才"劳改政策的成功典型，是劳改农场的社会脸面。所以管教干事才对您特别垂青，采纳了您提出的对我分组入"学"的建议。

　　记得我是这样询问您的："干事认定我是风流寡妇，您为什么敢保我？"您说："我一看你的举止你的眼神，就断定你不是那种花里胡哨的人。要说，你也够大意的了，押送你劳动教养，还穿了件工农大众看不惯的花衬衫。"

"正在上班，党委临时当场宣布：立即开除公职，立即押送劳改农场劳动教养，连孩子都不许见上一面，森严得不得了，我是日本间谍嫌疑嘛！"

1962年解除劳教后钱辉焇与丈夫吴道钢、女儿吴音、儿子吴乐合影

仔细想想，淑真姐，正是那种使我们相通的眼神，那是生命对生命的理解与呼唤，才奠定了我们这终生的友谊。

您一定记得1958年的国庆节吧！那是我们锁进劳改农场后的第一个国庆日，我们穿上自己最漂亮的衣裳，仔细梳理头发，钱辉焇要我帮她梳头，还系上了蝴蝶结。这个甫从北师大毕业，说得一口流利俄语的小妇人，因为鸣放期间满怀激情地向党提了要求不要以党代政等意见，被《人民日报》以泰山压顶的威势批判下来，变成了货真价实的右派，被迫舍下刚刚四个月的婴儿，前来农场服"罪"。她昨天还在窑前和泥脱坯，一身泥浆，今天过节，便想在允许的条件内打扮自己了，多么执拗的寻美意愿！还有那个惠沛林，一个16岁参军，由西南军区转业新华社，写了一篇又一篇报告文学歌颂东北工业新生的小记者。14岁那年，身为共产党外围的父亲、哥哥、叔叔同时被国民党政府整肃。为了给母亲分忧，中学生的她跑遍家乡承德的大小衙门只为打探出父兄的消息。这个没有任何结果的打探，作为她隐瞒历史的罪证而对她实行整肃。她甚至连戴右派帽子的资格都没有。还有……还有……还有……真的是欲说还休了。

　　大姐，当时您年纪最大，也还不足五十，我们这群锁定在敌人范畴内的新女性，衷心祝贺祖国的生日，劳教犯、劳改犯自行编演的节目，无一不洋溢着爱国真情。我们尽情高歌，为祖国的百废俱兴欢欣不已，淡化了自身承受的说不清来由的整肃。

　　那段岁月，您的行为是我们的典范，您在化工室加班到深夜，累得连路都走不稳了。我扶您，一步一停，一步一停，回到监舍，躺到了那划定的一尺八寸的铺位上，您轻悠悠地说出的一句话是："这个合成的数据求出来了，明天便可以放心地投产了。"语音未落，竟轻轻地打起鼾来。

　　我坐在铺前的小板凳上，不愿意挪动您伸展的四肢挤上去睡，这一尺八寸的铺位就是您这位立志以化学报国的女志士强劳之后的养生空间。把我的一尺八寸让给您，这是我当时能够表达爱心的唯一形式。我枕着那个排了若干个一尺八寸的大木铺之沿，迷迷糊糊地被查夜管教队长叱醒。队长责问我："为什么不守监规，不到铺上去睡？"意思是："你要搞什么名堂？"

　　淑真姐，事隔四十年，我们用不着以马后炮的精明去嘲笑当年的单纯，仔细回味，正是那种对新中国的无限信赖才支撑着我们熬过了那段被凌辱的苦涩岁月。我们心目中的共产党，代表的是希望。旧中国的腐败煎熬过我们。新社会的思想激励着我们，"位卑未敢忘忧国"的士子情怀鼓舞着我们；如果我们不响应只有社会主义才能救中国的号召，我们就不是20世纪三四十年代的热血青年了。一位世界级的哲人说："20世纪初，不选择共产主义是没有心……"您琢磨出这句话内涵的时代风云之时，会会心地

1952年16岁的惠沛林参加了中国人民解放军

一笑吧！

　　如今，钱辉煾当年无法亲自哺育的婴儿，已经长成了男子汉，好酷的一个帅小伙。这得力于他爸爸教给他恪守的人生箴言——坚韧。钱辉煾的丈夫吴道钢和钱一样，是个学而无忧一心想报国的大学生，钱被划为大右派之后，尽管他也有迷惘，也有过踌躇，甚至是手足无措，但他心里却认定，钱辉煾是一片诚心，鲁莽是有的，却绝无反意。思前想后，左掂右量，就是不愿与钱离婚。于是背了个划不清阶级阵线的罪由下放到地质大队强劳。您

梅娘与劳改难友合影
左一刘淑贞
左二梅娘
左三钱辉煾
右一惠沛林

一定记得吴道钢在下放前夕到劳改农场与钱话别的场景吧！那个小婴儿被爸爸裹着襁褓塞在自行车的前车筐里，奶声奶气地在哭啊、大哭，哭个没完，作为孩子的妈妈，却不能趋前抚慰。夫妻之间隔着一条有形的会面长桌——一条无形的却威力无边的阶级阵线。那个紧闭着嘴巴的吴道钢，连15分钟的会见时间也没能坚持下来，只深深地望了钱辉煾几眼，扭过头去推车就走。钱辉煾哽咽得撕心裂肺，劳改农场不许嚎哭，是您扶掖宽慰着她。

　　至于惠沛林，那个以"隐瞒"历史获罪的小记者。她那个春风得意前程似锦的名记者丈夫，惠一进农场，便立即通知她离婚，而且告诉他们两岁的小女儿，她妈妈死了。以至于这个在高官父亲身边长大的女孩——大姑娘——小母亲，总是疑疑惑惑地不能坦然和爸爸说与

死了的亲娘相处，因为那个使她的亲娘变死的罪由，像天方夜谭一样的离奇。

淑真姐，如今，我坐在美国硅谷高科技园区内的樱桃住宅街的一幢家屋内，望着窗外的樱树发呆，粉色的樱花正在盛开，微风拂过，花瓣合着花香坠落。偶尔驰过的轿车，轻俏俏地了无噪音，是怕惊醒那还在孕育的甜樱桃吧！我的心境祥和夹杂着困惑，在硅谷供职的孙女和她的伙伴（来自北大、清华、复旦的学士、硕士、博士们）感兴趣的话题是各行各业的科技尖端，苦难的过去对她们来说确实是太遥远了，她们甚至连历史上曾有过苦难也不清楚。这是不是好事呢？您说，列宁的"忘记过去就意味着背叛"的马列经典格言，还能在现实中起作用吗？

淑真姐，历史压得我们可能是过于沉重了，我们尽说些过时的事儿。还是让我回去与您共话桑麻吧！

2003 年 8 月作

嘉瑞　2000 年 8 月　圣荷西 U.S.A

收入《老照片》第 27 辑，山东画报出版社，2003 年 2 月．

2000 年梅娘与惠沛林

211 往事

　　东厢房邻居家的小兰子，急煎煎地跑进我的陋室，上气不接下气地向我说："大街上来了一卡车的兵，把车停在咱们的胡同口，人朝着咱们院来了！""文化大革命"兴起以来，不断有干部、军人来我家进行"外调"，孩子们都明悉他们是冲谁而来的。以往，一般是两三位，最多四位，一下子来了一卡车，真真是非同小可。我虽然忐忑，却也无计可施。躲是躲不开的，躲了初一还有十五；再说，我也无处可躲，我这戴着"特嫌"帽子的右派，躲到谁家去都会给人家招灾惹祸，我没有权利那样做。跑，更是休想，一是没有跑的钱财，二是专政的革命群众便是我的天罗地网，只要一出街门，到处都是盯视你的眼睛，盯得你走路都不自在；哪怕是去胡同口的小合作社买把盐，若凑巧碰上一位根正苗红又爱突出自己的"红五类"，甩过两句响当当的最高指示来，就能噎得你连舌头都不会打转儿。伟大领袖创造的这项群众专政，真正是威力无比。那些手捧红宝书、虔诚膜拜领袖的大小人等，牵着一根红线，那便是年年讲、月月讲、天天讲的阶级斗争的弦。顶端是中央"文革"，一层、一层、又一层垂直下来，直到最下一层——掌握庶民行止坐卧的派出所管片民警，和由民警指挥操纵的革命居民委员会。

　　有人推开一向半掩着的街门进院来了，那响动，绝不止一二个人，最少也得有七八个，且有人上到房上去了，没看见架梯子，或是飞身而上的吧！我听见小兰子的妹妹，那个四岁的小宝珠在东厢房里惊呼："妈，有人上了北房，妈……"可能孩子的嘴巴被大嫂给捂着了，只留下语音未竟的童声在空气中打着回旋。

　　我租住的这个三合院，是市房地产管理局没收的一个一贯道（明清时期的民间宗教之一，又称天道——编者注）坛主的逆产私宅。可能是为了显示神道的威严吧，北房高出一般的北房很多，南面没设配房，而是以精致的砖刻影壁作为遮拦。影壁上刻的是王母娘娘的琼台仙景，配以百鸟朝凤的街门门斗、门楣，实实地可以观赏半天。红卫兵破四旧，用水泥把影壁涂了个混沌一色灰，红漆朱门也涂得说青不青，说红不红，门斗、门楣砸得东塌西瘫，蹲在门口的两个金麒麟神兽也被砸掉了脑袋。尽管如此，这院落和配房还是非同一般，能一眨眼就跨上了如此高耸的房脊，可真的是真功夫。上房去，难道是为了查清这院子有没有与外界联结的空中通道吗？在已经使用无线遥控信息的今时，这行动只是昭示了来人的科盲水平罢了。不对！我忽然悟出：这是出自恫吓的构想，是挟枪杆子的镇压威慑。军队里有的是高人，平平常常的飞檐走壁，岂在话下！调上他一排人、一连人，甚至一营人，小事一桩，革命需要么！

进院的人，整然行着没有口令的队列，且有人用铁器敲击着地面铺着的方砖，宛如探索地雷一般。更有人猛然推开我的房门，迅雷不及掩耳，挤压得我连喘口长气的余裕也没有了。

我正在做手工，那是我赖以活命的唯一方式。据说，是革命居委会主任吕大妈向管片民警说了几卡车几卡车的好话，才上下一致同意，给了我这条生活出路，允许我随着居委会的手工组做绣活。当我被劳动教养所释放回家、转归街道居委会监督劳动之时，是连跻身这个靠纤纤十指挣工钱的手工组都不够资格的；因为手工组的人都是"红五类"。"大革命"兴起之前，阶级斗争的弦没有绷得那么紧时，手工组组长常常叫我去帮助核对领活计发活计的会计账目，因为她一看那洋式的会计账就发怵。有些组员也不时叫我帮助看看自己的工分账是不是记得清楚。这样相处了一段时间之后，便很自然地产生了姐姐长妹妹短的邻里情谊，且有几个大姐要我帮助给她们上中学的子女补习功课，使我无可奈何的处境相对宽松了一些，也为我能进手工组做针线垫了底儿。文化大革命一来，这些"红五类"为了自保，不再跟我搭讪。那个跟我走得挺近乎的治安保卫组长董金娥，还当着管片民警的面，扇了她那14岁的儿子两个嘴巴。因为那少年叫惯了嘴，无意中又叫了我老师，没有跟我划清阶级界线。

居委会主任吕大妈，是地地道道的工人阶级，是为外贸出口加工的绣衣厂的退休工人。能说会道，为居民谋划福利，调解邻里间的纠纷龃龉，很有些威望。"大革命"之前，地区搞清洁评比，搞拥军优属，接待参观等，常常需要美化胡同墙上那几块用煤烟刷好的墙报，吕大妈便把这份义务工派给了我。她说：遵照伟大领袖的教导，这叫"人尽其才"。五颜六色的彩粉笔装饰了升平，也为我赢得了吕大妈的好感。每逢地区上级当众夸奖我们胡同的墙报搞得好时，吕大妈洋洋得意，不无炫耀地说："这是个右派画的，这个人，改造得还可以。"

我改造得还可以，这是吕大妈的政绩，更是我的平安。就是这位居委会主任，在红卫兵小将勒令我搬出工作时租住的大北房时，她以管片内无空房、一时难以解决为由把事情拖了下来。她令我退居暗间，把两个明间退给房管局，用明间做了手工组放活发活的办公点，她说这样做是为了更方便监视我这个阶级敌人。暗中却使我免去了流落街头、连个栖身之地也没有的窘境；更实惠的是，我还可以只交暗间的房租。

我们胡同的管片民警，自从我划归他管之后，总是用种难以捉摸的目光看我。文化大革命之前，他妹妹跟我学日文，我通过居委会的治安保卫组长向他呈交思想汇报。这是派出所指定，一月一份，非交不可的。他对我那金戈铁马狠批自己风花雪月资产阶级腐朽思想的汇报从未批退给我，也从未对我改造得好与不好表态。我摸不清我的这位监督之神怎样看我，一见他就由不得心里发怵。日久天长，渐渐从心理上解脱了自己。他和教养所里负责改造我们的干事一样，要的就是踩在你头上的威严。

手工组承接了一批带原样图的外贸加工定活之后，因为原图只有简单的英文说明，起针顺线的工艺流程标的是 A、B、C、D。这就难坏了做活的人。她们怎么也看不明白那些圆套三角、四边形又内接圆的几何图形该从哪里起针，又是怎样换线顺线。手工组长跟吕大妈商定，把这个难题推给了我，要我按比例放大，并把 A、B、C、D 改注为 1、2、3、4。这就需要一张桌面光滑的桌子，家里原有的书桌、方桌，我教养期间都被儿子换饭吃了。每逢来图，我只能卷起铺盖，就着床板，半跪着在地下动笔。这当然画得很慢，做活的人等不及就去向吕大妈诉苦，说抓革命促生产，无论如何也要给手工组解决一张桌子才好。

又是吕大妈向管片民警说了几卡车几卡车的好话，民警同意在他管片内被红卫兵破四旧砸烂的"封建家具"中，挑出一张凑合的桌子给手工组用。他把这个任务交给了我东厢房的邻居郑大哥和他的儿子红卫兵西城纠察队副大队长郑庆海。郑大哥是新华印刷厂的老排字工，肚里很有几瓶墨水。文化大革命之前，他愿意和我侃侃商纣王为宠姐己毁了国家、梁山泊众好汉算不算替天行道，等等。"大革命"兴起之后，新华厂奉命承印红宝书，他便打发小兰子今天送给我一本正楷的红宝书，明天又送给我一本宋体的红宝书，更给了我一本译成日文的最新最高指示。我向他道谢，他说："宝书多几本好，多了就证明你学习积极。"这爷儿两个都是毫无瑕疵的"红五类"，他俩在那些缺胳臂少腿的砸烂家具中选中了一张柞木的大号八仙桌，只是四角上翘起的凤头被砸掉了，桌面并没毁伤。

这是一出人情连环套：民警是急群众所需，是爱民行动。郑大哥是为居民委员会办事，是组织指派。小海子更是责无旁贷，以西城红卫兵纠察大队长的身份，查查这挪用公物的行事中，有没有人玩了猫腻。这出连环套，唱得堂堂正正，却真真正正为我这个"黑五类"解决了实际困难，我再也不用为画图单腿下跪，佝背折腰了。

不过这八仙桌，也使我形象毕露，因为它略高过窗台，只要我往桌前一坐，我的一举一动便尽入来人眼中，什么小动作，一概纤毫毕现。

我坐在桌前，拈着那发丝般纤细的绣花针，不想有半点儿鬼魅，只想多缝一针是一针，这是明天必交的活计啊！

进屋的是四个人，一色的蓝色海军军服，没有领章，领角上曾缀过领章的晒痕清晰可见，甚至还有拆下领章时遗留的红线头。我不由得起了疑问：分明是现役军人，为什么要这样藏头露尾呢？难道是怕我这个政治上的死囚会制造出损害军人形象的事吗？

是一次不好以军人面貌出现的非正规行动吧？"大革命"已经进入了清理阶级队伍的阶段，莫不是军中的一派为了整另一派，想在我这个已经查得五脏六腑昭然的右派身上再探出点可资利用的实货吗？我搜索枯肠，怎样也想不出是哪位新知旧友与海军有了纠结。

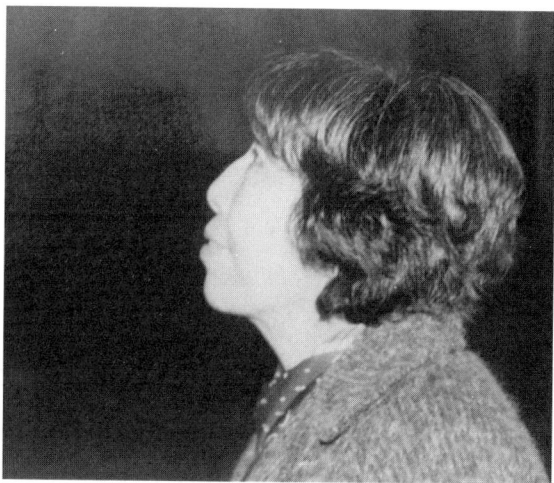

65 岁的梅娘

四个人中的第三位，显然是位首长，紧随在他身后的那位，也许不是有意，无声地按了按腰际，腰际稍有凸出，嘿！还带着家伙呢。

出于习惯上的礼貌，我站了起来。

首长向我挥了挥手，示意我坐下，他落座在我对面的木椅上。

我坐好，穿针引线，眼睛落到了图纸上。

骤雨欲来、狂飙突扬前的一刹那宁静。

"做的是手工活吗？"首长发问了。

"嗯！"

"还能维持吧！"首先表示体恤下情。

"连买烧饭的煤球都买不起！"我把冒到嘴边上的这句话咽了回去。

"这种手工活是很辛苦的，你这样的大知识分子，做这个……"

首长很可能意识到：这种言不由衷的话对我这样的政治运动中的老运动员来说，不会有好效果，话没说完，就收回了。

沉默。

依然是首长开口了，他十分平稳，十分严肃，一句、一句，掂量好了分量才说出来。

"今天，你必须合作，讲真格的！"

套话来了，什么叫合作？什么是真格的？从1952年知识分子的整风运动起，我就披肝沥胆，把如何为实现强国富民的民族理想，实现自己梦寐以求的男女平等的人间世，舍弃优裕生活投入理想的种种努力，点点滴滴如实奉告组织。一次接一次的运动、审查，使我明白了：我是命定的反革命。现实嘲笑着我的理想，时间揶揄着我的良知。什么是真格的？运动中只有斗争、争斗。

我抬头瞄了首长一眼，瞄了瞄在他身后一字排开的三位护法金刚，依然拈起彩线穿针。

我的平静，使首长露出一丝不耐，半晌，他说：

"不要故作镇静了，共产党从来不打无把握之仗，既然来找你，肯定有问题，你必须放明白！"

我很明白，只能无言，这是又一场无从躲避的灾难。抬头，目光所及之处的横幅，正在凝望着我，"威武不屈，富贵不淫，贫贱不移。"这是父亲给我的人世箴言。上书12字箴言的那方已经泛黄的细绢，无论顺境与逆境，一直伴随着我，今天，又是一个遭受磨难的时空。父亲：我怎么办？

无言的对峙。

首长急于打破僵局。他侧头向窗外一瞥，步履整然的踏砖声应时而起，院中的大队军人向我的住房包抄过来。房顶上响起了撬瓦的闷响，震得纸糊的顶棚簌簌轻颤，一只受了惊的小蜘蛛飘然而落。我明白，这是要把我的"特嫌"升格，定为"特工"的特别行动。又一次精神酷刑。我心灰气促，口干舌燥，一切语言都从思维中遁走。

血液淤积心头，胸腔胀得吐不出气来。

可是，我没有嚎哭的权利。没有。说一句悖逆的话，将会招致更加难堪的窘境。幸亏今天面对的不是激情满怀的红卫兵小将，而是恪守文攻武卫的军人。如果他们奉行旗手的指示，文攻之后继之以武卫呢？我真的是不知所措了。

首长开口了，开门见山，直捣核心：

"说说你和王卓（王卓，解放前东北地下党成员。解放后在海军政治部供职。）的关系！"谁是王卓？王卓是谁？新中国成立20多年，无论是工作中，私交里．我都没有和姓王名卓的人打过交道，就是在过去的历次运动中，也未尝有人向我提说过王卓。

"我不知道什么王卓。"

"早就料到你不会说实话，看看，竟连王卓是谁也说不知道，推得好干净。"

我不分辩，也无法分辩，谁知道怎么又从冥冥九天掉下了个王卓，用革命的话来说，他可是隐藏得太深了。

"提醒你一点，他是你老师的外甥。大汉奸伪'满洲国'内务大臣臧式毅的千金不是你的老师吗？"

"臧瑞兰是我吉林女中的老师！"

"你高中毕业以后，去日本留学之前，也就是1937年，好几次去臧公馆串门，你干什么去了？"

"我去看望老师。"

"你没在臧家看到过王卓？"

"我不知道王卓是谁，臧老师也没跟我说过她外甥的事。"

"你以为你能推得干净吗？你好好想想，连你几次上臧家串门这样的平常事,政府都了如指掌,更别说重要的事了,隐瞒,是瞒不了的。"

"我没隐瞒。"

"你明白就好！痛痛快快地把你和王卓的关系亮出来吧！"

"我确实不知道王卓是谁。"

"你是个明白人，不要顽固到底，自绝于人民。我们执行的是革命的人道主义，为的是惩前毖后，治病救人。就你现在这种一问三不知的态度，足够给你定性判刑。以往，只定你右派送去教养，是处分得太轻了，你不要不知好歹！"

这又是套话。眼前这非同小可的阵仗，是不是仍用沉默就能抗得过去，我心里没底，身上沁出冷汗，手掌湿得连花针都捏不牢了。

首长敲了敲桌子，和缓地说："再提示你一点，王卓就是叶兵，混入解放区后正式更名王卓。顺便告诉你，王是你老师臧瑞兰的姐姐臧瑞芬的夫家本姓。王卓好大胆，一进解放区便亮出了他那大地主的真名实姓，明显地是要和贫下中农斗法，与人民为敌到底。"

叶兵的形象翩然而至。他在沈阳借助豪门掩护、救助抗日联军的故事被人们传说得绘声绘色，他在日本京都帝国大学苦读铁路管理专业的往事也曾在留学生中不胫而走。当他被日本特工追得潜来北京时，是丈夫的好友刘廉介绍他跟丈夫相识，他和丈夫相见恨晚的一片至诚曾深深地打动过我。他从来没向我们炫耀过他那做高官的外祖父臧式毅。我相信，王卓一进解放区就使用真名，他一定是出自一种信仰上的安定感，他可能以为：他可以理直气壮名正言顺地干革命了。

我下意识地吁了一口长气，分不清是因为知道了叶兵的下落，还是为了王卓谜底的揭开。参加工作以后，翻阅往事时常常想及叶兵，为他的毫无消息而嗟叹。他来我家的时候，只和丈夫对弈倾谈，对我似乎保留着男女有别的习惯观念，我并不十分熟悉他。

我注意到院中的人墙又逼近了一步，窗玻璃上的阳光都遮没了。

首长用手中的铅笔敲了敲桌子，他那摊开的笔记本上，尚没有记下一个字。

"王卓是怎样到解放区去的，他是怎样通过战争的中间地带的？就是那个杂牌军军阀张岚峰霸占的地段？"

"是我丈夫给张岚峰写了封信。"

"噢？"

首长这一声，吓得我赶紧接了一句："这件事，审查我时，我已向政府交待过了。"

"看看你们联络的这些人，不是大汉奸，就是大土匪军阀，全是祸国殃民的大坏蛋。你丈夫连张岚峰的关节都不在话下，他能干得出好事吗？"

我想说："世事若是都这么简单，革命也就不会这么艰难了。"这句话在嘴边蠕动了半天，仍然咽了下去。

"你丈夫指派王卓到解放区干什么去了？"

"叶兵自己要去……"

"是王卓，不是什么叶兵。"首长的声音严厉起来。

"叶兵自己要去投身革命，丈夫只不过助了他一臂之力。"我说溜了嘴，仍然说的叶兵。

"叶兵？真的是说的比唱的还好听！愿为革命做一名小兵！就凭你们这号吃剥削饭的，能舍弃荣华富贵为革命吃苦吗？别打扮自己了，说实话！说真格的！"

我无言。

"我可以直截了当地告诉你，王卓进入解放区后混进军队，又从陆军转入了新建的海军。组织上被他的伪装积极所蒙蔽，很重用他，是个负责的干部，曾经是个负责的干部。"

首长在"曾经"一词上，加重了语气。

这就好了，我从心底感到宽慰。丈夫没有看错人，没有枉冒杀身之祸助叶兵出走。叶兵肯定是夙愿得偿，干得很出色。首长说"曾经"确实是一段长长的岁月了。叶兵1943年逃开日本特工的追捕，在众家弟兄的帮助下逃出了鬼门关。屈指数来，已经26度春秋。按照政府干部的等级划分，他是抗日战争时期参加革命的"三八式"老干部了，所以他才能平安地跨过历次运动的关卡。这么说，他是当权的走资派了，莫不是给归在了刘少奇的"黑线"名下，判为"修正主义分子"了？不对，他一进解放区就投身军界，或许跟军中的统帅们有什么扯不清的瓜葛？他已经遭到磨难了吧？我不禁为叶兵而忐忑不安了。

我闷头做针钱，说不清是忧是喜是怕是烦。

首长猛地站直身子，雷霆万钧地甩出来他的重武器。"你丈夫是派王卓到解放区去卧底！"

我的情结还在叶兵、王卓、王卓、叶兵上团团缠绕，一时没悟出首长重武器的巨大杀伤力，傻乎乎地随口问了：

"卧底？卧什么底？"

"卧底，就是卧底，你心里明白，别装糊涂。"

首长身后那位护法神跨前了一步，只要他一伸手，便能轻易地逮小鸡一样地提我起来。院中响起一种金属相碰撞的铿锵之声，这声音我熟悉，是展开手铐的响动。我在教养所不止一次听到过。

我下意识地从桌子上抓起个什么东西攥紧，身子死死地靠向椅背。

我悟出了，他们是想把叶兵整个身败名裂，他们之所以揪着丈夫这条虚线不放，很可能再也搜索不出更骇人的条目，尽管丈夫作为日本高级特工的烟雾已经随着大海的腥风散尽，但这并不能排除他已经把叶兵转移给另一个神秘的境外客了。境外客协同我，串连上叶兵，编结了一个跨国的特务网，这真是时下最具爆炸效应的头等大案。叶兵以身居要职的方便，装神弄鬼，党军的秘密便不翼而飞。反正虚指的是境外客，既涉及境外，便可以以"绝密"封锁，绝密可是无往而不胜的法宝。

叶兵既是卧底的特务，推而察之，介绍丈夫结识叶兵的刘廉更该是老牌的了。为叶兵开具路条的张岚峰的机要秘书可以从轻判为特嫌，

非常时期的宣传画

接收了张明红包放叶兵出城的西直门哨卡的小班长是沾边特嫌。张明当然是在劫难逃。叶兵卧底也不可能一个人独耍，手下总要有一名甚至几名为他效力的伴当。

这就可以把叶兵的亲信也搜捞上来，做到一网打尽。

　　看起来，我背了十几年特嫌的"嫌"字，也该到了"正名"的时候了。他们要我承认，叶兵确为丈夫所派，两人谋划停当，今日差遣军中的叶兵，明日差遣机关中的李兵、王兵，后日再差遣国营企业中的张兵、钱兵。从泊定的反革命旗舰上，伺机而动。天呐！这真是对那一代热血青年的亵渎！叶兵被日本特工追踪得上天无门之时，才22岁；我醉心革命典籍，22岁，丈夫协助叶兵出走，26岁；那个少言寡语的刘廉，24岁；自愿护送叶兵出城，跟守卡的伪军称兄道弟的张明，23岁，通通是为理想搅昏了头的黄口孺子。

　　我的头嗡嗡地喧嚣起来，恰似一架重型轰炸机在头顶回旋。我双手护定双耳，额头沁出了冷汗，这当然逃不开首长的目光。

　　"说吧！说实话，你要明白，这是挽救王卓。"雷霆万钧的声调有所缓和。

　　"挽救"这个经常出现在红头文件中的词语，由于不同层次、不同场合的巧妙运用，很难界定它的真正含意。现时，"挽救"就是要我指定王卓是卧底特务，这是真正的诬陷，不但诬陷王卓，还要加上众家弟兄。无耻！无耻！耻辱感刺向我的神经，我一下子冷静下来。

　　"解放后，我跟王卓没任何联系，你们可以不相信我，难道信不过你们军中的层层关卡？"

　　首长一愣，我立即接上：

　　"叶兵既要利用他和我丈夫的这层关系，他高官在位，即便为了堵我的嘴，也该救济一下我吧？我可是穷得吃了上顿愁下顿，就是讲讲朋友情分吧，也不应该看着我这未亡人挨饿吧！"

　　"什么未亡人，你丈夫究竟是死是逃，还没定论！"

　　"丈夫真的没死！请告诉我他的下落，他连累我的这笔反革命罪，我得好好跟他算算！"

　　"休想摸底！你丈夫的事，你们和王卓勾搭的事，我们早晚会亮出来，现在还不是时候。让你坦白，是给你立功的机会。立功可以受奖么！你跟我们合作，我们可以建议撤销开除公职的处分，建议你回原单位去工作。"

　　首长给了我一个多么慷慨的许诺。我合作，立即可以摘掉右派帽子，更可以立即领到"皇粮"，告别这衣食难继的艰涩岁月。最使我动心的是：我就有资格唤回那跟我划清界线离家出走的儿子。这个儿子可不比寻常，是我仅仅因为对丈夫的无尽思念，作为唯一的精神依靠，一手把他拉扯大的。如若我恢复了国家干部的身份，他也就没有划清界线的依据了。那个撕肝揪肺日夜惦记着的儿子，小海子说他在中学生的大串连中，染上了流行性肝炎，若是真的，他就更需要母亲的呵护了。

　　不知道什么时候，眼眶中竟蓄满了泪水。当别人告诉我，叶兵怎样飞黄腾达，要我去找找他时，我只是想，既然都为革命工作，迟早总有机会碰头，我又跟他不很熟稔，何必急于见面呢。就这样，咫尺天涯竟没和叶兵续上革命情谊。现在分析起来，叶兵身居高位没有找我，一定有难言之隐。他那不谙世俗的行事作风，能和工农干部不生龃龉吗？莫不是已经树敌累累了？正因为他有权在握，才闯过了历次运动的关卡，直到清理阶级队伍，才被清理出来的吧！

　　我平静下来，悄悄抹掉泪水，重新拈针理线。

　　"你先坦白，你丈夫到底是干什么的？"

"文革"中批判、斗争地主、富农、反革命、坏分子、"右派"的群众运动

"他是日本大阪《每日新闻》社的记者！"

"为虎作伥！你总该记得，那是共产党浴血奋战的抗战时期。"

"正因为他披了那张虎皮，才能为革命做了一点工作，才能跟张岚峰搭上话，才能护送叶兵安全出走。"

"你这么说不脸红吗？你丈夫是日本法西斯的走狗，你是亲日派大资本家的千金小组，王卓是大汉奸臧式毅的亲外甥，统统是货真价实的阶级敌人，还大谈革命，配吗？"

"那就把我们这些牛鬼蛇神通通投狱，通通枪决，不就天下太平了吗！"

"你不要破罐破摔，判处你反革命徒刑，有理有据。"

首长指了指我的横幅："你还说跟王卓没有联系，这幅字就是明证：王卓的墙上也挂了这么一幅。你能说这是巧合吗？""这是中华民族先哲的话，是立人之本。"我反倒沉静下来了。首长笑了，立起身，合上他那摊着的笔记本，缓缓地说："告诉你，我们可不是没把握而来。你要三思，尽快交出私货来，挽救后半生要紧。刚刚40岁的人么！还是大展宏图的年月。不为自己，也该为你的儿女想想，难道就让他们背着'黑五类'的包袱，运动一来，就是整肃的对象吗？"

一阵有秩序的响动之后，他们撤了。我没想到这个骇世惊俗的闹剧会如此匆匆收场。又是小兰子气喘吁吁地跑进来，放心地向我说："人走了，院里院外的人都走了，卡车开走了。"

我才感觉到，内衣裤冷黏黏地贴在身上，一缕红丝线被揉搓得退了色。我吓坏了，赶紧拿过来摊开的绣活仔细查看，若是把这件甚至高过我一年生活费的半成品污染了，那我可是闯祸了，专政组只要按时下流行的说法，说是搞阶级报复，存心破坏生产，不用任何阵仗，就可以把我推向冤狱。

这是我一再庆幸的一项甜活，革命群众嫌难不做才让我捡了便宜。因为扣去外贸进出口公司发活儿的手续费，扣去制衣厂的工艺流程费，再扣去居委会的福利费，一件活最少我可以得到两元两角的手工费，

10 件活便是整整的 22 元，这可不是一个小数目。半个月的玉米面不用愁了，还可以买上 100 斤煤球，免得一到蒸窝头的时候，自己没火，还得去麻烦郑大嫂。余下的交上房费、电费，如果还能买上一斤鸡蛋留给儿子，那就更好了。人家都说：肝炎，就需要吃鸡蛋。

1995 年 2 月作

收入《记忆》第 1 辑，中国工人出版社，2002 年 1 月.

212 致周上分信①

亲爱的小分：

　　你的海外来信，是只吉祥鸟，带给我的深情厚谊，使我禁不住热泪盈眶，这完全是意外的意外，相隔半个世纪，经受了太多太多悲惨坎坷的我们，真仿佛是在梦中相会。当年，幼小的你紧紧靠在中年女佣我的身上，向着来找你的邻居男孩大声说："不和你玩，我阿姨不准我和你玩。"当年，我不准你和那个邻居男孩一起玩，原因已经不记得了；你对我的信赖和亲密，却一直留存在我的记忆之中，使得我在你家的佣工，多了很多温馨。彼时，我被莫须有的政治冤案碾压得

四十六年后，周上分从美国来北京，找到了她当年的孙姨

① 2008年4月21日周上分从美国首府华盛顿给梅娘寄来了一封认"亲"的信，为唤起梅娘的回忆在她5岁的照片背后写着："64年摄于北京，那时您是我的阿姨。"

上天无路，入地无门。是你的爷爷周校长和你的妈妈（曾淑英）装作不知道内情雇用了我，给了我一个活下去的空间。你说周爷爷"文革"中被打死了，那血腥的悲情时代又一次使我痛彻心肺。你也许不记得了，爷爷那时在市里上班，有时会把公车月票忘带，我牵着你由家里跑步去北沙滩公共汽车站（大约五六百米）给爷爷送月票，赶在汽车到站之前，把票送给爷爷，没耽误车次（那时，过北沙滩的车很少）我们俩又喘又说又笑，爷爷慈祥地说："回去慢慢走，别跑。"

这样一个勤于工作的知识老人，也在劫难脱，荒唐至极。

你的父亲（周光瑄）从来不查问我的过往，对我像朋友一样，你妈妈更是非常宽厚，在你家生活的一段时间，使得我很安心，再没想到，你们一家也遭受了磨难，而雇用我，也是你妈妈罪状之一，这太离奇了，我很难过，好人因我获罪，我完全地无可奈何。

不知道你的父母是否健在，生活得怎样，我非常惦记他们，小春现在哪里？她好吗？希望你尽快告诉我！

我已经八十七岁了，幸而没什么大病，一切老年人的常见病都有，高血压、动脉硬化，肾功能衰弱。总之，是老年退行性的衰老，还没有痴呆。

我 1978 年落实政策，回厂工作，1990 年退休，现在住的房子是厂分配的，退休工资够一个人生活，请你放心。

亲爱的小分，你的来信署名是西方姓氏，是跨国姻缘吧！你们生活得谐调吗？有孩子吗？

我唯一的女儿柳青也嫁了一个加拿大人，现在在多伦多。

亲爱的小分，你的信对我来说真是太好了，希望联系下去。

你的阿姨孙嘉瑞

2008 年 5 月 9 日

213 企盼、渴望

作家、资深编辑、资深记者徐晓来看我，捧着一大束白百合花，花束之大，几乎罩满了她的略显疲惫的秀脸。

这束花呈现的鲜活丰满可是摆在任何殿堂上都毫无逊色的典雅与美丽。

为什么如此隆重？这可不是一般的礼遇！我慌忙起身去接花束。

那耸立在白碧样的花瓣上的雄蕊张牙舞爪，早在我伸手之前，已在那张秀丽的素脸上，撒上了点点绛红粉粒了。我赶忙抽出纸巾递上。

我说："据说，这花粉有什么元素，会灼伤皮肤。"

徐晓一边细细地擦着脸，一边淡淡地笑了。

"孙姨，你能数得清这张脸遭遇过的酷暑与严寒吗？这点花粉，小菜一碟。徐晓的脸可是闯过鬼门关的。不会是卷缩在梦中，那种欲哭无泪的寡妇脸吧！"

这当然是徐晓在调侃自己了。因为前不久，她曾向我倾诉过单身的孤单之苦，希望能碰上一个可以共栖的人，过得可心些。她的前段婚姻，实在是太过悲惨了，两个意气风发的青年，因言致祸。一个且罹了不治之症。徐晓是拼上全部生命去挽救丈夫的。在那个错位的时代里，没有钱，没有自豪的门第与亲友，受尽了种种的寒心冷遇，只因为他们是一对敢于建言的青年。

丈夫还是去了，岁月冉冉行进，徐晓进入中年。

我自忖，这纯清的白花呈现的寂寞又如何能说得清？

"我的孙姨，您可是丢失了灵犀一点，今天是什么日子？"

"今天？"

回忆机灵灵地展开画卷，我和徐晓曾有个约定，约定在获得自由的那天，要隆重庆祝。

今天恰是徐晓走出监房的日子，也是我走出"教养"的前一天。

"为了庆祝？值得这样张扬吗？"

徐晓的素脸因那细细的绛红颗粒衬得容光焕发，我端详着她，她用惊人的欢颜沐浴着我。

"不止是庆祝，是企盼，是渴望。"

"是渴望！我读到了要求劳教政策改革的纸上、网上的多条呼吁。知道么！那个罗织罪项的鬼劳教，不会再翻版了。"

我无言：这确实是项实实在在的渴望！实实在在的企盼。

值得这束纯情纯白的白百合花！

2012 年 11 月 1 日

214　音在弦外

——在《我家》出版座谈会上的发言

　　《我家》的作者遇罗文（"文革"著名女作家遇罗锦胞弟）打电话给我说：有个《我家》的恳谈会，您去吧！我去接您。电话匆匆，既没说由谁主持，也没有说开会地点。我自忖：对我来说，这不仅仅是去谈《我家》这本书，这是我对故人的义务，用不着知道什么，就是得去。如此，我来到了座谈会的现场。

　　原来这不是个简单的恳谈会，刊书的社会科学出版社隆重推出，社内一级领导亲临，请了诸多媒体，济济一堂，气氛热烈。这场合对我来说似曾相识，我只担心退居边缘的我，会不会给大会带来不和谐的音符。幸亏我稍稍打扮了自己，穿上了那条平时嫌它鲜艳的红地花裙，在黑上衣上配上了珊瑚胸针。我是隆重地来参加恳谈会的，我盼望能够与开会的主旨相合、能够从容地品读《我家》所反映的、一直令我和我的同辈人暗暗饮泣的那段历史。喜庆和悲怆交替缠绻着我，我竭力使自己平静、平静。谁知，一看见罗勉（遇罗锦胞弟）我的心便乱了。

　　罗勉正低头摆弄着照相机，那个侧脸跟我同在政治学习班上他父亲遇崇基的脸相一模一样。我和遇崇基相遇的时候，他也就40岁刚过。父子在不同时空的这个年龄段上的巧合，涵盖的岂止是通常的悲欢离合。我控制着自己，为亲眼目睹的遇家父子在完全相异的场合中的亮相，欣喜、悲怆，说不清是种什么滋味。

　　我和遇家的交往，源起于我和遇崇基同在（北京）东四派出所的政治学习班上。我俩的罪由也大同小异——都曾是日本名牌大学的大学生，都曾有过沦陷区生活的短暂经历。遇崇基比我的名声大，他是土木建筑工程师，主持过营造公司，还盖过什么竹筋楼。我曾在文坛上舞文弄墨，写过小说、当过杂志的编辑。我们回国时都是风华正茂，都是放弃了日本的优厚生活条件，志在参加新中国的建设。这就带来了真革命或是假革命的猜想。虽然劳动教养期间，左查右查并没找到我们作为日本间谍的真赃实据，有人依然不放心，将我们交由街道实施群众专政。我们同在东四地区住，便成了学习班的同学。

《我家》中涉及的遇罗克当时是工厂的学徒工，这个书生气的小青年很喜欢我，只要看见我跨进他家的门槛，便会溜出去买几块熏干加在大锅熬白菜中招待我。他含笑问着我："孙姨，您感觉怎样，熏干熬白菜，真是一等一的好菜，您说呢？"这一等一的好菜我几乎是含泪咽下的。我清楚，这几块熏干是罗克在寒风里奔波一个小时的车钱。于是，我便尽量不在吃饭的钟点到他家去。却拒绝不了老遇的劝诱。学习班下课，老遇说，顺路到我家去坐一会儿吧！罗克喜欢和你"争论"。老遇用日文说的"争论"，用的是现在时的进行式。我懂得那邀请的诚挚。

少言寡语的遇崇基用了个吓得我双腿发软的冒险办法传给我一份已经流传得急风骤雨似的《出身论》。当时，居委会派给我一项赎罪的任务，一定及时、准确把领袖的最新指示写在黑板报上，单写不行，还得加花加框，以示隆重。板报旁边居委会的门洞里，有个旧牛奶箱。我被允许把彩粉笔、彩纸条等用具放在牛奶箱里。想想吧！当我在一片大好形势的剪报下看见了《出身论》的当儿，岂止惊骇万状，简直是手足无措了。谁传给我的？这是货真价实的反革命串连，我怎么办？我毕竟已经饱经风雨，首先清醒地断定：这是朋友送来的。当时，给我的信件要先送到居委会经过审查之后才能给我。不利用邮递而利用牛奶箱，这是胆大心细的人出的绝招儿，肯定是遇崇基干的，他熟悉我办报的细节。虽然胆战心惊，我仍然从容地在板报上画上了个光芒被掩的半个太阳，寄托了我的难言之情。

深夜，捧读《出身论》，读得热血沸腾，兴奋得手舞足蹈。连赖以维生的绣花架子都碰翻了。怕惊动芳邻，扶起架子跌坐在木椅上，索性关掉了为深夜绣花装上的白亮亮的管灯，沉入黑暗之中，嘴里叨咕着: 论得好! 论得真好。一细想, 恐惧便来了, 意识到, 这文章怕要捅大娄子, 可我完完全全地无能为力。立时果断决定, 再不能到遇家去, 绝不能给遇罗克增加一条与日本特务勾搭的罪状。

领袖号召深挖洞之后, 派出所的学习班解散, 受管制的人在各自居委会的监督下, 投入挖洞的义务劳动。老遇和我不在一个居民组, 天赐绝面良机, 却难以放下对罗克处境的忧心。

一天, 趁着黄昏暮霭, 罗克突然来到我家, 背着那个我给他补过的旧帆布书包, 从书包中拿出一包东西来放在桌上, 向我从容一笑, 说: "爸爸请你分享希望!" 说了这句含意模糊的话便转身走了, 我还没从他突然的出现中缓过劲来, 他已经消失在胡同深处了。

那是一小包白米, 包在那条我熟悉的遇崇基劳动时擦汗的旧毛巾里, 连看带琢磨, 才把老遇那龙飞凤舞的日文草篆理顺看明白。写的是: 陈总给我翻译围棋谱的机会, 得了一点想都不敢想的稿费。

被捕前的遇罗克

1970 年 3 月 5 日, 在北京工人体育场召开宣判大会, 会上宣读《北京市中级人民法院刑事判决书 (70 刑字第 30 号) 》, 内容如下:

遇罗克, 男, 1942 年生, 汉族, 北京市人, 家庭出身资本家, 本人成份学生, 系北京市人民机器厂徒工, 住北京市朝阳区南三里屯东 5 楼 13 号。父母系右派分子, 其父是反革命分子。

遇犯思想反动透顶, 自 1963 年以来, 散布大量反动言论, 书写数万字的反动信件、诗词和日记, 恶毒污蔑诽谤无产阶级司令部, 在无产阶级 "文化大革命" 中又书写反动文章十余篇, 印发全国各地, 大造反革命舆论, 还网罗本市和外地的反、坏分子十余人, 策划组织反革命集团, 并扬言进行阴谋暗杀活动, 妄图颠覆我无产阶级专政。遇犯在押期间, 反革命气焰仍很嚣张。遇犯罪大恶极, 民愤极大。经中国人民解放军北京市公、法军事管制委员会和最高人民法院批准, 判处现行反革命分子遇罗克死刑, 立即执行。

宣读完毕后, 遇罗克被 "验明正身, 绑赴法场, 执行枪决"。

145

米到我手里，是挥汗的炎夏，直到春节，那米一粒也没动。罗克已经进去了（指被铺入狱）我看见白米便想哭，完全不忍用它来填补饥饿。那是一握真情，我一定要在希望实现之时才吃，那才能吃出香甜。当时，我靠绣花糊口，吃了上顿愁下顿。遇家六口人，只有遇妈妈的60多元工资，白米对我们的肠胃来说，是过于奢侈了。

耽读《我家》，心潮激荡，我完全没有料到当年那个半大小子遇罗文，会如此精细地梳理了那段岁月，用平实自强的生活反击了荒谬的时代。遇崇基要我分享的希望，由他的儿子送来了。出版社的白米饭我是和老遇、罗克共享的，我吃得分外香甜。

罗克生前，愿意听我讲《楚辞》。当问及我为什么要回祖国时，我把一直激励自己的屈原的警句"亦余心之所善兮，虽九死其犹未悔"写在他的笔记本上。我以为这个心之所善，是人、是民族的精魂。《我家》潜含了这点。我为《我家》祝福。

这篇短文，不是评书，是对故人的怀念，请原谅我的音在弦外。

原刊于北京《博览群书》2000年第8期

215 关于《茶史漫话》

邓小平的访日，作为中日关系史上的彪炳大事，还引发了若干花絮。日本人森本司朗用日本式汉文写就的《吃茶养生记》便是其中之一。这部专著由中国民间访日代表团团长张平化交到了农业部宣传局，建议译成中文，以便推广宣传。

农业部宣传局找到了农业出版社。据说农业出版社选了两位学日文的编辑进行译作，张平化看了初译后，说译稿没有抓着该书宣扬的茶道精神——即和静清寂的禅境意蕴。

日本式的汉文书写是明治维新晚期的一种流行文体，主体为汉字，语势、语气变化在运用动词、形动词变格中体现，形成一种文字外的

梅娘译《茶史漫话》书影

意境，很难翻译。

农业出版社的副社长申非找到了我。他说，我的中文、日文造诣可能对译文有帮助，把这项译作交给了我。

我刚从劳改营中放回社会，心中余悸重重。当时农业电影制片厂的一把手（党委书记）张华鼓励我好好作。因此，我有一段时间没有进入主创岗位编导电影。后来农业电影厂继任领导又调我主管厂刊，这使得我没法按电影编导的成绩进行职称评定，一直位列一般人员，拿相当于科员的工资。阴差阳错，我丢失了我的职称评选资格。尽管我的译文交上了满意的答卷，书名也按我的建议，定为《茶史漫话》，社会忽略了这本专著，也忘记了我。忘记了孙嘉瑞情愿把嘉字的吉字头去掉，安于孙加瑞的现实。

四十年后重读《茶史漫话》，感觉真是五味俱全，说不尽的沧桑岁月，因为我已经很老很老了。

由于田钢的热心，替我挖到了一本《茶史漫话》，使我有了重温历史的机会。

孙嘉瑞 2012 年 10 月 20 日

216 写在《鱼》原版重印之时

1986 年 10 月，社科院文学所的徐迺翔同志写了一封信给我，封皮上赫然四个大字："梅娘同志"。这在我们的收发室引起了种种猜测。有人肯定地说："这不是咱们厂的人，从来没听说过这名字。"有人说："地址清楚，可能名字搞错了。"一个机灵的小伙子插话了："咱们这里耍笔杆的人多，别是哪个的笔名吧！"经过查询，这封信送到了我的手中。

信告诉我，重印《鱼》，并要求我写点什么。

正如梅娘这个名字，在我们厂内，几乎没人知道一样，我自己对梅娘、对《鱼》也久已忘却。这只不过是一段往事，一段早已逝去、早已深埋、已经与现在毫不相干的往事。之所以如此，主要是由于众所周知的原因，我曲折的政治经历，使我谈《鱼》色变。《鱼》带给我的苦难，一言难尽。1952 年，忠诚老实运动中，批资产阶级腐朽思想，重重地挨了一记。1955 年肃反运动中，清查汉奸，又重重挨了一记。1957 年反右运动，《鱼》上升为颓靡的黄色小说，印证我的资产阶级出身、我的"复杂的社会关系"，我成了货真价实的右派。按照右派分子的一级处理条款，我被开除公职，押送劳动教养，驱赶到正常生活以外去了。

生命历程中的这个急转弯，震得我心胆俱裂，锁在劳改农场一角的教养所内，我无从想象失去母亲这个生活之源的三个孩子如何生存下去。最令我揪心的是那个在初中就读，正值思想动荡时期的大女儿，由于"单纯"的我的影响，她头脑中的"新中国，朝霞满天，光辉灿烂"。对 14 岁的小姑娘来说，这晴天霹雳实在是太猛太急了。一向一心奔赴社会主义的妈妈，眨眼之间，变成了社会主义的敌人，也实在是太出乎常情了。而她，突然被推上了主事地位，成了这个撕碎了的家庭的家长，要照顾重病的妹妹，又要养育上小学一年级的弟弟。

更为致命的是：没有生活来源。

我不能不苛刻地剖析我的《鱼》和一系列我的所谓的作品。当时我认为：这是我遭到劳动教养的祸根。我寻找了很多义正词严的词句批判自己：什么"躲在沦陷区，为侵略者粉饰太平啦"，什么"资产阶级的风花雪月啦"，什么"用资产阶级的毒素腐蚀人民啦"，等等。在这些凛凛正义的金戈声中，自我逼迫，静下心来接受改造。但这并不等于我忘掉了一切，能够做到万物皆空。我只不过是个凡人，没有那么大的定力。

我出生的故乡，严寒而富饶。在我还是个小学生的时候，就沦陷为日帝的殖民地了。我们这一代，是在日帝的高压政策下，生活过来的。幸好，深厚的民族意识托拥着我们，忧国忧民的志士师长开导着我们，才使我们在夹缝中曲折又艰难地吮吸到了祖国的文化，成长为特殊环境中的中华儿女。到我成人，接触了更多的世相，经受了多种磨难，认识到了人类前进的总流向之后，我是经过深思熟虑，才怀着满腔的激情投奔到共产党的怀抱里来的；是义无反顾、抛弃了优厚的生活条件，像只高歌在云端里的百灵，飞到理想之国来的。那封建兼资产阶级的我的出生之家，使我过早、又过多地接触了生活中的阴暗面；日帝统治下的社会，又使我过早地尝够了民族灾难带来的痛苦。在我那充满着美妙理想的年轻的头脑里，坚定不移地相信："只有共产党，才能救中国。"

1948年，当我的丈夫早逝，我处在生活的十字路口，选择今后的走向时，缱绻在心头、回响在耳际的是一首日本民歌，是丈夫辅导我学习日文时教给我的。无论是我还是丈夫，常不知不觉地就哼唱出来。后来，这首歌成了我家的主旋律，不但5岁的大女儿会唱，连牙牙学语的小女儿也会和着那欢快的节拍摇头晃脑。歌词很简单，只有两句：

　　我是颗快乐的小水滴，

　　汇向大海是我的目的！

　　我认定：我这颗微不足道的小水滴，只有汇向人类前进的大海，才能体现作为人的生存意义。

　　1949年前，我吉林省女中的同学，北伐前期吉林省省长的女儿诚庄容，在特意为欢迎我而设宴的台北北投温泉的小宴会厅里，把国民党吉林省国大代表的选票送到我面前，要我以吉林籍女作家的身份到国大报到，"共襄国事"。我委婉地拒绝了。这并不是我怀疑她的政治能量，这位早在中学时代就显露了八面玲珑才能的娇小姐，凭借她的社会关系，在政治上，肯定吃得开。我是不相信当时的国民党，完全不相信国民党能拯救我的家乡于水火之中；更不相信她们的国大能代表什么民意。我不愿意作为政治的装饰品，在台北招摇过市。

　　日本大阪外国语学院的金子院长，是我丈夫早稻田大学的学长，得悉我的情况后，邀我到外国语学院去教中国文学，我也谢绝了。早在1946年，我就有机会读到了毛主席的《新民主主义论》，读到了爱伦堡的《巴黎的陷落》，等等。到1948年，我已经沉迷在共产党的一系列书籍之中，沉迷在新中国即将诞生的巨大兴奋之中，完全没有心思到日本去。我要为我的祖国竭尽绵薄，这是我从父亲那里继承下来的宿愿。何况，我有两个女儿，我这个年轻的小寡妇虔诚地相信：只有在共产党领导下的新中国，女人才能获得实质性的独立。我的出生之家在这方面给予我的教训是太深刻了。我不能走我娘我大姐那生活中锦衣玉食、精神上备受凌辱的老路。她们全部的生涯证明：女人只不过是一条藤，只有依附男人，才能享受人世间的荣华；而她们的荣华，对我毫无价值。我必须为我的女儿选择最佳的生活环境，这是我作为母亲的天职，也是他们亲爱的父亲的遗愿。就这样，我带着对旧制度的清醒认识，带着从书本上理解到的马列主义的知识，从为医疗关节炎小住的北投温泉，从温泉那散发着硫磺气味的幽径，走向新天地来了。我清醒又怡然，我渴望把我的笔（当时的评论界认为我属于进步范畴）奉献给祖国。

教养所高墙内的无产阶级专政，给我提供了一个可以切切实实地思考什么才是革命的最佳环境。我隶属的学习组，叫政治错误组——包括历史反革命、右派，冠以反动思想的天主教、基督教的信徒，反动会道门的骨干分子，全是教养所思想改造的重点。我们这一些人，一经收容进来，第一步就是检查交待，反思自己向无产阶级专政进攻的罪恶活动。

2007年，梅娘在农业电影制片厂门口

按照管教干事的要求，每天都有人进行反思。我紧张地进行了最彻底的检查，准备好好地作一番交待，亮出自己的思想根源，以期得到脱胎换骨。可是在听了若干天他人的反思之后，我改变了主意，并哂笑起自己又犯了不识时务的老毛病来。想当初，我要是能多少识些时务，就不会和我的支部书记之间碰撞出那么多的龃龉来。那时，我用我对革命的复杂性认识不足的书生浅见，对他在日常工作中的做法提了些意见。我按着写小说的逻辑认为：我们之间的龃龉，只不过是红旗下不同认识的思想交锋，是日常生活中两种不同性格的相遇。结果，他被评价为党性强、处理正确，因之青云直上，由处长提升为局长。我被批为错误，由机关干部转化为社会主义的敌人。看起来，时务可非识不可。我必须审时度势，不能再蹈覆辙，一定要过好教养所的检查关。

我们这组同学（这是官方指定的称呼），除了右派真有个不大不小的帽子外，其他只能加上个"准"字。历史反革命是没有反到可以戴上反革命帽子的准历史反革命，反动信徒也很难定下个戴帽的标准，至于反动会道门的骨干分子，其实是曾在一贯道坛殿上点灯、燃烛的小吏，是经过镇压反革命宽大过来的人物。反动信徒一作反思，就是叙述什么按照主的意旨，宣传福音；进了教养所后，才明白那是放毒等。简直简单得可气。那些会道门分子，在知识分子的右派同学面前张口结舌，就怕说漏了嘴，招来难以招架的批判。那惶惑的脸，又愚昧得可悲。这里的思想改造，已经凝结为固定的程式；交待的是言不及义的生活琐事，也只有这些鸡毛蒜皮；批判的是引证革命条款，扣大帽子。我不止一次情不自禁地在心底狂呼：这不是改造思想，这是欺人又自欺。一种被戏弄且又无可奈何的感情像冷雨一样浸向全身，寒得心都战栗着。但我控制着自己，做得一样诚惶诚恐，其实这更使我冷得打颤。能找到多大的帽子就戴多大的帽子。这里的一切我都无权指责，我能做的就是这样随帮唱影。我还找到了一种阿Q式的自我安慰，我想：反正批的是我自己，又没有妨害别人。我需要尽快地结束教养，我有嗷嗷待哺的儿女。我们这一组人，都盼尽快结束教养，我们只不过是名符其实的凡人，都有各自揪心的小事。

到管教干事认为那个人交待得差不多了，便分派到生产组去干体力劳动。我们几个右派，先后被派到副业组打草喂鱼。我们挂上农场特制的腰牌，在农场内自由地通过各式岗哨。这也算是对知识分子的一点尊重吧！犯小偷、男女关系的人得不到这种信任的。我们黎明即起，把湿漉漉的丰草割下担向由窑坑改造的鱼塘，把草撒向水面，那大大小小的草鱼便浮了上来，活泼地争食草叶。在逐渐趋亮的天光里，看着鱼儿的银鳞忽隐忽现，也自有一番情趣。有人竟然写诗了，贴在板报上，讴歌劳动的伟大。我却丧失了握笔的雅兴。我切切实实地悟到了自己的浮浅，我惭愧我写过那么一些浮在生活表面的文章。那文

梅娘作品集《鱼》新版书影

章，只不过是草鱼掠过水面带起的一串泡沫。

　　我又被调到农场的翻译组了。我摸不清管教干事为何对我如此垂青，也许真的是按照"人尽其才"的政策办事的吧！这个高墙以外的人无从想象的生产实体竟有20多人，有右派也有犯人，有男也有女。列昂节夫的《政治经济学》，有人由俄文翻译，有人由英文版、法文版进行了校译。反映拉美开拓时期的世界文学名著——《绿色地狱》，有人由西班牙文翻译，有人用德文版校译。德文的《人生三部曲》有人由德文翻译，由我用日文校译。译校之间讨论起遣词造句来，都十分认真，一派研讨的空气。姑名之为高压下的小自由吧！在这个生产实体里，有意地躲避思想领域中的专政界限。我这只曾自喻为高空中不沾尘埃的百灵，却在笼中得到了执笔报效祖国的机遇。可以说：进了教养所的高墙，我的思想便得到了净化，这令我哭笑都不是滋味。不过，我已经悟到了一个严酷的事实，批我写的《鱼》如何如何，只不过是一场应景的措施，我的教养是命定的，只能怪我生不逢辰。

　　三年又半的教养日子苦捱而过，教养所放我回社会了。什么"改造得不错"的官方辞令我已经毫不动心了。我害怕回到社会上没有活路。离开了农场这座靠山，我的笔肯定又会一无是处。

街道上的劳动服务站，按着先革命群众，后有毛病的人这个顺序分配临时工。因此一个月能有十天的小工做，就不错了，这完全难以糊口。我妄想编编连环画册来救急，未成右派之前，我曾是上海人民美术出版社、北京人民美术出版社、辽宁人民出版社的特约作者。那一印几万、几十万的连环画纪录了我的"才能"，何况我还有得奖作品。我试着给出版社写信申请，结果毫无反响，"右"字已把我驱逐到为文之外去了。

为了我的一碗糙米饭，连小伙子干的、在车站上扛菜包装货车的活我也顶下来了，这虽然累死累活，但凭力气吃饭吃得仗义。最难堪的是给人家去做保姆，警惕性高的雇主，对我这个不像保姆的保姆，难免问三问四，这令我十分尴尬，又不好解释。我甚至怨恨起我那有点文化水平的外形来了。无奈之余，我把中学时代老师讲给我、曾使我立下鸿鹄之志的屈原的警句："苟余心之所善兮，虽九死其犹未悔！"写成横幅，贴在陋室的墙上，晨昏相对，藉以激励自己，汲取生存下去的勇气。

"文化大革命"中我的右派升级了，成为现行特务。派出所指令的红卫兵小将要我交待我由日本特务转为国民党特务的具体活动。至此我方大彻大悟。原来我一直捉摸，按我写的几本破书，是够不上开除公职的一级处理的。送我教养的我的支部书记，真是抱着为国消除隐患的热情，猜测到我有作为特务的可能的话，我可以原谅他对旧制度的无知；如果他是为了剔除我这个爱提意见的刺的话，那就不合共产党员的格了。时间已经泯掉了我对他的不愉，我情愿他属于前者。尽管我在思想中这样宽慰自己，我却无法不焦心如何生活下去。这次的"开除"尤其严厉，规定我不许离居委会一步，也就是说：出去做小工、做保姆一概不行。

幸好真的应了那句"天无绝人之路"的古语，居民委员会的吕大妈主任，一位绣花厂的老工人，为居委会揽下了为外贸出口加工的绣活，要我随着专我政的小组成员在居委会里做手工。再没想到那早已与我毫不相干的我在娘家学的手艺在这样的关键时刻，为我提供了方便。我娘为了把我规范为标准的秀女，在我上学之余，强制我学习过刺绣。捏起那发丝一样纤细的小绣花针，虽然笨手笨脚，毕竟我接受过这方面的训练，很快就掌握了它，绣出来了我的衣食。到我们接受了款式新颖的加工活时，我竟成了小组的"技术员"。专我政的小组成员，是居委会千挑百选、从上千户的居民中挑选出来的、政治上没有一星疵点的红五类。她们不是随着革命军人进城来的军属，便是工人家属，但她们在那斑点交叉、线路纵横的绣花图纸面前却一筹莫展。她们分辨不出那些圆套三角、四边形又内切圆的几何图形应该从哪里起针，又如何顺线。这样，我和专我政的成员之间，便形成了一种滑稽的默契。开斗争会时，她们用文不对题的语录狠批我全身浸透了资产阶级的毒水；会下，我们一齐琢磨工艺，姐姐长妹妹短。

"文化大革命"掀起清队高潮后，我偶然在报纸上看到了赵树理被揪斗的报道。我始而惊愕万分，继而怒不可遏。看起来不止是我们这些挂"旧"字号的人过关的问题了，连人们崇敬的革命者也在劫难逃了。我脑子里塞满了赵树理的音容笑貌，赶也赶不掉，推也推不开，以至几次针扎到手指上，血滴污染了绣活。

吮着滴血的手指，像是吮着从心里渗出来的血滴。那凝结在雪白的绣衣上的血，用冷水可以洗得干净，心中滴血的思念却怎样也平息不了。

那是北京市 1949 年组建大众文艺创作研究会时，赵树理笑眯眯地来到我们中间，宣称他什么家都不是，只是个热心家。其后，在大众文艺创研会的活动中，他充分显示了作为热心家的风貌。从名传遐迩的老舍，拥有上百万读者的张恨水，大公报人张友鸾，专写北京掌故的金受申、刘雁声，到我和雷妍这挂有汉奸头衔的小字辈，可以说，没有一个人没得到过他无私的帮助。雷妍刊登在《说说唱唱》上的短篇《人勤地不懒》，赵树理帮助她修改了四次之多。我们从赵树理的楷模行为里，体会到了共产党人改造天下的豁然大度。

我不能不判定眼前的革命是一场民族的灾难了，按当时整治人的规模推想，我只怕这将损及他的身体，可我完全不能帮助他，哪怕是给他送一碗解渴的清水也不能。但愿文坛祖师爷——魁星能保佑他，我竟然向苍天祈求了。

清队高峰之中，红卫兵小将再次光临抄家，家徒四壁的我，默默打开破柜门、抽屉，任小将们检查。我又估计错了，小将们显然是带特定的目的来的。他们只检查我的信件、笔记。其实，我早已与外界隔绝，没有一封私人信件。他们把我保存多年、已经泛黄的《第二代》、《鱼》、《蟹》的单行本撕得粉碎，踏在脚下不屑一顾。他们把我唯一的财富，我为构思长篇搜集的诸种素材而写就的札记捆成一捆。几张日文剪报被他们发现了，他们如获至宝，郑重其事地和捆好的札记一齐带上，扬长而去。他们临行命令我，交待私通外国的具体罪行，写成书面材料，报到派出所去。

那几页日文剪报只不过是一位日本文艺评论家佐藤×夫（名字想不起来了）1944年发表在文艺评论杂志上的一篇评介《鱼》的文章（《鱼》经日译后，在《主妇之友》上发表）。我并不认识这个人。事先也不知道这件事。是我的同学原田隆子剪下来寄给我的。太不谙世事的我，当时并没觉得有可珍贵之处，连几月号的杂志也没有细问便存以纪念了事。这在审查我的特务一案中出现，确实难以说清。这又是一桩无头案！包括我札记中记下的某年某月有何政治风暴，等等，尽管记的是历史，我也将有口难分辩。说不定会给我带来意想不到的灾祸。

红卫兵小将那大钢扣子的武装带可是不饶黑五类的。我无从脱逃，只能听天由命。我整理起那些被践踏过的纸片，把那记录着我生命历程的纸片沤上水，团成球，权当煤球来烧开水。一本木刻的《元曲选》（这是我从家里带出来，一直珍藏在身边的），奇迹似的完完整整地保存下来了，我顺手把它掖到了铺下。长夜难眠，起来赶做绣活、歇歇眼睛之际，顺手翻开了那本元曲，恰是一首无名氏的深情吟唱：

不读书有权，不识字有钱，不晓事倒有人夸荐；老天只恁忒心偏，贤和愚无分辨。折挫英雄，消磨良善，越聪明运越蹇……

很可能正适合我那提心吊胆的心绪吧！顷刻之间，我便记得烂熟，也在顷刻之间，恐怖填满了我的胸间。这谴责旧社会的吟唱，如被小将发现，那还了得！我亲手撕碎了这本书，倒上水，团成了我特有的纸煤球。我把珍藏的书也烧了，我和文学的缘分到此为止，上天保佑，能平平安安地做我的绣花女，就是我最大的幸福了。

1972 年以后，无休无止的外调没有了，也不开斗争会了。我生活在我那绚丽的丝线之中；生活在张姐、李姐的家长里短之中。往昔的一切，都成了过眼烟云，记忆中那些有着光彩的事件逐渐暗淡下来，有的消失得无影无踪。什么《第二代》，什么《鱼》，我连有哪些内容也记不清了。

1978 年"右派"得到改正之后，我由我的绣花组，回到了原来的工作岗位——中国农业电影制片厂。我是心安的，因为，既然把文化知识的差别看作阶级的鸿沟不符合社会的发展规律，那就必然有纠正的一天；既然共产党人以解放天下为己任，就不可能不理会我们这些政治上的"夹生饭"的。我比赵树理幸运得多，因为我活了下来，重新端起金饭碗。和那 22 年来俯首敛心、愁柴愁米的日子告别，我也和所有得到改正的人一样，幸福掺合着辛酸。一位智者谱写了一首《西江月》，其中的两句是："往事辛酸休念。放眼未来向前。"这也贴切地表达了我的心境。只不过我已经老了，两鬓华发频添，说是"桑榆非晚"，那只不过是心理上的安慰罢了，在青年人面前，我是真真正正的老太太了。

《鱼》再版重印的消息来得如此突然，唯其突然，就显得格外值得珍视，觉得幸福。我认为幸福的不是今天的社会承认我曾经是个作家什么的。我觉得幸福的是：这是对我的理想、信念的肯定；是对我们这一代历经坎坷的人的肯定；是合乎历史规律的清醒的反思。写

《鱼》的年代，我梦寐以求的是通过我的笔，宣扬真、善、美。在那特定的社会制约之下，我那渴想祖国、热爱人生的赤子之心，执著追求的是以自己的微光灼亮黑暗世界的一角。当时我是那样年轻，只不过是个黄口乳子。祖国璀璨的文化哺育了我，先哲睿智的教导武装了我，我以初生牛犊不怕虎的莽撞，运行了我幼稚的笔。如果说，今天的读者认为《鱼》还有一星点可读之处的话，那就是对我的嘉奖。我别无他求，今后唯一的愿望就是为祖国竭尽绵薄，奉上融化的心。

原刊于哈尔滨《东北文学研究史料》1987 年 11 月第五辑

第二辑

THE SECOND SERIES

217　人间事哪能这么简单

邢小群与梅娘对话

　　有的人，你一和她接触，就有阅读她的的愿望。是她的声音，像貌透着一种气质？还是因为她的谈吐很有个性？梅娘给我的最初感觉就是这样，尽管她已七十五岁。在和梅娘的交往中，我读了她送给我的《梅娘小说散文》（北京出版社1997年版）、北京社科院张泉先生著的《沦陷时期北京文学八年》和有关介绍梅娘的文章，于是也就有了我与这位四十年代被冠为"南玲北梅"之一的女作家——解放后却一直湮没了的"右派"知识分子的交谈。

　　邢：您的小说大体上是二十四岁以前写的。我觉得，您的创作起点一开始就比较高。比如，您对封建大家庭人物关系的表现，对女性性心理的描写，都让人感到不像是二十多岁的人的手笔。您的小说中所表现的性心理层面，很多是我年过不惑才明白的事。进步的文化秩序是您创作的理性背景，所以您的作品保持着对世事人性的理想追求，笔著清隽、温婉中透着冷静和刚毅。而张爱玲把人看得太透，谈人论事有一种抹不去的尖刻，小说的表达也很怪，同样一件事，让她那么一说，你觉得既很特别又很到位。您说她深刻、浓艳，我比较认同。只是觉得她的深刻缺少对社会历史思考的内涵，她对人情世故过于剔透的眼光，让人觉得她对生活很冷漠。

　　梅：张爱玲可能对生活很绝望。

　　邢：这也许和她在一种寂寞中长大有关。她的父亲无视她的存在，母亲也不能给她更多的关爱。

　　请原谅，有一个问题，可能问得唐突。过去看张爱玲的小说，我就产生过这种想法，今天忍不住还是想问问。就是怎么看待在沦陷区的、有日伪色彩的报刊杂志上发表作品。而且您的丈夫也是那时在北京很活跃的文化名人。

梅：你真是有意思。还是受"不是白就是黑"这种教育比较深。"日伪时期"（或称"汪伪时期"）是日本投降后我们对那段时期的一种说法。日本侵略时期，汉奸是明显所指的。我们生活在沦陷区的人当时并没有"日伪时期"这个概念，只知道什么样的人是汉奸。日本人占领了我的家乡侵犯我们的民族，这是由不得我们的。我们不知道这种侵略的时间要过多久，但一个基本的意志是明确的：绝不给日本人做狗，做事不能违背民族良心。你这样提问题，是用后来的字面知识来套指那段时期。那时我们只是二十几岁普通的青年学生，对社会、政治懂得很少，想得十分简单。后来知道共产党主张抗日，很多人去找共产党，但是我们并不认为爱国青年只有这一条路。依我们那时的认识，还认为文学不是政治，文学就是说人间事。我们只是做我们能做的事。并且认为我们参与其中的四十的年代的文学也是五四新文学的继续。生活是复杂的，历史也是复杂的，是由各种具体的存在组成的。那个时候怎么会有在沦陷区就怎么怎么样，到大后方就怎么怎么样，到解放区又怎么怎么样这种想法？这些政治意识都是以后强加给老百姓的。当时要知道后来是这样看问题，我们也不会有那种选择。人间的事哪能这么简单地评判！我丈夫死时才二十九岁。他原来在辅仁大学学数学，那时就接触了共产党。后来辅仁不念了，跑到日本早稻田大学学经济，还给共产党做外围工作。又考到《大阪每日新闻》做记者，接着还给共产党做工作，比如在日本给新四军购买药品。我们和不少日本人认识，知道日本人不是铁板一块。比如介绍我丈夫柳龙光回国办杂志、报纸的日本人龟谷就是反战同盟的，后来被日本驻华北军军法处押回了日本。当然，在日本人统治下，我们也不能发表直露的抗日的东西。

邢：我看您写的多是反封建的内容，您在华北沦陷时期文学国际学术研讨会上有个简短的发言，您说："我只想约略地说说我们当时的处境是多么复杂与艰难，这其中的酸甜苦辣，岂是汉奸文人那纸糊的冕旒所能涵盖得了的？这是一种锲而不舍的民族之魂。"您的意思，我明白了。我之所以提这个问题，是觉得如果没有看到这些资料，很多与我受同样教育的人都会产生这样的疑问。

梅：我写小说，是说自己心里想说的话，更多地表现的是封建社会女性地位、境遇的悲惨并折射着沦陷区人民的苦难。日本方面给我发奖，我就不去领。写电影《归心似箭》的李克异也曾两次被评上"大东亚文学奖"，也没去领嘛。关露曾是大东亚文学者大会的代表，却也是中共地下工作者。张中行先生在《梅娘小说散文集》的序中说："沦陷，不光彩，诚然，但是也可以问一问，这样的黑灰应该往什么人脸上抹？有守土之责的肉食者不争气，逃之夭夭，依刑不上大夫的传统，把'气节'留给不能逃之夭夭的，这担子也太重了吧？……所以肯拿笔呐喊几声，为不平之鸣，终归是值得赞扬的。"他说得多好！老百姓已经承受了那么多的苦难，还要承担那么多的民族责任和历史责任吗？

邢：有人也提出过诘问：当时评选得奖的作品就没有为"大东亚共荣圈"服务的作品？就没有属于"大东亚文学"范围的作品？而多年来研究这个问题的张泉先生说："我的回答是，限于学力，我无从判断日本等国的全部作品；参加过大会的中国代表的作品还没有读完，不便妄下结论；但华北地区的得奖作品中，没有。"他在一篇文章中还说，在沦陷区的文学舞台上"有认贼作父的钻营者，有丧失民族气节的愚氓，也有头脑清晰、创作态度认真的作家，他们由于各种不同的原因或主动或被动地陷入这个泥潭。""就沦陷区人民的主体而言，他们一直以人的良知行事，在灵与肉的磨难中，在自责与忧愤的煎熬中，苦苦等待着抗日胜利的一天。他们从来就是中华民族不可分割的组成部分。"他认为：当时和所谓"大东亚文学"有牵连的作品，有"至今还在被人们重读，有的甚至已经纳入中国现代文学经典。"他这样分析，比较中肯。《中国现代文学补遗书系》、《1939——1949中国新文学大系》都收有您的作品。

您的丈夫是怎么死的？

梅娘在原农业电影制片厂门口

梅：还不是因为给共产党办事！他都是单线联系，我也不知道他是和谁联系。只有一个人我们一块见过，就是刘仁。当时刘仁在西北旺——中共北方局的城市工作部。我丈夫做的最后一件事，就是刘仁派他去说服内蒙的参谋总长起义。这个参谋总长是内蒙的一个王爷，在日本时，曾与我丈夫住在一个公寓里，感情非常好。当时参谋总长在台湾，他派他弟弟与我丈夫一块回大陆见刘仁，在返回台湾的水路中船沉了，我丈夫遇了难。他究竟办的是什么事，我也不知道。

邢：您同他们一块去台湾了吗？那是哪一年？

梅：一九四八年。主要是那个王爷想在台湾做生意。一些蒙古亲王被抄了家，共产党把他们吓坏了；国民党容不容他，也是疑问，他们就想在生意上找出路，拉老柳一块去看看，我们就去了。老柳想趁此机会说服他起义。他遇难是一九四九年一月。

邢：张泉在评价您的文章中提到，梅娘在一九五二年的忠诚老实运动中被认定有资产阶级腐朽思想遭批判，一九五五年的"肃反"因经历复杂被审查，一九五七年反右运动被打成右派，并按右派的一级条款处理：开除公职，进了劳教所，一个十三岁的女儿病死……把您打成右派，有什么说得上的理由吗？

梅：你们这代人的思想已经被规范了。那时领导定你是什么就是什么，还要什么理由可讲？当时我在农业电影制片厂。农业部主办展览会，调我去编展览会会刊。今天还在编报，晚上告诉我明天回厂里上班，回去就宣布我是右派。我是一言没发啊。那时，不在乎你说了什么，或没说什么。如果你平常在厂里对新事物敏感，或对一些做法有意见，你就有点与众不同了。

邢：能不能举个例子？

梅：有一次，我们采访农业劳动模范吕鸿宾。吕鸿宾说农业社要这样搞下去，明年还能吃带麸的麦子，后年就只能吃到麦壳了。为什么他要这样说？我明白，他主要说的是管理不善。回来写材料，我就提出农业社应该怎么管理的问题。而领导说不能提缺点，这是给农业社抹黑，并提出应该怎么怎么写，我不同意。这不是就对你有了看法？讲一个笑话，说了你可能不信。我在教养所时认识一个女子，她说，她的领导追求她，她看不上那领导，结果就把她给教养了。这当然是领导对她的报复。她说了句话我至今记得很清楚。她说，家鸡你打它，它也围着你团团转；野鸡不打却满天飞。她形容得很清楚：在那些领导人眼里，知识分子是野鸡是外人。再举个例子。一次，我和一位领导干部到河南出差，人家招待我们看了一场豫剧《桃花庵》。剧情大意是：女主角被人糟蹋了，生了儿子。她不能见容于官宦之家，就在庵里苦度了一生。儿子长大后，要给母亲正名立牌坊。我心想这不是宣传封建道德、封建的忠孝观吗？那领导看了高兴得什么似的，问我：你看怎么样？我说：演得不错，但内容还是老一套。他却认为很好，女的守节，儿子孝顺。我什么也没说。我觉得这是被封建道德扭曲了的人性。我和我的领导认识差得非常远。当时我想，这些共产党人怎么是这种思想？我是深受封建之害，才向往革命的，我不愿意那些封建东西复活。中国传统的东西我不比他们读得少，怎么封建的文化积淀都集中到他们身上了？其实，就我所接触的基层领导看，他们当中的一些人从本质上看还是农民，他们在知识分子面前有一种本能的自卑和天然的敌视心理。那时基层的各级领导确实这样看问题，这也是比较普遍的作风。

邢：所谓农民意识，是封建社会的产物，君与臣子、臣与民之间统治与依附的关系是非常明确的。建国初期，很多干部以打天下者自居，一旦成为领导者，被领导者与他当然成了子民与王道的关系。那时给一个党小组长提意见都被视为反党。封建社会是专制社会、人治社会。人治就是由金字塔式的一层层依附与被依附的关系结构组成。他以上边马首是瞻又视你为依附对象，怎容你有不同意见？知识分子的本质，就是能够分析研究，能够独立思考。独立思考怎么好统治？于是大讲驯服工具论。那天去医院看萧乾先生，他说："探讨一下知识分子和党的关系很重要。一解放就说知识分子是驯服工具，其实知识分子应该是国家的良心。都当应声虫，怎么能行？上面总想让知识分子当啦啦队，知识分子应该是夜晚的更夫。"这些话他曾同我说过，又提起来，真是其意良苦。

梅：那时的领导，总认为你和他们不是一条心。于是，你和谁谈得来，就说你们是反党小集团。我为什么反党？我参加革命是反党？谁让你这个人平常不那么信服领导，妨碍他做官。人家何必留你这根刺？于是，我对他们的价值观就明白了。这其中文化背景的差异很大。什么是右派，这就是右派。我们一群右派在一起分析为什么会成为右派，有什么理由？说不清的理由！

邢：您一下子沦落到教养所，当时是怎么想的？

梅：主要还是想孩子，没有工资怎么养他们？

邢：那孩子谁来看管？

梅：我的一个朋友把孩子们接去了，替我照顾。可是我没有了钱啊（说到这儿，梅娘心酸得声音变了）。小女儿从小身体不好，得了难治的病，过去有钱可以维持，我一进教养所，她是非死不可了。小儿子"文革"大串连染上肝炎，那时我又是黑五类，也是因为没有钱治，死了，真是家破人亡啊。怎么说呢？唉，生活就是这个样子。

邢：解放初，您是来自沦陷区的作家。您觉得那些来自国统区、解放区的作家对您怎么看？您觉得他们又怎样呢？

梅：北京市文联当时有个大众文学创作研究会，我在研究会的小说组，康濯是组长，马烽是副组长。我们在一起开了两年多的会。没有工资，就是文艺团体性质，还编刊物。当时我的实际工作是在三十六中教书。康濯对我很好。张恨水一直感到很难受，非常压抑。解放区来的人十分看不起他。他算是一口气都没出就死了。其实，我也不好受，人家都是老革命，我们是被改造的。康濯比较爱才，他老觉得我们这些人受到的待遇不公平。"文革"后，康濯见到我，说："你受罪了。"说着眼圈湿了，我非常感动。他从湖南回北京后，住在鲁迅文学院。我和朋友去看他，他对我说，执行左的路线，他也是其中之一。还让我谈谈东北作家的情况，看他们需要什么帮助，让我搜集一些材料告诉他，并说，他只想尽力做些工作，很诚恳。前几年要出我的作品集，我请康濯给我写序，他说："您的序我是一定要写的。"后来他病重了，没有写成。他和刘绍棠发起要给我们这些三四十年代的作家出一套丛书。他们相继去世了，丛书也没出来。在小说组时，马烽和我们不多说话。我想还是文化背景差别比较大。八几年我翻译了一本赵树理评传，曾请马烽帮助在国内刊物发表，后经他介绍，在山西《批评家》杂志发了两章，除此之外交往不多。我们小组还有老舍。老舍写了《春华秋实》后就当了官，被政府养起来了。在帮助编稿子（《说说唱唱》）时，和赵树理接触较多。赵树理对这些人都非常好，他认为这些人都很有才。他很理解这些人。

邢：我看了您的关于和赵树理交往的散文。您提到，五十年代初与赵树理一同下乡体验生活。赵树理用自己的工资给那里的合作社买了台缝纫机，还说要给您做顶八角帽。您说："我戴上八角帽，也戴不出共产党的风采。"赵树理当时愕然了一刹那，之后，再也没有触及这个话题。我看到这里，感到赵树理确实善解人意。从您的那篇《一段往事中》可以看到你们之间文化背景的差异，但是无论从党的干部的角度还是从知识分子的角度看，赵树理都是很尊重

陈企霞小照

陈企霞曾任《解放日报》编辑、华北联合大学文学系主任。全国文联副秘书长，《文艺报》主编、杭州大学教师、《民族文学》主编。1955年，曾作为所谓的"丁玲陈企霞反党集团"的成员遭到批判。

人的，所以您很信服他。可惜过去这样的干部太少了。文学是表现人的，对人性的深层次理解本来是作家的长项。但是意识形态方面的导向，也会极大地扭曲人的文化意识。而恰恰从这方面，可以看到赵树理的率性与真诚。那时还和哪些作家有接触？

梅：和陈企霞也有些接触。有一次我到杭州出差，在杭州街上碰上了陈企霞，他当时受批判还没有公开。他请我晚上去划船，我就去了。哎哟，从此就说不清了。

邢：都是文艺界的朋友，在异地见面，划划船有什么？

梅：那时我们都年轻，我还挺漂亮，又是小寡妇，还能没有闲话？还有李克。

邢：写《我们夫妇之间》的李克？

梅：是的，我从台湾回来，给刘仁写了封信，说希望工作。刘仁就派李克找到我，让我先到大众文艺创作研究会参与工作。后来农业部有一个宣传处长叫吕平，是柳龙光的朋友，他筹建农业电影制片厂时，说需要在文字上把关的人，一定让我去，我就调去了。

邢：丁陈反党集团，您受牵连了吗？

梅：受了影响。打我"右派"时，这也是一条。

邢：在您一生中，有没有从思想到精神给您最大支持和帮助的人？

梅：没有。我觉得，还是靠自己活下来的。只是赵树理、康濯让我觉得知识分子在党内也还是知识分子。而那些根正苗红、只会整人的人，一看见他们我就心里难受。共产党的高级干部要都是这个样子，还得了？这个国家该成什么样子？八八年，有朋友要给我找个老伴，介绍的是某学院的一个退下来的党委书记。一谈，他说："你的这思想……反革命啊！"都什么时候了还这样看问题！

邢：终身在一种体制内生存，一种价值观和思维方式已经融化到血液中了。

梅：我这一生，两个政治后遗症：一是婚姻，二是身体。在教养所得了肺结核，之后得不到治疗和较好地康复，现在是肺心病。恢复工作时，我就快六十岁了，人家让退休，我说，我二十多年没工作了，为什么不给我一点工作机会？吵了半天，才让我工作。八四年非退不可了，又没能评职称。出国时，护照上只是个编辑。日本朋友说，你这个职称让我无法接待。我和单位说，能不能给我个高级职称，让我出国方便？回答是没有政策，不行。其实和外界交往，我用不着职称，我只是想老了，以后住院看病，可以少些不方便。

梅娘觉得与我交谈，总有些"代沟"。其实一个人的命运，何尝不是一个民族、一个国家的一段活的历史？所以阅读她不是件容易的事。历史还在被叙述，还在被解释。

一九九七年十二月

原刊于长沙《书屋》1998 年第 6 期

218 一代故人

　　加拿大温哥华大学历史系博士生诺尔曼·史密斯立意研究中国三四十年代的东北女性文学，他在阅读了若干部东北女作家的作品之后，写信给我说："我在深思一个主要的论题，我想那个两个字'忍耐'是正好。我觉得您们满洲女作家特别了解忍耐，也许比别的中国人深沉的……我真的不知道您在那里找到了怎么庞大的忍耐。"（此信是用中文写的）

　　这位碧睛褐发的西方青年，用西方的思维方式，理解了东方女性的苦难，挖掘出来东北女作家的忍耐，且是庞大的忍耐。设如作为东

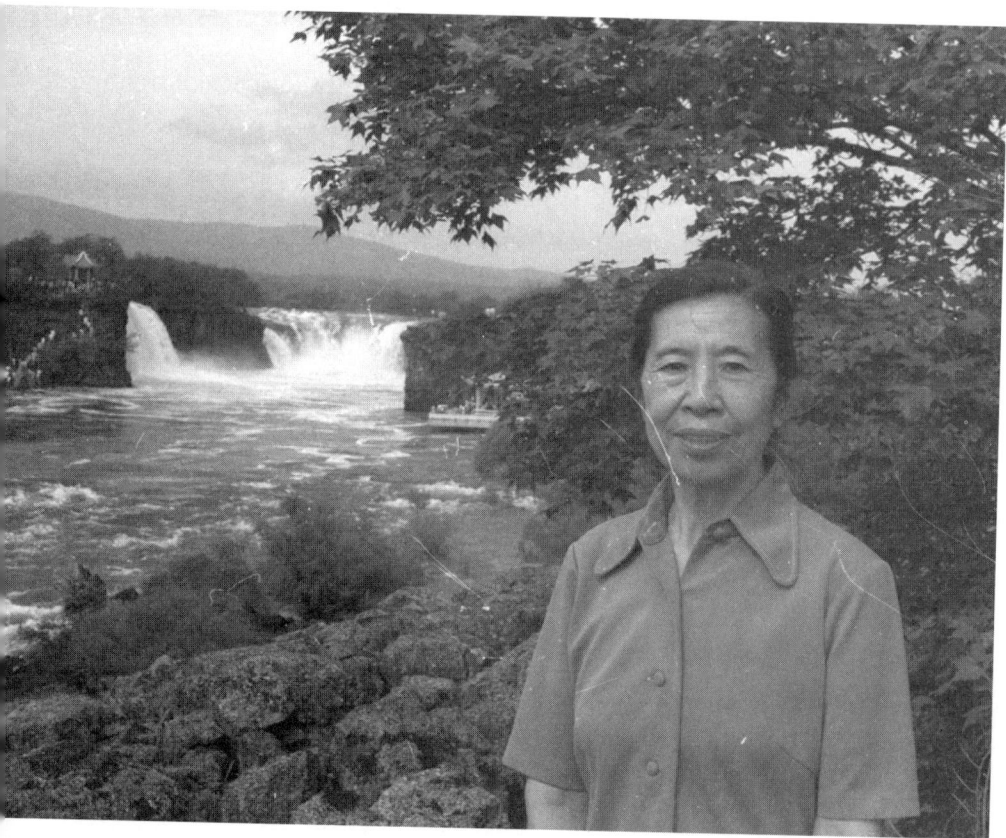

1979 年"平反"恢复工作后的梅娘

西方文化沟通之点之线，可以说是起点不凡。

使史密斯困惑的、不知道东北女作家从那里找到的"忍耐"，对生长在东北大地上的女作家（包括我在内）来说，既简单又明晰。我们这一代人，几乎是从有记忆的一天起，便是"满洲国"康德皇帝的臣民了。这个康德，除了他在诏书上使用的传国御玺之外，我们对他一无所知。当时，老百姓的柴米油盐，由满洲国的厚生省（相当于民政部）管。厚生省的主管是日本人，取暖的煤、果腹的米，统统支援"大东亚圣战"去了。就是我们这些能读得起中学、属于上层社会的仕女，三餐中也有两餐半是高粱米，那半餐是苞米碴子、苞米面。幸而肥沃的黑土地能够收获土豆、萝卜，才免得我们吃草。白米，一般是朝鲜人种的，黑市价格高得吓死人。我一个同学的妈妈得了肠癌，渴望喝上一碗白米粥，却直到闭眼，也未能获得一撮白米。这种严酷的生存环境，"忍耐"伴着生命存在。

我高中毕业后，曾在《大同报》短暂工作过，与女作家吴瑛同事。我俩是省女中的先后同学，她大我几岁，当时已是小有名气的女记者了。她在《青年文化》（康德十年 10 月号）杂志上发表的小说《鸣》中有这样一段话："你是一条狗，你夺去并占有了我的一切，你还想污辱我的肉体，你想用你慢性杀人的手段制服和剥夺我，我已经是一无所有了，我只剩下了一条命，我就用生命同你斗争吧！"

就是这样一篇以家庭财产分割引起冲突为主线的小说，也上了日伪整肃的黑名单。在解放后公开了的日伪档案里查到了对《鸣》的剖析，结语是：文章暗示满洲人民已为日本剥夺了。

当时东北社会的主流意识，仍是延续千年的男性中心。日帝进占以后，他们武士道的大男子神魂对此更是助纣为虐，雪上加霜。广大妇女成为男人发泄肉欲发泄愤懑的弱势群体，苦不堪言。吴瑛刊登在文选第一辑（1940 年）的小说《翠红》，就鲜明地揭示了这个残酷的现实。这个以肉体换取生存的底层妓女，理直气壮地向调笑她的男人又讽又骂："听着！都是为了吃饭呀！我同你们一样是人，叫我疯娘们，我骑上你们的祖宗板，你们才是疯子呢……你们不也是低声下气地从人的脚底板下讨饭吃的吗？女人要是管嘛都牺牲了，一宿就能赚上你们好几天的工钱……"

1986年，沈阳的春风文艺出版社出版了女作家的专辑《长夜萤火》（收录了吴瑛的三篇作品）。当代作家陈放读了之后，写下了这样几句意韵深长的话："面对这些女性灵魂的自我发现：寻找、挣扎、困惑、抗争、呐喊，血一样的吻和冰一样的柔情……我们仿佛听到了九天玄女和女娲从另一个世界送来的歌声……(1987《追求》3期）

推算起来，陈放怕也有50岁了，在当代青年人眼中，是老陈了。当代青年看我们，怕更是朦胧了吧！我们盼望的只是理解。尽管我们的文字还没运用得十分得体、妥帖，思想、感情也没表达得淋漓尽致，我们反映的是一段历史，一段我们民族承受的苦涩、难堪、头悬杀身之祸的历史。和我们同一时空生活过的日本当时的《每日新闻》的记者(中园英助)，在回忆、忏悔的名著《在北京饭店旧馆》(1992年一版，1993年四版，东京，筑摩书房。获读卖文学奖)中，用套红的大字书标写的是："历史不容忘记"。

1945年日帝投降，吴瑛为了逃脱汉奸之罪，悄悄离开了生于斯、长于斯的长春，隐姓埋名，在长江之滨一个小城谋到了一个图书馆员的糊口之所，背负着汉奸之枷，在有为之年黯然病逝。

康濯同志主管"1937—1949新文学大系"的工作时，亲口告诉我，吴瑛的作品选进了大系。我欣喜之余便千方百计地寻找吴瑛亲人的下落。渴望把"历史承认了吴瑛，吴瑛不是汉奸"这一特大喜讯告诉他们。可是我没有找到他们，一点音讯也无，历史淹没了吴瑛和她的一家。我能做的，只有怅望冥冥九天了。

原刊于北京《博览群书》2000年第9期

219 《博览群书》与我

　　康濯同志病重的时候，从医院里打电话给我，说给我一个惊喜。他告诉我，在伪满洲国发表作品的一些作家，经过实事求是地审定，不能一概定位为汉奸文人，应以文章为具。以往那种情绪化的定位不科学。还嘱咐我一定要找到那个时代很有名望的女作家吴瑛。他主编的新中国文学大系（1937–1945）选入了吴瑛的作品。

　　中国新文学大系出版了，康濯同志却去了。我未能完成他的嘱托，我没有找到吴瑛，那项关怀对我们曾生活在沦陷区的作家来说，是真正的福音。

　　我辗转地得知到吴瑛的确切情况时，她已经弃世十多年了。新中国成立后，为了躲避当时气势浩大的政治运动，吴瑛隐姓埋名，在远离故土的长江之滨，谋得了一份县文化馆的小差事，有苦难诉、怛色难言，带着她控诉的笔，在四十刚过的华年，含恨而死。

　　"历史"这个复杂的过往，并不会因为部分人有了清醒的认识便可以尘埃落定。在钦定的历史宜粗不宜细的框架下，淹没的岂止是成千上万的无辜。我寻觅着能为吴瑛说句公道话的机会，每每碰壁。我只好自忖：连抗日战争这段历史，也有人只从 1937 年算起，八年抗战人人耳熟能详，1931 年到 1937 年，连抗联名将、共产党人杨靖宇将军尚未能大张旗鼓地进入抗日救亡史的视野，那个国民党的马占山撑起的抗日大旗就更是微不足道了。似乎东北只剩下了汉奸。因此，你在满洲国的时空下，舞文弄墨，不是汉奸是什么？你要为汉奸正名，对不起，请稍候。

　　信来了，加拿大卑诗大学历史系的博士生诺尔曼·司密斯给我来了封信，说他博士论文的主题，是东北沦陷区的女作家。信是用英文写的，我赶忙又查字典又向人请教，明白是明白了一些，却没有捕捉

到论文的核心。我与此洋博士生并无瓜葛，想
不出他为什么要研究这个冷门，很可能他担心
我的英文水平，又把他努力用中文写就的答辩
稿寄给了我。

文章的核心闹清楚了，使这位博士生倾心
的是东北女作家的"忍耐"，因为，在那种殖
民地高压的环境下，不但未写诏媚的文字，且
足足地暴露了黑暗面，为讴歌的皇道乐土道出
了逆耳之音，真格是勇气非凡，忍耐非凡。司
密斯评价为：这是女性的奇迹。

其实，这个奇迹对我们来说，是再自然也
不过的事。头上两重天，伪满一层、日帝又一层。
升斗小民，第一是要活下去，要活、活得有良心，
就得忍耐。洋博士生活在相对自由的天下，与"忍
耐"不沾边，他当然只有惊震于满洲国女作家
们的"庞大忍耐"了。

我很想把洋博士这番心意说给中国读者，
我这个边缘之人，与传媒了无过往，想不出短
文投给哪个刊物能被启用。这时北京社会科学
出版社约我参加一本新书《我家》的座谈会。《我
家》梳理了情感、理性双错位时代中的一家人
的故事，那无辜的一家六口人中，五人曾坐牢，
一人送命。可以说他们是秉着良心忍耐到了极
限。出版社约我评书，触动了自己心中的块垒，
往事如烟，我咽泪难言，说了几句题外话，唤
起了同座的《博览群书》主编常先生的同感，
约我将发言定稿交他发表。

常主编的相约，使我意识到了实事求是的

雷妍小照
雷妍生于1911年，
卒于1952年，河北人。
北平大学女子文理学院英
国文学系毕业。长期任中
学国文教员，同时活跃于
华北沦陷文坛，曾与梅娘
等人一起赴南京参加第三
次大东亚文学者大会。
1945年前出版有《良田》
《白马的骑者》《奔流》《少
女湖》以及《凤凰》《鹿鸣》
等书，是沦陷期多产的女
作家。

论述正在逐渐成为可能。我欣喜地写下了怀念吴瑛的短文《一代故人》，寄给《博览群书》，并提出三个不情之请，希望能将史密斯的中文手稿原样发表。这多少有些赌气成分，是我的小心眼："看看吧！老外是如何评价满洲国女作家的。"

《博览群书》发表了我的小文和史密斯的手迹，史密斯据此和通过的论文一起向加拿大政府申请研究经费。加政府批准了，助他继续去英国的牛津大学、美国的华盛顿大学研究，他获得了牛津大学的博士学位、华盛顿大学的硕士学位。随着这位洋博士的努力，中国沦陷区文学在欧洲大地、美洲大地风光露面。他的博士导师温哥华资深教授、亚洲史专家史恺梯（一个起了中文名的老外）为此十分欣慰，鼓励他好好干，说他填补了加拿大研究东亚史的一项空白。

如今，史密斯在牛津大学，在华盛顿大学，在滑铁卢大学讲述东北沦陷文学，还应约在 2004 年夏威夷召开的世界笔会上报告了他的研究，获得了好评，我的心病也因此有了化解，那个温文典雅，外形隽美，内心刚烈的吴瑛也在典籍中复出，向世界呈现了她那不平凡的一生，她那不平凡的个性，展示了中华女儿的旖旎风貌。

一位世界级的哲人说：一个民族在她上升的过程中，用哪种方式与过去告别，将直接决定一个民族的未来。

《博览群书》刊出的吴瑛介绍，是种与过去告别的可贵方式吧！

原刊于北京《博览群书》2005 年第 2 期

220 我忘记了，我是女人

20世纪90年代初，我去我的故乡长春，去开东北沦陷区文学国
际研讨会。拿着那份烫金的请柬和夹在里面的宾馆地图，我沉湎在儿
时的情景之中。地图上的街名、巷名我有记忆，那就是我旧家的一带。
记得在几座连脊的大瓦房院落之间，还夹有一小块洼地，长着狗尾巴
一样的野高粱。我曾拨开那带有芒刺的宽高粱叶去寻找过蝈蝈。随着
新生活的推进，洼地筑起了宾馆，这是顺理成章的事，蝈蝈当然不会
再栖息在混凝土当中了。可悲的是：我过早地丧失了寻觅蝈蝈的童心，
这熟悉的街名、巷名牵引出一串情思，一时理不出个头绪。有一点我
很清醒，这是解放以来，七弯八折，第一次有了这样一个国际研讨会，
而且开在我的故乡，开在那片曾长过野高粱的洼地之上。

梅娘与花

1991 年，九一八纪念日前夕，首届东北沦陷时期文学国际学术研讨会在长春举行。

　　大会选定的可能是家高档的宾馆，那精致的请柬可以佐证。我那愁柴愁米、被压榨过的心境，竟为使用会场的高额租费担忧了，我又自己解脱着自己。牵头的吉林省社会科学院肯定获得了支持，不然也兴不起这样大的举动，何况还有辽宁、黑龙江两省共同参与，既然是国际研讨，肯定有外宾与会，驻地寒碜，说不过去。

　　会场布置得隆重高雅，那个张在彩灯之间的红横幅，使我恍如隔世。一向以灰黑相衬的汉奸文学，不仅没有汉奸两字，连惯用的赋以特定意义的括号也不见了。东北沦陷区文学，白字红衬，欢快已极，看着看着，我竟涌出了喜涩之泪，我一向少哭，此刻，却按捺不住。

　　一位配有大会主持人缎条的男士向我铿锵走来，不晓得是他的皮鞋底子太硬还是我的耳朵出了毛病，我竟被那急促的鞋声惊怔了。那是老友梁山丁，是他，他的黑发里夹杂着过多的银线，他……他老了。

　　山丁穿得特漂亮，那身笔挺的浅色套装，使他看起来又隆重又潇洒，那条完全是超现实图条的花领带，颇有些公子气味，我正想像往昔那样调侃他一句："沐猴而冠，真把自己当人了。"我话还没出口便被他拥向身旁，箍着我的双手，倾心低声说："熬过来了，我们熬过来了。"这沉甸甸的话，涵盖了多少酸甜苦辣啊！

　　吉林省社科的李春燕女士（据说，她为这次盛会做了出色的斡旋）陪着日本早稻田大学的第一位女教授岸阳子（据说，岸是以她渊博的学识闯进了早大那没有女教授的禁区的）向我姗姗走近。岸穿着淡青的丝质长裙、考究的绣花上衣，好不娉婷！再加上她那春风拂面的神色，使我立即感觉到了她对这个国际盛会的重视。握着岸的纤手，我尴尬地笑了。我的家常穿着，在她的盛装映衬下，使我十分局促。我完全不是要在衣着上与她比拼，而是在对待大会的心态上。她只是朋友，而我是大会为之正名的"汉奸文人"之一。我应该比她还要精心地打扮自己，才能与这历史的盛会相称。遗憾的是，我匆匆而来，穿着我那经风过雨的衣裳，那双老少男女咸宜的旅游鞋。无奈之余，找机会悄悄地逃离了会场。急于改换穿着，女人天赋的欲美情愫在我胸中汹涌起来了。

　　我的旅行袋里，有一件虽然勉强带了来却没想到应该穿起的长衣。是女儿从世界的另一端送给我的生日礼物，那是一件十分考究的丝质长衣，闪着银光，应该说还有着女性的柔美。我拿出来比了比，又丢回袋里，意识到这是不是太奢侈了，和我的收入不相符。我还不能立即从"工蚁式着装"的习惯心态中突围出来。虽然我早就明白，被西方人讥笑的大陆的"工蚁着装"并不等于就是男女的真正平等，那只不过是物质匮乏时的一种权宜。禁锢我的是人们曾有过的蜚短流长，什么"资产阶级出身，就知道打扮"啦！什么"不能安于朴素的资产阶级小寡妇"啦，等等等等。这当然是我又偏离了时代的脚步，纵观会上，那盛装的美国教授、盛装的日本学者、盛装的台湾文士，以及那些活跃的女记者们，哪个不是漂漂亮亮地包装了自己？时代在呼唤女人们打扮起来，为世界增添情趣和色彩。虽然漫长的历史曾把女人从主宰降为臣属，女人与美却从未剥离，也是任何力量无能剥离的天赋。可悲的是：我忘记了我是女人，这才是我真正的自我丧失。

　　我勇敢地穿上了我的丝质长衣，伴随着穿衣的动作，细小的窸窣声流溢出来，这窸窣声可以说是富裕的潜台词。我不是为了追求祖国的富裕才投身到被西方讥笑为"工蚁着装"的热土上来的吗？如今，故乡已经艰难地开始把贫穷抛向身后，那曾长过狗尾巴高粱的洼地筑起了宾馆。我有什么障碍不敢恢复我的女性之美呢。

我在银色的长衣上，饰上了那朵珍藏已久的绒质玫瑰，那是父亲当年送我的生日礼物。时间已经使玫瑰的朱红黯淡了，不过那只是一种迷蒙的黯淡。看上去，朱红的颜色仍然诱人，这恰合我的心境。我总是有种拂拭不去的忧伤，一种难以纷说的悲怆之感；因为我不时尖刻地感觉到：尽管已经有了各式各样的男女平等的世相，有些女人仍然处在被男人消遣的境地。痛心的是：容忍男人消遣，是她们的自愿选择。这种世相，媒体给了一个颇具辛辣的界定："包二奶"，这个"包"字，你能漠视它的"臣"属属性吗？

我带着父亲和女儿的双重祝愿出现在研讨会上，立刻被一片赞美之声包围了。来自东方小巴黎哈尔滨的女记者们（她们的眼光是很挑剔的）说我比白杨等老牌明星还有派，大难未死的旧友说我风姿不减当年，那位被我们暗地里蔑称为"色鬼"的昔日才子竟打诨说："你是不是偷了王母娘娘的不老丹？"我想回答：可以说是。因为所谓的不老对女人来说，就是高扬的女性、母性。生命赋给女性的天职就是要把美播散到她所在的任何角落。高扬的女性、母性是那种执著于创造性劳动的不懈。只有葆有对生命的热爱，女性、母性才能闪光。不能只单单地赞美青春，青春只是生命的一段流程，正像花蕾必定化为果实一样。持久不衰的是女性的宽宏与深邃，是母仪天下的风范。

竟有人要借我的衣裳作样子去剪裁新装了，这真是个无可奈何的差错。其实，使我引起注目的并不完全由于我的衣裳，衣着只不过是生命彩光的衬景。我把我高扬的生命愉悦与服饰融于一体，选择了最相宜的颜色搭配，这种体现了宇宙的和谐，才使我令人惊叹！

我为我复归为女人心颤不已，我曾为使女人不受欺凌呐喊过、痛哭过。我相信，这个无数代女人上下求索的古老话题必将在富裕的社会中一步步实现，因为这是文明的归循，是时代的归循。

我拣回了自我，我是女人。

原刊于辽宁《统战月刊》1998 年第 7 期

221　三个二十七的轮回

　　一位颇负盛名的记者来找我，和我谈天说地，谈得很有韵味，临了，他要求看看我的照相簿。浏览之余，向我提出了一个建议：建议我按时代（我、女儿、女儿的女儿）拣几幅不同的照片，组合成章，印制成册。理由是：这貌似轮回的轨迹，确是一部形象的现、当代史。我拒绝了，理由也很简单：我们三代凡人，经历的都是悲悲苦苦、恩恩怨怨的凡人小事，不值得公诸于世。

　　记者首先晒笑了我写历史必写伟人的陈腐观念。他说："在时代风云中，你们三代中华女儿贯穿着一条红线，那就是对神州大地的缕缕柔情，这是根本"。他重重地重复了一句："这是根本，你应该意识到。"

　　这句话真正地戳进了我的心窝子，女儿和女儿的女儿会不会认同

梅娘四代同堂，2013 年 3 月摄于印尼普吉岛

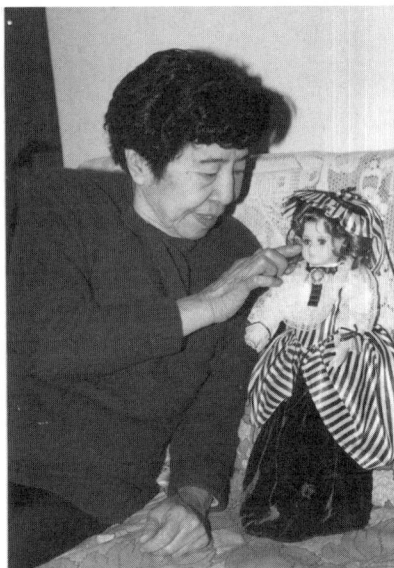

梅娘生活照

这个评价，我不想推测。对我，这句话席卷的冻雨骤风，岂是一言能尽？

半个世纪前，我失去了与之共同跋涉的丈夫。

半个世纪前，当我接到丈夫乘坐的轮船在海上遇难，人已沉入冥冥碧海之中的消息时，我站在冷雨中的台湾海峡岸边，腿冰膝冷；胸膛里归与不归的狂涛搅得我眼离心颤。身边4岁的女儿用童稚的清音呜咽着、呼唤着："妈妈！回家吧！我冷呀！妈妈！回家吧！"

失去了共同跋涉的丈夫，我一个人的家，将在哪里？能是我儿时那外表雕梁画栋、内盖我虞尔诈的大富之家吗？这比较简单，我这个标致的小寡妇，只要愿意委身给向我提出许诺的任何一位富绅，都不难解决，过起我娘、我大姐那拴在男人裤带上的荣华岁月。

不能，这完全是我的自我否定！不能。或者，我可以留在台北，以女作家的身份进入官府，和我的同学一起，作为流亡的吉林籍国大代表逍遥下去吗？不能，这从来不是我追求的道路！不能。再或者，我可以接受大阪外国语学院的聘请，去他们学院里教中国文学，以独立女性的姿态出现，不仰赖男人。可是，那是日本人的日本，不是我的祖国。何况被日本人歧视的历史在我记忆犹新。女儿要回的家，更是我要回归的家，只能是我的故土、我的祖国。这缕思乡的柔情，绢丝一样，看似轻柔，却丝丝缕缕地绻缠着我，缠得很紧、很紧、很紧。我27岁的女儿心，按着当时理想青年的走向，回归了共产党领导的祖国。

新中国用满天朝霞接纳了我。我意气风发，心中的柔情缕缕伸展，我衷心歌颂着我感到的一切新生。取缔妓院的壮举，更使得我热泪盈眶，甚至于手舞足蹈起来。我执拗地相信，有政权倡导，女人受凌辱的历史必然很快结束，女人再不会拴在男人的腰带上过那种屈辱的日子了。事实证明，我尽管年龄有加，仍然没有脱却我

2011 年梅娘与女儿、外孙女及重孙在美国

的书生甲壳。白学了政治经济学，天真得忘却了贫匮的经济基础，忘却了长时期的封建文化积淀还有令人悚然的反弹能量。

女儿入学了，戴上了红领巾，而且千挑百选，被选上去演电影《祖国的花朵》了。她们这一代，本是祖国的花朵嘛！我心安神驰，这正是我和丈夫梦寐以求的社会，这顺乎我诀别大富之家的初衷矢志，这圆了我和丈夫青年的梦。

政治运动来了，一次比一次沉重，压得我晕头转向。我为革命投身的热情，被判定为伪装。根据很简单，我们这种生在绮罗丛中的人

不可能革什么命，很可能是怀揣二心来的，是那种人在曹营心在汉的阶级敌对分子。我被戴上了右派帽子，清洗出了国家机关。尚未成年的孩子，归在了"黑五类"项下。

文化大革命席卷神州大地的时候，早就有着狗崽子类型的原罪感的女儿，加上"红五类"丈夫的钳制，在27岁下放劳动的时日里，坚决走革命的道路，和我划清界限，断绝来往了。我开始过着没有亲人，站在人前比革命群众矮半截的艰辛日子。

历史就这样流淌着，到我重返工作岗位，已经是27加27的暮年门槛了。对着积霜的两鬓，我欣慰的是：我对社会的"复杂"总算有了些许认识。

忽然，一件无法立时决定的麻烦罩定了我们这个单亲相依的小家（"文革"后，女儿和"红五类"的丈夫分了手）。1989年，女儿的单位为了对外宣传，为了向海外介绍中国，同意女儿去美国参加文化交流活动。结果，到美国后的女儿因故不能按时回国，她的单位不直接召唤她，而是找到了我，说她的地址不定不好找。让我传话，限定她在9月1日回到单位报到，否则，以自动离职论处。他们找我的日子是8月15日，限定的回归日是8月31日。远隔重洋，这真是个不容喘息的时间。无奈之余，我用了半月的工资，给女儿打了个越洋电话。她听了后，沉吟了一分钟之久（这一分钟的越洋电话费当年是29元人民币）说："妈妈，会不会重复您的遭遇呢？我想想吧！"就这样，她留在美国了，靠打工果腹。先是到一家缝纫工厂做工，后又给人家看小孩，凭着中国人的坚毅，熬到站住了脚，把自己的女儿接出去上了学。女儿现受聘为加拿大电视台拍部分专题片，向北美介绍中国，她1989年的梦这时圆了。

1995年世界妇女代表大会期间，已经在加拿大西北大学获得学士学位的孙女，也被加拿大电视台雇用，做中文翻译，母女双双报效祖国来了。

孙女站在朝霞满天的天安门前，莺声呖呖地向加拿大的妇女代表介绍了中国多彩、多难的历史。我说莺声，是加拿大代表团对她流畅英语的评价。那位代表团的领班人说："你孙女的声音像鸟儿歌唱那样美妙。"

这姑娘称得起雄心不小，辅助她供职的公司老板，筹办一所中加学校，还要请大山（大山，加拿大人，英文名 Mark——编者注）做主持人，拍摄系列英语教学节目提供给中央电视台。我问起缘由，她说只是我曾说给她的一句话："他山之石，可以攻玉。"她一心想为开放的祖国做些什么。

我不无苍凉地注意到妇女大会召开的 1995 年 5 月，这年，正是孙女迈进了 27 岁的门槛，这是女人跨过花季后最为灿烂的时光。三代人三个 27，如此巧合，难道真如那位记者所说，是貌似轮回？还是真有轮回？

原刊于武汉《今日名流》1998 年第 2 期

222　远方的思念

孙老师：

　　朱同志把您为我刻的印章给我送来了，这意外的惊喜竟使我激动得忘了好好地招待客人，他只站着说了几句话便告辞了。

　　我十分后悔，竟没有留他多待一会儿，没能详详细细地问问您的起居：我已经补写了短笺给他，希望他有时间来我处坐坐。为了送印章，他先后跑了三次。其实，我这儿并不难找；只是北京太大了，不熟悉道路的人，难免走岔路。

作者简介

主要著作：

汉语词汇

来都的起源及其发展

古汉语文学语言词汇概论

楚辞九歌整体系解

龟甲兽骨文字集联

孙常叙古文字学论集

王国维经学概论笺注

史记天官书经星座位图考

扬州焦氏读氏地理考札记

孙晓野小图

　　孙晓野生于1908年，卒于1994年，吉林人。精研甲骨金石，擅长考据训诂，兼善书法篆刻，是知名度很高的汉语言文字学家。历任吉林女子中学、吉林女子师范学校国文教员和长白师范学院国文系教授，1947年起历任吉林大学、东北大学、东北师范大学中文系教授、系主任。

　　我虽然判定，您仍然不会写信给我，我却仍然在翘盼，为什么要如此地禁锢自己呢？我不会给您添加任何麻烦、不会妨碍您习惯了的日常生活、不会招致您亲人们的微词。我只想把温馨送给您，让您的黄昏增加色彩。磨劫重重的生活，教我明白了什么是真正的情谊。当您倦于案头工作，当您为了舒散，面对晚霞漫步时，您不想把珍藏了几十年的情愫告诉我吗？您真的不想把您那凝重的运刀刻印章的情愫告诉我吗？这将使您愉悦也更使我快乐。从这一点来说：一向宽厚的您显露了不该有的吝啬。

　　您的另一个学生——我的好朋友可真已经到芝加哥去了，去与子辈团聚。我羡慕她这传统的慈母心态。我权衡再三，却怎样也不想离开这片被我血泪浸湿的国土。我认定，只有在这片热土上，我才能体现作为中华女性的价值。年轻人说我是傻帽，我甘愿为"傻"。

　　您在印章上刻下了时年83岁，但愿这只是通常做法而不是一句潜台词。不管您是83、93岁甚至是103岁，我永远是您的学生，一个一生都以您的勤奋为楷模的忠实的学生。对您来说，老了的只是躯体。那印章上挥洒自如的刀锋，展示给我的是蓬勃的心灵，一颗生机盎然的心灵。

　　鸡年是个令人起舞的年轮，祝愿您的精心之著早日问世。用一句流行的语言向您致敬：祝您心想事成。

原刊于长春《吉林日报》1993 年 3 月 13 日

223　怅望云天

怎样也推不开心底的思念，特意翻出前年去探望他时的照片。我们都笑着，他的另一个女学生杏娟还把手搭在他的肩上。我们两个女学生，站在坐着的老师身后，样子恬恬然，是重温少女花季的梦吗？那梦如此遥远却如此清

梅娘（左一）和孙晓野、老师（前中）合影，摄于20世纪90年代初

晰，映出了当年那段和谐的相知之情，那在心上刻下憧憬之情。

其实，重见他的时候，我的无尽遐想已经湮灭。他埋在故纸堆里，埋在那奇美夹着神秘的篆字天书里，已经完完全全地心如止水。而我又碍于世俗的一切，没有前去与他交往。如果我去，我相信我有能力使他的止水重泛涟漪。

可是，我没有去，没有主动前去，使我们的相知滞停在我的花季之中。我只是个囿于世俗的凡人，过多地考虑了周围的一切，没有去捕捉生命中这抹金色的晚霞。其实我很孤独，他当然也是，书和笔抵御不了孤独，就是全身心地投入，孤独也在悄悄地啃噬着你。

突然，他带着他的孤独去了。我知道，除了他的亲人之外，我是一直贴在他心的一角。是他的那一个学生，将他逝去的讣告寄给了我。肯定是他的某一些学生，筹备为他治丧。他原是桃李满天下的。

我捧着那张沉甸甸的讣文，我明白这是给我的通知，通知我，我的思念已无法在人间投递。我能做的，只有浴着我的孤独，怅望云天了。

　　　　　选自《情到深处》，原刊于长春《吉林日报》1994 年 3 月 19 日

224　一封未寄出的信

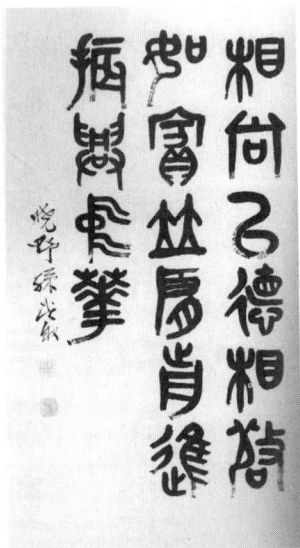

孙晓野书法

　　我一直猜不透你为什么拒绝我。我很清楚，你是那样喜欢我，对我一直怀着深深的眷恋。在春寒料峭的小车站上，你以大病甫愈之身为我遮挡着袭来的冷风。我躲在你身后，心头千丝万缕，怎样也理不出个究竟。我在心底呼喊，向着料峭的春风呼喊：为什么？为什么呀？在我们具备了双栖条件的时候，你却拒绝了我。春风不愿回答我，为我遮风的你不肯回答我。或者，你以为，我这个出身贵胄之家的女人不可能过清贫的日子吧！或者，你怕我这只"彩凤"不可能与你燕鹊的儿女和睦相处吧！最最可能的理由是：谨慎的你，又一次被世俗框住了，我那被人议论纷纷的历史，你怕人家说长道短吧！如果真是这样，那是你的悲哀，更是我的不幸。不管你愿不愿意承认：勇气！你的字典里没有；我得承认：相对来说，我的字典里也没有。

　　这里的天太蓝了，蓝得纯净透明如一泓清水。我甚至遐想，透过这洁净的天空可以看到我那魂牵梦系，满浸我饮泣泪水的大地。那土地吞食了我的全部青春，进而将是我的全部生命。我却连放声嚎哭以泄郁愤的自由都没有得到过。

2012年5月梅娘前往孙晓野之墓敬献花圈。"此身行做南山土，犹吊遗踪已泫然。"

环境限制了我，更可悲的，是我自己框着了自己。蒙难时，不愿痛哭，为的是激励自己，以渡难关；昭雪时，不愿痛哭，庆幸那得来不易的苟安；孤独时，更不愿痛哭，为的是制造一种假相，似乎一切心满意足。多么艰难的人生，实在是活得太累了。而在我满心以为可以在你的抚慰中舒展开捆缚已久的魂魄时，你却撒了手。我切断了每一根为你编织的情丝，心堵气塞，再一次饮泣了。痛哭遗忘了我，我这个字典里没有勇气的窝囊废。

我恣意地打扮起自己来，为的是向沉默的你报复。不知道你还记不记得：有一次，我穿着自己绣制的长裙，以淑女之姿在你眼前出现时，你竟惊诧得瞠目结舌了，半晌不晓得是说给我听，还是说给你自己听："真漂亮！"却又不自主地加了一句："你这身衣裳真漂亮！"我反击了："不是我的衣裳漂亮，是我这个人漂亮，我穿什么衣裳都打眼。"——我不穿衣裳更诱人——这句挑逗性的话我没说出来！因为我的字典里没有"勇气"。但也还是自嘲式地说了句："女为悦己者容么！"你无言，且悄悄地低下了头。这正是我意料中的反应。我难受极了。就想一把揪着你，捶打、摇撼，盖上去我战颤的双唇，这个即将迸发的瞬间在你惶惶地站起并走向灶间去时未能引爆，等你扬声说："给你留的饺子，你尝尝我的手艺！"我真想狠狠地甩出那些粗话来，那些由性派生的煽情的语句来解气。

我的情匣未能引爆，我的淑女风姿婀娜！我不过是个没有勇气的窝囊废！我在蚕食自己的生命，不敢进攻、不敢爱，甚至，连放声嚎哭也不敢。

1994 年 8 月作

收入梅娘著、侯健飞编《梅娘近作及书简》，

同心出版社，2005 年 8 月第 1 版.

225 致孙屏的信

孙屏：

在我的生命当中，有两个亲人，一个是我的父亲孙志远，他给予我的严父加慈母的爱支撑了我的一生。一个便是恩师孙晓野，他引领我走上了为文之路，引领我恪守并实践了屈原的"虽九死犹未悔"的精神探求。在我的花季中，我狂妄得自认已经理清了世态，左得以"小姐"这一资产阶级的称呼为"耻"，是恩师及时地遏止了我的膨胀，亲手装订了我的学生作文，亲手绘制封面，亲手写下了"小姐集"三个大字，引领我如何审时度世在满州国文坛并非寻常的氛围中，处女作得以问世。恩师绘制的银色笔尖和淡绿色的格式稿纸，成了我终生倾诉心灵的载体，恩师的不懈心态与我的生命同在。

父亲把他的爱国激情传给了我，使我在民族走向的大义上，一次次经受了考验，坚定了守护理想的信心。

今春的故乡之行是一次短暂的安排，多亏了孙继伟的热心服务，使我在以老师的话为校训的师大校园里，重走了老师走过的精心从业的大路，我向刻有师大校训的大石块默默献上了来自首都的一束鲜花。

又由于孙继伟的真诚服务，我找到了我的出身之源范家屯孙家店，体会了父亲怎样由一个逃荒少年嬗变成一代实业家的蛛丝马迹，见到了和我辈分相同的孙家人，其中的沧桑之感，梳理不清，留待自问吧！

九歌的讲述是晓野师给予花季的我们最最珍贵的礼物，我记得恩师曾朗诵九歌的不少章节，他浑厚的嗓音，非常有磁感，他把屈原高贵的心灵绘声绘色地呈现在我们面前，听得我们目瞪口呆，下课之后还互相交谈蕙草是深绿还是浅绿，皇太一佩饰的茑萝是不是爬蔓的等等。屈原的文字笼罩了我们高中时的语文课。回想起来，又朦胧又亲切，多么温馨的学习生涯。

梅娘于 1943 年 3 月赠予孙晓野老师的小照留念

　　老之已至的现在，半迷茫半清醒的状态，已丧失了奋进的一切，你的九歌是我的乡音，这将是我蹉跎岁月的惟一安慰，真的衷心相谢！

　　你和孙继伟留给我的地址不一样，说明你们并不是住在一起。继伟很开朗，对我们很周到，希望将来有机会进一步相处。

　　已经是提笔忘字的时候了，想说什么似乎并未说清，你该是我的大弟，不要以前辈待我，我不能承受，我们是一家人，对吧！

　　祝好。

孙嘉瑞

2012 年 9 月 12 日

226 为什么写散文

一脉心声，构不成故事，也不想构成故事，就这样开始写散文；这是凝聚着渴望的载体——渴望坦诚的心灵、渴望向善的物事、渴望深邃的爱情，等等等等。

几十年颠簸在七灾八难的壑谷之间，这萦系着身心的渴望却从未须臾离去。遗憾的是文笔欠缺功力，总是逊色于那闪光的渴望、逊色于那热切渴望下的执著追求……

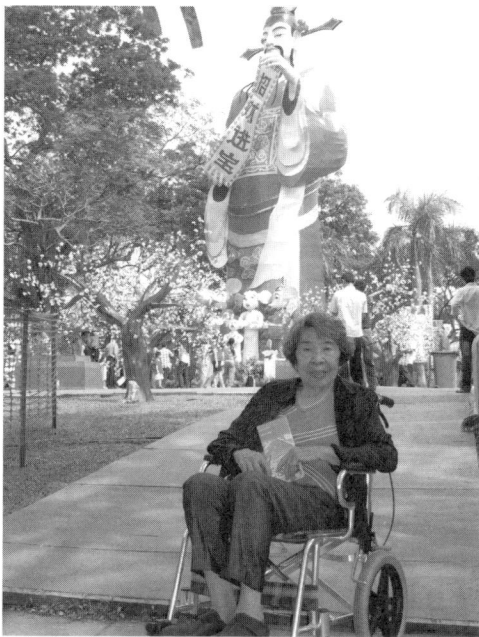
2008 年，梅娘在新加坡

如今，双鬓霜染，时不我待，我却又增加了新的渴望，渴望笔能生辉，为复兴的多彩的祖国抒写沧桑。为此，我在磨砺，幸福又痛苦地磨砺着。

1979 蒙难结业。

收入梅娘著、张泉选编《梅娘小说散文集》，
北京出版社，1997 年 9 月第 1 版．

227　一枚纪念章

　　接待日本中冈市产业访华代表团，我得到了一枚纪念章，小巧而又素朴，但却意味深长。纪念章下部是只白色的鸽子，头微偏，神采奕奕，正展翅欲飞。上部是中、日两个字，字作环形，像我们中国古式双环那样地套在一起。字银色，以绿色作衬，章是圆形的，字是圆形，鸽子的翅和头也是圆形的，看起来颜色鲜明，而鸽子和字的造型又浑然一体。

　　这枚纪念章使我兴起来很多联想。首先，白色的鸽子，绿色的质地，很自然地就联想到和平；而套在一起的双环，也很自然地联想到挽着的双臂。试想想：在绿色的大地上，中日人民挽臂前进，头上翱翔着和平之鸽，这是多么激动人心的景象。特别是对我们这些人，这些三十岁以上，曾经身受战争之苦，尝过抗争中火药味道的人，更加觉得深入胸怀：既痛心于往日那些难以磨灭的痛苦的烙印，也忆念那些探索胜利的艰难的岁月，而最激动我的，却是对未来的向往。这一些，错综交差，一时竟理不出头绪来。

梅娘在家中

　　替我将纪念章佩戴在衣襟上的是位"取缔役社长"，用我们中国相称的身份来说，是位工场主，是位资本家。按日本现时的情形来说，他可能是位爱国的、希望日本民族真正独立的"民族资本家"。不管他是谁，他为我配戴纪念章的时候，心里渴望的是友谊与和平，正像我凝视这枚纪念章所联想的一样。这位日本的民族资本家，经历过怎样曲折的道路，才乐于向中国人民奉献出友谊的心？这种感情，也绝不是一言可以说尽的吧！

感谢这枚纪念章的设计者与制造者，他们把可以使东亚天地永生的中日人民的真正友谊，巧妙地熔铸在这枚小小的素朴的纪念章里。使它像诗人最出色的诗句一样，歌唱着我们丰饶大地上金色的秋天，歌唱着人间最珍贵的求友的心声。

原刊于上海《新民报·晚刊》1957年5月23日

署名云凤

228 真情不泯

2004 年 9 月，釜屋先生招待我和我的朋友——北京市社会科学院文学所的所长张泉畅游箱根。

住和式饭店，吃和式豪华晚餐，睡榻榻米，令没有到过日本的张泉着实体味了日本庶民的旖旎风情，至今赞叹不已。

对我来说，那次相逢真的是百感交集，欲说还休。是釜屋的细心安排，使我重温了在日本生活过的，不无温馨的琐琐细细。

我在日本就读时，身份是满洲国的留学生，身为殖民地的女儿，耳边是远在祖国内陆中日两国正在肉搏厮杀的凄厉之声，怎样也和媒体宣扬的"满洲与日本称兄道弟"的世况不相吻合，心情沮丧使我本该享受的花季年华黯淡一片，没能体会出日本人的人之常情。这次相游，釜屋为我扫除了残存在心中的战争阴影，让我重新体认日本。

2004 年梅娘访问日本，右一为釜屋修

釜屋修与梅娘、女儿柳青合影

　　釜屋赠送给我的研究中国文学的学报，封面上刊发的中国的民俗画，十分有韵味，我认定这是釜屋为中日文化交流呈现的爱心，那里刊发的中国的《下里巴人》入世温情浓郁，绝对和日本的庶民之情相通，釜屋为中日友情筑就了坚实的平台。

　　釜屋创作的那本赵树理评传，书名为《非难之死》，这既是为天才的被毁发出的怒吼，更是对中国那错了位的时代的鞭挞。这友谊，真金不换。

　　赵传的中译本，很受读者青睐，人们争相传阅。釜屋为中日交流作的不屈不挠的贡献，中国人永远不会忘记。

　　值釜屋先生的在职工作将画句号。以此短文，谨致心意，遥祝老当益壮，身体健康。

　　　　　　　　　　孙嘉瑞（梅娘）2005 年 10 月尾日北京

　　收入《釜屋修先生录退休纪念文集》，日本：翠书房，2006 年（该书中译本书名为《玉米地里的作家》，梅娘译，由北岳文艺出版社于 2000 年 11 月出版。）

229　在温哥华的沃土

亲爱的张莉：

　　你的伊妹儿（电子邮件——编者注）五月三十日发自北京，柳青在当日的傍晚便读到了。浩瀚的太平洋因此只是个地理的标记了。浓郁的友情随着点击的节拍涌到了完全是他乡的彼岸。感谢高科技带来的方便，更感谢你记住了柳青邮址的细心，使得我在这花香鸟语的宜人环境里，平添了思乡的柔情。情思缱绻，一时竟说不出是悲是喜，真的是一种"他乡遇故知"的绵绵情怀。

　　柳青为我安排的在温哥华小憩，是很想冲淡我对故乡的依恋。这里的大环境，确实是件天造地设的美好构想。你第一次到我家，所携的鲜花中，有一棵白玉似的马蹄莲（不知你是否还记得这个细节），可这里的马蹄莲，几乎是家家庭院里的宠物。屋角、墙边，宽宽的绿叶衬托着白玉的花朵，那个挺立在花心深处的雌蕊柱头，覆盖着厚厚的黄色花粉，招得蜂蝶来归。蜂蝶在铸造子辈的未来，而我美丽的俏佳人，你奉给我的是短暂归去的呼唤。我问自己，如何呼应？这对我是道难题，费了几十年的心思还没解开的难题。怎么说呢？柳青的为女之心，我并不是浑然不知。而是我沉积了八十年的东方尘埃，确难一时扫净。首先，我心甘情愿固守我的蜗居，而不是喜欢这里的华厦。蜗居是我奋斗了一生的归属点，那里掺杂的不只是流走了的岁月，而更是血与泪的无可奈何。在这空气洁净的北美大地，用一位文人的形容词来说，"空气洁净得想让你大口大口地吞咽。"而我没有停留在这里的金钱底座，我只能依靠赠予。尴尬的是，父亲从小就为我灌输了一个信息，养儿不是为了防老，而是应尽的义务。我对柳青没有尽到义务，在她还是个初中生的时候，我成了右派，不仅没有养育她，且把照顾弟妹的重担强压在她那少女稚嫩的肩上。这是我的终身遗憾，我亏待了她，对于她的成长不是呵护而是碾压。我的为母之心始终丢不开这个死结。她现在富裕了，这是她茹苦含辛的成果，我这个不称职的妈妈有什么资格分享？

我原来也曾有过一拼英文的决心，晚近我发现，这是个难圆的梦。无论心态和精力都不堪负此重任。我要做的事还太多太多，我这个曾为解除妇女困境而呐喊过的女人，对妇女那积累至今的苦境仍乏超脱之术。我仍在上下求索，这需要

梅娘在多伦多

彻悟，更需要时间。我没有学英文的余力了。这苦果造成了我与环境的隔绝。那绿荫环盖的条条道路，我记不住那蟹形文字的街名，出门就得有人服务，哪怕是想去买棵小葱。"行不得也哥哥"这句元曲里的感叹词道出了我的窘境。在这里，我是路盲啊！孙女雁子的消夜，是酒吧之后茶吧，这群透支青春的俊男靓女，那恒久爱情的世俗说唱，老太太不搭调，享受不了，又是个无可奈何。

柳青企图为我建设个社交环境，动机不错，但为时过晚。这里的华人，包括柳青在内，都有个谋生的任务。商品世界的求生之伍，不

兢兢业业，只有掉队的份儿。来这里依靠儿女的老人，带孙子、看孙女，别管黑头发黄头发的幼儿，嘴边流淌的是美式口语。这是幼儿园、小学校的教育成果。在家庭医生的诊所里，一个小姑娘肚子说不清哪里痛，又哭又闹，看护她的奶奶，手足无措，不知她嚷的是什么。医生解了围，奶奶一脸惶惑。这里就是这样的世界，你不会主流话语，就只能没辙。

这当然只是困顿之处了。说起生活，不仅方便舒适，而且便宜（是以这里的普通收入为准）。温哥华的海蟹，我吃半只，便胃满肚撑，价钱比北京低。中国食品要什么有什么，很多超市，很多餐厅的老板都是中国人。老板大半是咱们的香港同胞。香港人闯世界的干劲，可以上世界之最的纪录。有人作了个惊人的评语，说是散在世界各处的华人餐厅要都挂出中国旗的话，中国就是日不落的帝国了。

温哥华不冷不热的沃土，生长着万千鲜花。在北京养在花盆里的杜鹃，丰美的，一盆能卖上百元。这里的杜鹃，岂止是花，确确实实的是花之树。高的矮的，大叶的小叶的，一团团一簇簇，可与早霞比璀璨，能与彩云比颜色。画谱里由深到浅的红与紫，被杜鹃开遍了。目迷五色的意境，目不暇接的意境，被温哥华的杜鹃占尽了。散步时，柳青总是欢叫：妈妈看这个，妈妈看那个。真的是花海徜徉，涤尽了生活中的琐细。大自然偏爱这个环山抱海的城市，她完全有资格列入最佳居住环境之最。

有雁子的安排，我得到了加拿大的航班优惠。时间紧了些，没来得及和至爱亲朋一一话别。这补述了这里的各种风光，向你热情的垂询道个平安。请与云子共读。代我问候乡亲们，这里仍属晚春，偶尔一热也只是二十度多一点。仍然是夜凉如水，需要薄被。祝愿酷暑中多方珍摄吧。

寄自温哥华

原刊于北美《世界日报》2001 年 8 月 7 日

230 我的答案

2005 年 9 月 22 日的《南方周末》报上，刊载了一篇有关张爱玲的报道，标题是《探访张爱玲的洛杉矶》。打眼的不是标题，而是被编者定位为"巧扮死神"的张爱玲的小照。张氏手持报道金日成猝亡的报纸，脸上仍然是惯有的耐人捉摸的情愫，悲喜杂陈，内涵深邃。说这是张爱玲承认死神的权威也好，因为称雄一世的的金日成已经倒在了死神的脚下；说这是调侃死神的无奈也好，因为被"小虫"袭击得近乎虫幻，在洛杉矶一再东迁西躲的一代天骄张爱玲却仍然风姿嫣然，从容地粘着死亡的信息，回馈给死神

《张爱玲典藏全集》书影

一个笑骂兼具的微笑。这微笑彰显了张氏那化入骨髓的高傲风骨。

这张照片的使命是，作为实证，去隔岸的台湾，领取联合报颁给她的"终身成就奖"。在终身成就奖面前，张爱玲捡回了"入世"，她在意地包装了自己，戴上了颇具青春气息的黑发套，穿上了饰有花朵的可身华装，一改在洛杉矶穿着的宽大的灰袍，甩掉了同样暧昧颜色的灰色头巾。一向避世的张爱玲，禁不住为终身奖进放了埋藏得太

晚年的张爱玲

1994 年，张爱玲的《对照记》由台湾皇冠文学出版有限公司出版。7 月，荣膺台北第十七届时报文学特别成就奖。张爱玲缺席接受该奖项。

同年 12 月 8 日，张爱玲致函香港的朋友宋淇夫妇："我写信谢中国时报，说抱歉不能亲自领奖，至少应当去照个近影寄来，拍了照便寄张给你们。"遂有了这张照片。

这是长年刻意与世隔绝的张爱玲的最后留影。照片中，她头戴假发，特意手持刊有"主席金日成昨猝逝"消息的报纸。朝鲜最高领导人金日成是 1994 年 7 月 8 日逝世的。

久太久的激情。不过，看得出，这真情随即熄灭。张爱玲仍然没有勇气踏碎自我制造的封闭螺旋。

《探访张爱玲的洛杉矶》弦外之音展示了张爱玲生活得非常无奈。她一再避世，却不得不时坠入世尘。日用餐具用纸制品，可以随手丢掉，丢不掉的是生活的日常。小病缠身，可以不去医院，也还得求医问药，以求解决。身份证丢了，不得不乘坐公共汽车，去挤满各色移民者的移民局申请重领。你一定会问：这一切一切，到底是因为什么？

答案只有一个，也可能是唯一的一个。

一颗天才的心，失去的不是逝水年轮，而是她曾有过的澎湃的愤世幽情。这激情使她不动声色地创造了复仇恶婆曹七巧，铺陈了曹七巧被黄金吃掉了的人心，令你感到了淋漓的警世意境。这激情使她精心地嘲弄了在大难之际只想抓牢男人的一代仕女如《倾城之恋》中的白流苏等，潜台词是：姐妹们，白流苏的人生之路是走不得的绝路，为自由奋斗吧！这姐妹之情衷心呼喊，蕴含着无尽深情。

无尽遗憾是：天才的激情否定了天才的自己，她只体认胡兰成之流的花言巧语，却无视胡某人的背信弃义。因而一叶障目，堵塞了通往祖国母亲的心灵通路，朦胧之下丢掉了生活的重心，陷入了不愿自拔不肯自拔的无奈螺旋。这是张爱玲悲情人生的必然结果。是那悲情时段蚕食了天才的佐证，她的"成名要早"的自我坦露，竟成了她晚年生命的重枷，这重枷用往日辉煌铸就，碍难卸掉。

1995年，当我有机会在北美大地上徜徉之时，最想做的一件事，就是去会会张爱玲。她在洛杉矶，我在旧金山，车程三小时，并不难行。可虑的是，怕是我俩心路历程的难以相通。我托很有公关能力的中国时报的记者帮我联系，辗转得到的回应是"不见"。这冷如坚冰的不见，我明白，并不完全是对我，而是她对遗忘已久的祖国之情。我以女儿之心，相信真情不可能在她心中完全熄灭，虽然她一再缄口。我想和她侃侃诸如女儿心等主题，甚至想把一位倜傥男士介绍给她，免得她孤单地为"迁徙"奔走，独自与"小虫"相斗。

事实证明，我的入世情思对张爱玲来讲仍然十分幼稚可笑。我想告诉她，我在婆婆妈妈的生活演进中，汲取向善之力，活得十分平实的心曲，她也许会认为是作伪吧！

一位年轻的记者，苦苦地要我作出对张爱玲的评价，以纪念她的逝世十周年。这使我很困惑。面对这位"张迷"的热情，我十分尴尬，即无法张扬张爱玲，也不想借她自己再红火一次，我只能如实说：张爱玲走得仓促了，她的才华尚未用尽，这是中国现代文学的重大损失。

原刊于北京《芳草地》2005年第6期

231　梅娘赘语
——序《故乡有约》

　　钟情于文学的人，都希望自己创作的文字能落实在印刷体上，这是一项真诚的愿望、一项无华的奉献，更是一项心声的袒露。

　　侯健飞告诉我，他准备出版一册自己的中短篇小说集，这是好事，我举双手赞同。

　　我与侯健飞的相交，按世况评说：颇有传奇意蕴。

　　我们天各一方，完全没有相通，是他读了我的书，升起了与我相识相处的愿望，便展开了寻我的行事。经过旷日的找寻，终于"搜寻"到了我，其时我还在受难。

　　健飞的生母，和我是一个年龄段的女人，在上世纪（20世纪——编者注）风云瞬变的时光中，背着自己躲不开的坎坷，用濒死的勇气，拼搏过来，抚育了儿子，自己却含恨而死。这就成了侯健飞挥之不去的心病。他找我，就是想为受难的母亲奉上一颗赤子之心，一颗未来得及献给生母的赤子之心。健飞认为，所有受难的母亲，都应该拥有这样的宝贵。

　　与健飞长达近二十年的交往，既有文字上的切磋，也有文学中的碰撞，他极尽了为子之责：有什么好吃的，总忘不了我，当我遭遇困难时，他总是及时出现，为我解困纾难，添补了我的丧子之痛。我感谢苍天，赐给我这份亲情。

　　我没有读过健飞的小说，这是他的有意封存。他忙于编辑，热心于为他人作嫁，并乐此不疲。他的近作《回鹿山》出版后，还是我索要，他才送我一本。

　　健飞的新书，题名为《故乡有约》，故乡之约是人文之本；是不能，不可能不履行的约定。

　　这是侯健飞的生命之约，是他的风骨。

梅娘2012年11月29日于北京

本文为侯健飞著中短篇小说集《故乡有约》一书序

该书于2013年1月由解放军文艺出版社出版

232 致岸阳子的一封信

亲爱的阳子：

在北京闹 SARS 的日子里，我守在我的陋室中，认真地读了你在《环》杂志上发表的大作。我跌宕的一生，

有你的理解，我很幸福。特别是你对于《侨民》的译说，使我顿开茅塞，沉思良久，你的评说完全正确，《侨民》有感的是史实，历史不容修改。我之所以那样做，是一种急功

1996 年梅娘与岸阳子在北京友谊宾馆（张泉摄）

近利的心态。当时，我刚刚恢复了出书的机会，急于摘掉戴了太久太久的汉奸帽子，其实这很愚蠢，现在想起来汗颜不已。《侨民》那种欲说还休和怎样去说的感情，由你评说，对我提示，是帮助，也是教育，衷心感谢你。

你在上海考查《女声》时的照片及所写文章，已经由丁景唐先生寄给了我，北大一位读博士的姑娘涂晓华，想以评说《女声》作为博士论文，我把你的文章推荐给她，给她增加视野，她十分珍惜，向你致谢。真的十分感激你的评说，祝好，请向安藤先生致意，祝他健康。

孙嘉瑞 2003 年 5 月

233　读金庸

　　为金庸的《侠客行》，去拜访美国华盛顿大学的查尔斯副教授。介绍人说，教授正在把《侠客行》译成英文。女儿想去会会他，看看这项译作进行到了什么程度，为她的出版社拿到英译作的版权。在美丽的西雅图近郊，女儿按图索骥，终于找到了教授居住的小镇。那是北美最佳的气候区之一，不冷不热，蓝天白云，轻风冉冉吹拂，绿树婆娑弄影，一种说不出的恬静。

　　教授的家是一座掩藏在绿荫中的平房，短短的铁艺墙，矮矮的小铁门，墙上、门上缠满了盛开的蔷薇，甜香袭人，一色纯白，衬得屋顶上那簇高高的红杜鹃，红得像在燃烧。那屋顶使我惊诧不已，怎么竟是茅草覆盖？定睛望去，才看清了那是一种现代化的屋瓦，波纹粗犷，弄影的树荫，使它泛出老茅一样的赭黄来。这个错觉，很可能基于我的联想：拜访教授之前，介绍人告诉我们，教授的中文造诣非同一般，曾在晚会上，当场口译过杜甫的"茅屋为秋风所破"篇。他还加了一句：译的就算不错了，该传达的意思都说到了，只是少了些杜圣的沧凉韵味。

　　教授是不是真的有一次这样的当场献艺，我很想证实一下。无奈，他和女儿的对谈稠密，我没有抓到插嘴的机会。

　　拜访教授之前，和女儿就《侠客行》中武功招式作了析读。因为研究金庸的智者们说：金庸是靠排比式的文学语境来阐述武功的。看来是这么回事。比如，他设置的进招是风沙莽莽，应招是大海沉沙。以滚滚而上的巨浪压下莽莽而至的尘沙，可以悟出这是两股力量的较量。又如进招是月色黄昏，应招赤日炎炎。月色黄昏是意境是体会、赤日炎炎也是意境加体会，勉强悟出这是冷热对应，可冷热是感觉，什么样的形体动作能在交手的一瞬间表现出冷热的相克呢？把这样的汉语语境化作腾、挪、踢、打的武功招式已经很困难了，语序结构相异的英文又如何能够道出个中三昧？看惯了舞台上的武功作秀，完全想像不出这样的语境可以化成武功。而这武功正是侠客的看家本领，是金庸人物的亮点，也是金庸结构的人物的心情脾性。

聆听女儿与教授的对谈，即使已把美式英语说得潺潺溪流似的自如，女儿也不时卡壳，蹦出莽莽、炎炎这样的中文形容词来。教授的应对同样是汉语不时出现。可能因为拘于对讲的刹那间吧，教授流露出的英式思维的汉语，把动词摆在了名词的前面。

我自忖，教授选择了一份多么艰难的作业。

随着电影《卧虎藏龙》在北美大地上铺开，中国式武功带起来的中国热，悄悄走进了北美华裔青年的价值取向。在加拿大温哥华市一号街一间小巧的理发屋里，一位完全不谙汉语的黑发黄皮肤姑娘——这个小屋的第三代传人，向我展示她们创办的杂志：《Banana》封面是一根丰丰满满的香蕉，掀开一角黄皮，裸露出白色的肉体。姑娘指指香蕉又指指自己，我们俩都会心地笑了起来。姑娘告诉我，是"卧"片唤醒了他们这一代人的中国心。也许，查尔斯教授也因为这个"中国热"才关注到《侠客行》的吧！

教授有位华裔夫人，还有个未能完全站稳的娃儿。这个黑发碧睛的小男儿一摔便呼叫妈咪。教授趋前呵护，他便摇着小胖手"no, no"地加以拒绝。这是个英中合璧的家庭。

中西文化交汇，人们期待的是双赢格局。但愿教授在夫人的陶冶下，能够体会到中华儿女那与生俱来的沉重感，体会到杜诗中蕴含的沧凉。我以为这沧凉是中华儿女对历史的叩向，这叩向督促着我们去创造更多的自主和自信。只有在洋溢着自主、自信的环境中，我们的侠客才能像行走西方大地上的大侠佐罗一样，在路见不平拔刀相助的当儿，开怀地仰天长笑。

原刊于北京《群言》2003 年第 8 期

234　致学勇的信[1]

学勇同志：

欣读来函，关垂之情，撼心沁肺，容敛装致谢。

以草萤自况的我，时时警惕自己之不足，蒙读者厚爱，旧作已黍于诸名家并列：有华夏、古籍、文汇三种版本问世。我不具有市场效应，能有三种版本，已是大地对我的眷爱，我无意再次编印，徒增出版社之库存，拳拳此情，渴望理解。

对沦陷区为文的评价，先是沾沾自喜，以为自己未尝附逆，对得起华夏女儿的良心。历史教训了我之后，才蓦然惊觉，我的文字只不过是一束彩色浮标，既高架于苦难的现实之上，又懵懂于灾难的历史之下，不过是一派少年痴情。

建国（新中国成立——编者注））伊始，生活在一片报国的热忱之中，写了小说、写了散文，写了游记（1950~1958年），更与画家合作，写了多部连环画册的文学故事。以为实践了为中国文化的添砖加瓦之情，留在纸上的是一片阳光，自己更是心安理得，豪情如注（附旧文两则，请剖析）（吕鸿滨讲故事，喜相逢）。

蒙难二十二年，生活如碾如磨，精神却意外得到了提升，至此方才悟到了什么才是普世的归依、什么才是下笔的基点。悲情的是，我已经老了，力不从心了。

新世纪以来，我写了一个中篇暂名"依依芦苇"或"芦苇依依"（一位老革命提供给我的素材），被北京和台北两地拒绝，可能的原因是：台北不耐循读共产党人的摸索足迹；北京则喜欢宜粗不宜细、喜欢粗说历史，渲染当前，总结是：我认为的情真意切，实际没有受众效应。

---

① 陈学勇，南京大学文学院任职。

"依依"就这样睡在了我的书桌里，宣告了我为文的终结。

我的驻地是单位分到的福利房，靠工龄赎买，由于我没有职称，一介普通编辑，房子小尚不太旧，安身而已。原名白石桥路 28 号（因有白石老人之墓而命名），现挂上中关村，改为中关村南大街十号"甲"为单位，宿舍附之为"乙"，请惠寄大作，不会邮失，以便拜读、沟通、互进。

北京的很多街巷都育有槐树（盖大楼毁了不少），我们的宿舍前幸存了两株，如今槐花盛开，一片香雪海。微风伴着花香游走、伴着花瓣飘落，老北京人习惯用鲜槐花和玉米面蒸窝头互相赠送。淡淡的花香传递着时鲜又古老的情谊。这可是一道消逝了的风景线。

迟复致歉，祝笔健

孙嘉瑞 2009 年五一佳节

235　我是一只草萤

梅娘与人民文学出版社编辑
脚印（左二）在一起

我只是一只草萤，具有点点微光，在民族蒙难的艰涩岁月中，抱着灼亮黑暗一角的豪情，莽撞地运用了青春的笔，励志："燃尽微光，送走生命，燃尽微光，送走生命。"

如今随着老之已至，经历了生命的七灾八难，被生活淘洗得酸甜咸苦五味俱全的心态，仍然豪情未泯，还时不时地冒出忧国忧民的傻气，甚至还有"该出手时就出手"的草莽之忧。

陆诗人的"僵卧孤村不自哀，尚思为国戍轮台"的情愫一直潜存在我的心底，传承着愤世豪情，温暖着生命的尾日。

古希腊人将萤火虫唤作"拉恩皮鲁"，创意为"提灯夜游的诗魂"，西欧的十字绣精品中，有一副为拉斯皮鲁造型的小挂件，这个生在草丛中的小昆虫，装饰着轻纱般的奶白翅膀，铺开长裙，作飞起架势。而手中提着的那盏小灯，洒出点点金光，并不耀眼，却温情无限。

以草萤自况的我缺乏的恰是化作天使的遐想，无愧的是：我仍在燃尽微光，送走生命。

梅娘自述

95 年腊月

APPENDIX | 附 录

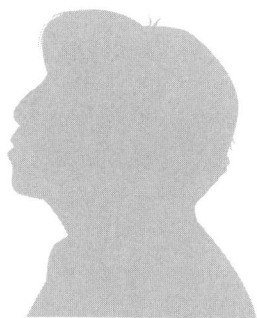

附录 1

未曾忘记的

柳 青

一九四九年，顶着炸雷般的炮声，我领着五岁的妹妹，踏着上海里弄的石头路到医院去看妈妈。妈妈刚在那里生了小弟弟。

路上几乎没有行人，但总有胆大的孩子，从门洞里蹿出来，抱起地上散落的结成硬块的美国过期奶粉，向对面的墙上扔过去，留下奶黄的一块痕迹。空中响着断断续续的枪炮声，刚一沉寂，孩子们就又跑出来，在地上画格子，玩跳房子的游戏。一声巨响，孩子们"嗖"然消失了，只剩下我和妹妹在路上。妹妹紧紧地拽着我往路边躲。可是想妈妈的动力使我不顾一切地拉着她往前走。

弟弟是暮生，三个月前妈妈带着我和妹妹在台北等待爸爸来过春节，不幸爸爸乘坐的太平轮在台湾海峡遭海难丧生。太平轮是一艘由美国第二次世界大战期间使用的货轮改造成的客轮，往返上海和台湾基隆港之间，战乱期间一票难求。轮船超载。爸爸并不是和国民党一起撤退到台湾去，而是带着北方局刘仁给的特殊使命：说服他的好友，内蒙古政府陆军参谋总长乌古挺起义，为和平打通河西走廊、解放大西北而奔走。他正是陪着乌的家眷去台湾的。得知爸爸的噩耗，妈妈选择不留在台湾。虽然她有可能留在那里，或者接受日本大学的聘请去教书。但是她选择回到大陆，回到新中国。这一选择，不仅是决定了她的，也决定了我和妹妹，还有肚子里怀着的弟弟的命运。

抱着丈夫有可能被搭救生还的一线希望，她带我们回到上海，寄宿在朋友王伯伯家。拥有太平轮的中联公司宣布破产，对死者几乎没有抚恤金，真是孤儿寡母，手无寸金。不巧婴儿又临产了。

跑到医院，见到妈妈，我就忍不住委屈地放声大哭。我小小的肩膀承受不了。可妈妈呢，她也只有二十八岁呀，刚刚失去了丈夫，要独自一个人接收这个小生命。人们说女人临产时是感情最脆弱的，最需要别人的关怀和照顾。我那时从来没有这么想过，妈妈是我的保护者，妈妈是强大的。

我在妈妈的羽翼下，一点没有妈妈的坚强。回到北京，曾为知名作家的妈妈只找到了一个在中学教语文的工作。她照料着一家四口的温饱。上小学不久，我就考上了中国青年艺术剧院儿童班。在那里学跳舞，学表演。约定妈妈每周三中午来看我，因为每周日才能回家一次，对我来说是太长了，忍不住要想家。妈妈刚刚换了工作，到了中国农业电影制片厂做编辑，因为工作或外出采访不能如约到达，我就开始哭，一直哭到她出现为止。我可以撒娇、任性，因为我有自己的、爱我的亲妈妈。妈妈小时候却不能，她的亲妈妈被掌家的娘撵出家门，不知下落。她给自己取的笔名是"梅娘"正是"没娘"的谐音。我那时还不懂设身处地地为她着想，因为她是我的妈妈。

十一岁时我出演了儿童片《祖国的花朵》中的中队委员。那时儿童片不多，我们就成了孩子中的佼佼者，经常参加国际儿童联欢，给外国友人献花等荣耀的活动。妈妈每次都精心打扮我，她总能想出与众不同的花样，使我显得分外美丽。她没有流露出一点愁容和痛苦，虽然那时"肃反"运动已经开始，她被冤枉地定为"重点审查对象"，每天要交代问题、做检查。她在四十年代用青春的呐喊，写出的反封建、反压迫的文字，被当作反动的、资产阶级的、甚至黄色的东西来批判。她在日本帮助爸爸，变卖首饰给八路军买药、送药的爱国行动，被说成别有用心。爸爸为地下党工作，被说成是特务，而妈妈是负有特殊使命潜回大陆的"特务嫌疑"。我后来从自己的经历中懂得，这种委屈和冤枉是锥心的，知识分子视清白胜过自己的生命，其不可忍受之辱能使人泣血。古人喊出"士可杀，不可辱"，只有当自己身临其境时，才能真正体会。妈妈把这一切都承担了，都挡住了，没有一

梅娘与柳青在香港

丝压力落到我的头上。我照常欢歌燕舞。妈妈看到我这样健康、幸福地成长，大概是她内心最大的安慰。她不愿让我们重复经历她在旧社会遭遇的种种不幸，满怀信心把我们带到新中国，为此她忍受了这不该有的冤屈。

十五岁那年，我为参加夏天即将举行的北京市游泳锦标赛，在太阳宫游泳馆加紧游泳训练。晚上骑车回家，邻居惶惶地告诉我：你妈妈被公安局的人带走了。这对我实在是太突然了，妈妈不肯让我分担她的痛苦和不幸，我竟然对发生的事件一无所知，毫无思想准备。事后，她的单位农影通知我们三个孩子，她被划为大右派、历史反革命、现行反革命，被开除公职，送去劳动教养了。当时妹妹十四岁，弟弟只有九岁。一向脆弱、娇气的我，不知怎么，从内心滋生了酷似妈妈的力量，养育妹妹弟弟的担子，由我一肩挑起。这次我甚至没流泪，也没向任何人开口求助。

得到妈妈的来信，是半年以后了。信纸上传来她一如往日的温馨体贴，只简单地叙述了她在那里生活和劳动都很好，不让我知道她的艰辛。说是给我织了图案漂亮的毛衣，她会托可以出来探亲的队友捎给我。不谙世事的我真的以为她只是在一个普通的地方，盼望着什么时候能去看她。直到那一天，骑了二十里路的自行车，赶到她所在的马甸北苑农场，才体会到被专制的冷酷和屈辱。去那里和探监没有两样，持枪的兵把守着大门，上面有类似炮楼的瞭望台。这里没有人把我视为三好学生，能够光荣地站在国庆游行的彩车上，走过天安门。我只是犯人的家属，他们天经地义地对我们呼来喝去。我给妈妈带去了一罐炸酱，先在外面被检查过了，然后依次排队进去，被告知只能交谈十五分钟。在一条长长的木桌子一边站定了，等待着妈妈和其他劳教人员被带出来，每次十几个人。妈妈出来了，她瘦多了，眼睛深深地凹进去，被带到了长条桌子的另一面。我们隔案相望，连手都不能碰一碰。我又禁不住哭了。妈妈笑着安慰我，问弟弟妹妹怎么样？我哭得更凶，说生病的妹妹被民政部门送进了清河疗养院，其实那里是收容孤苦老人的养老院。大概因为有医生护士吧，也把生病的、无家可归的人收容进去。妈妈眼光黯淡了，我忙说，妹妹还不错，我每星期日去看她一次，她要我给她带油饼和柚子去，我骑车差不多要两小时。妈妈从兜里掏出了几块钱，说是她几个月攒下的劳动津贴，让我带回去。我还没来得及把钱推还给妈妈，时间就到了。一声哨响，他们就被带走了。我迟迟不肯动，后悔为什么又哭，只谈了自己这边的事，还没来得及问妈妈到底怎么样？

后来在妈妈的坚持请求下，她被允许去看了一次病重的妹妹，给她带去了一个大柚子，掰开了，一瓣一瓣喂着妹妹吃完。没过两个月，妹妹就病死了。只有我一个人被通知去了。妹妹干瘦扭曲的身体，缩得像个六七岁的孩子，脸是青的。我知道妹妹由于运动神经失调，吃饭时连勺子都放不准到嘴里去。那里的护理人员对她不耐烦，同房的人也欺负她。我哭得不行，我不能原谅自己，为什么同意把她送到这种地方。我应该辍学，自己照顾她。再次见到妈妈，我又哭了。妈妈为不让我难过，反而表现平静。我又被安慰着。按理说我应该懂事，该被安慰的是妈妈。

妈妈后来要求我，不要每月都去探视她了，她很好，所发的劳动津贴也被允许去买些生活日用品，叫我不必惦记她。我不知道个中究竟。听惯了话的我，只是按照她的要求去做。1962年初，她被保外就医，我才知道她的肺结核病很严重。她是怕传染给我，宁肯不见我。妈妈的防范救了我。高中毕业时，我查出了肺上有阴影，后来拍了 X 光片，说是已经钙化，才被允许毕业，投考大学。

我考上了北京电影学院。若不是鬼使神差，就是因为主考老师的善良、惜才和对考生的一视同仁。我佩戴着"北京电影学院"的校徽，走在路上，搭乘公共汽车时常常招来好奇、羡慕的目光。我又变成青年中的佼佼者了。妈妈在替人家当保姆。星期天放假，我就去妈妈那儿，帮妈妈洗净一盆一盆的衣裳。妈妈在街道做绣花的活计，每小时能挣一毛钱，我也学着飞针走线。妈妈去火车站当脚力，扛冬储大白菜，我也替她去干点儿。那一包包冰冻的大白菜，少说也有一百多斤，压在背上，沉得直不起腰，冰得背生疼。走上几趟，两眼冒金花。我去，是蜻蜓点水，妈妈可是每日每天。她的肺结核还没有全好，因为弟弟的肝硬化、脾脏肿大要住院。我在大学没有收入，她除了要挣出两个人的吃喝，还要挣出给弟弟治病的钱。妈妈从没有怨言和呻吟。我当时也二十岁了，成人了。我是否应该停学去工作，帮助家里渡过难关？这问题在其他的家庭可能会自然地提出来，可妈妈从来没有想过，她自己去克服一切困苦，却不肯动我分毫。我被妈妈呵护着，尽管我早已到了分担家庭重负的年龄。

社会对妈妈的所有碾压、打击，也重不过我在"文革"中要与妈妈划清界限的那一击。后来很长的日子里，我都想回避这一问题，想给自己找到解释。但我的良心明白，这里没有解释。什么解释都是苍白的。我已经做了失去人性的事。越找解释，就越见人心的残缺和丧失。我一向认为自己善良、乐善好施、菩萨心肠，却对自己妈妈施下最恶、最无人道的丑行。我一向奉行"滴水之恩，当以涌泉相报"的处事之本，"己所不欲，勿施于人"的行事之道，为什么没有实现在自己妈妈身上？党可以不了解我妈妈，社会可以不了解我妈妈，我不可以说不了解我妈妈。我那时为什么不用自己的头脑去思考、去辨别？为什么不能抗拒潮流？妈妈顶住重压二十年，我为什么连几年都顶不住？最伤人处，莫过于至亲至爱对自己的怀疑、不信任、误解，以致划清界限，视为路人。为了在社会上，在组织中得到别人对自己的一点点信任，不惜伤害自己的母亲，为了表现自己的"革命"，不惜先革了自己亲人的命。不能因为此种情况在"文革"中比比皆是，就姑息开脱自己。如果人人都能有不泯灭自己的良知和良心的定力，"文革"的灾难就远不会达到这样的深度和广度。

从二十八岁到八十一岁，生活的残酷和凛冽并没有摧枯妈妈温婉细腻的女性情怀，她热情的天性一度被迫掩埋，拂去尘埃仍然恣意奔放。她胸怀宽厚，悲天悯人，一切从大处着眼。她含辛茹苦，并不企盼儿女知情。她的给予从不期待他人报偿，从不强求别人听从自己，即使是自己的孩子，也允许他们自己去认识。哪怕执迷不悟，她也会等待，再等待。她从青少年时代开始笔耕，至今勤奋不辍。她将会得到理解，得到回应。她的作品一版再版，证明了这一点。向她回眸的读者，静下心来倾听她的娓娓细语，审视她的作品所反映的时代，将深深体会到那个时间段所饱含的沧桑。

本文为《学生阅读经典　梅娘》一书序

该书于 2002 年 1 月由文汇出版社出版

附录 2

读书笔记

——南玲北梅

[日] 藤井省三

1995 年 2 月，中薗英助氏的《在北京饭店旧馆》筑摩书房，荣获该年度的读赏文学奖。这是一本讲述主人公"我"阔别四十多年后再访北京的故事，是"我"对战争中、战争后的魔都北京进行探秘的故事。

在该书中，"我"去踏访原在王府井大街的一家出版社的旧址时，忆起了一段故事。那是战争刚刚结束后的某一天，"我"在这家出版社的大门外，遇见了从出版社疾驰出来的柳龙光、梅娘夫妇。

东京大学教授藤井省三

夫妻俩人同是东北出身。又同是日本占领下北京文坛的活跃作家。柳见到我，立时停了脚步，用娴熟的日本话向我告别。

"向你说出个秘密，我去投中国共产党，你一定已经知道了，八路军马上就要到北京的郊区来了，我们在等着。"在我茫茫然和柳告别之间，那个妖艳的梅娘，扯着旗袍的下摆急步走过来，像颗炮弹一样投入柳龙光乘坐的双人三轮车，车子疾驰而去。

1992 年在中国，沉寂了半个世纪的梅娘的作品重新问世，海天出版社出版的南玲北梅小说集重版了梅娘的两篇小说。该书的副标题是：四十年代最受欢迎的女作家作品选。在战争中的日本占领区，年轻女作家群体中的张爱玲（上海）和梅娘（北京）备受读者青睐，有"南玲北梅"之美誉。拙作《都市浪漫曲》已对张爱玲作了介绍，此处不赘。

根据《南玲北梅》附刊的评说，梅娘本名孙嘉瑞，1921 年生于吉林省长春县一个资产阶级家庭，四岁起，从家庭教师学习古典文学和英语，高中三年的 1936 年，第一部作品集《小姐集》刊行，毕业后到日本留学。丈夫柳龙光是日本早稻田大学的留学生，在内山书店打工时与梅娘相遇，战争中柳在北京协助中国共产党地下党工作，1948 年接受特殊使命去台湾时，因海难而丧生。

先期去了台湾的梅娘，在丈夫死后，携子女回国，被定为日本间谍而被关押接受劳动教养。其间二女儿和儿子先后病死，出教养所后的日子极其艰难悲惨。

《南玲北梅》刊出的《蟹》，描写了日本占领满洲后的一个大家族的崩溃过程，描写了由于政治原因病死的父亲遗下的孤女，以及她的无能又贪婪的伯父、狡猾的管事和管事纯情的女儿之间的故事。据说，梅娘十分欣赏夏目漱石，她对政治经济环境中的家族制度的巧妙结构、对社会明与暗的对比描述，确实有些漱石的品味。

1944 年《蟹》获得过作为日本国策之一的大东亚文学奖。这奠定了梅娘在北京文坛中的地位。可惜，中共政权把这次受奖作为梅娘身为日本间谍的罪状之一，遭到了整肃。

魔都北京的暗流，仍然在日中两国文学界之间涌动着。

原刊于日本《读书界》杂志 1993 年 6 号（节译）

附录3

《梅娘小说散文集》序
张中行

　　记得是四年以前，我写了一篇《才女·小说·实境》。才女与小说、实境三足鼎立，重点当然是说才女，因为其下触及小说及实境，不过是说，才女，小说中容易找到，实境中却难得面对而亲近之也。为什么要写这样一篇呢？年来记忆力已经下降到如司马温公之"旋踵即忘"，不记得，也就只好不问原由。单说关于才女，也应该算作"天命之谓性"吧，生为男身，除了修不净观真有所得的古德以外，推想都是愿意面对而亲近之吧？我是常人，也就不能不行"吾从众"的圣道。只是可惜，上帝吝啬，虽然在使徒的眼中全知全能全善，却未想（也许竟是未能）多生些才女，这是就大范围说，缩小到小范围的己身，还要加上未能给我一些面对而亲近之的机会。这就使我陷入一种两面夹攻的境地，一面是有所欲，另一面是"上穷碧落下黄泉，两处茫茫皆不见"。书呆子惯用的补救之道是拿起笔作白日梦，上焉者如汤若士，自己的陋室中没有杜丽娘，却可以造一个。我在这方面也是只能甘居下游，造，无力，就写几千字，重复一下难得忘怀的如谢道韫、李清照、柳如是、顾太清等的大名。或曰，如此锲而不舍，是想筑金屋藏之吗？答曰，古人，不可能，可以放过不管；就是今人，我也只能说，非不愿也，乃不敢也。

　　这不敢，还可以举实例证之。又不得不缩小范围。先缩到限于能写的，因为不紧握这个具体标准，一女当前，上看桃花之面，下看寸半之跟，辨别"才"还是"不才"就太难了。接着要缩到年龄、地位等都既可望而又可即的，有此一缩，就可以把林徽因、苏雪林等人赶到视野之外。话休絮烦，还是由正面说吧。是19世纪40年代前期，世说"南玲北梅"之时，我曾短期住上海，长期住北京，如果有我的老友孙玄常兄的多叩名人之门的雅兴，就不难找到机会，到张爱玲和梅娘的闺房里去坐坐，至少是创造个曾与才女面对的经历吧。不幸是"想得多而做得少"的旧习不改，

梅娘在张中行寓所

或者兼有心病，是想到名人，尤其女名人，就"怕"从中来，总之是良机失去，说悔也无济于事了。"往者不可谏，来者犹可追"，转为说"来"，南玲北梅的情况就有了大分别。南玲是漂往"彼岸"，我无般若，也就不能波罗蜜多，住北岸而望彼岸，自然就不再有一面之缘。北梅呢，政局和社会都动荡，由40年代后期起，至少是在我的知见中，她的声名消失了。本来就没有交往，又时间长加自顾不暇，几十年来，我可以说是把她完全忘了。万没想到，就在不久之前，一次与老友李景慈兄闲谈，才知道她不只健在，而且住在北京西郊。可以推断，她也老了，非复未语先羞之时，无妨见面谈谈吧。这一次破例，有所想就真做，而不久她就光临寒舍，有景慈兄在座，你一言我一语，谈了很多。多的结果是增加了对她的了解，主要是三个方面：坎坷的经历、为人和文学方面的成就。

回到20世纪40年代前期，她文名煊赫之时，她的作品，主要是小说，我总当看过一些吧，只是印象都模糊到等于空无了。可是才女这顶帽子力量依然不减，比如张爱玲，人由离开本土到离开这个世界，作品反而走红，报刊印零星的，出版社印成本的，有的送到我眼前，就还是想看看。梅娘作品的温度尚还没有那样高，近一个时期，我只是在张泉先生的大作《沦陷时期北京文学八年》（1994年中国和平出

版社出版）中看了一下对她的评介，算是概括地重温一次这位才女的成就。概括，比喻为口腹之欲，只是看《随国食单》，不能满足，要吃端上桌面的。听说近些年来，有些选本收了她的作品，我精力日下，杂览只能是守株待兔式，而兔竟是未来，所以想看而未能看到。

事有凑巧，是前十几天，已知其名并有一两面之识的张泉先生登门，送来一本书的校样，说是他编的《梅娘小说散文集》由北京出版社出版，先给我看看。起因之一是他知道我想看，之二是我的序文小铺还没竭业，希望我有兴致也写几句。写是后话，之前是看。张泉先生是研究梅娘的专家，这"专"从目录上也可以看出来，40年代前后，梅娘二十岁上下，才气横溢时期的名篇都收了。我选一些看，兼算作温半个世纪前的旧梦，感触不少，也就真想说几句。理论上，"说"可以大举，甚至成为"研究"。我不能走这条路，因为那是"挟太山以超北海"。幸而这研究式的介绍，张泉先生已经做了，那是附在选文后的一篇《梅娘：她的史境和她的作品》，谈得面广而意深。我就轻，可以偷懒；重，可以藏拙。但序文的任务是不能推卸的，怎么办？未大急也能生智，于是想到大人先生之上讲台，内容未必丰富而无妨排列几个条，干脆，我也来几个条。但要先声明，这都是来自实感，并非应付公事。实感之一是，也是值得惊诧的，作者其时是个大姑娘，而竟有如此深厚而鲜明的悲天悯人之怀。我一向认为，走文学的路，面貌可以万端，底子却要是这个，她有这个，所以作品的成就高，经历的时间长仍然站得住。实感之二是，她不愧为"北方之强"，遇多种不如意不是感伤落泪，而是有毅力改，以笔为刀兵，奖善惩恶。能够这样，所以作品有具体时代的社会意义。实感之三是，以小说而论，题材、情节、发展变化，以及描摹的一言一笑、一草一木，都能于常中有变，平中有奇，突出主旨而又合情合理。我个人以为，才女的才情，尤甚明显地表现在这个方面。还可以加个实感之四，是语言或文笔，能够求绚丽而不忘平淡，求非腹而不忘简约，就作者是个既女而又年轻的人说，也是颇为难得的。总之，因为有以上这些特点，出版这样一本书就成为很有意义的事，轻些说是供应一些有价值的读物，重些说是为现代文学史填补一些缺漏。

有的人也许要说，沦陷区，敌伪统治之下，也有值得记上一笔的作品吗？沦陷，不光彩，诚然，但是也可以问一问，这样的黑灰应该往什么人脸上抹？有守土之责的肉食者不争气，逃之夭夭的，依刑不上大夫的传统，把"气节"留给不能逃之夭夭的，这担子也太重了吧？所以远在一千年前，花蕊夫人就有"十四万人齐解甲"之叹，花蕊夫人，有高位之人也，也只能叹一声，平民小姑娘又能如何！所以肯拿笔呐喊几声，为不平之鸣，终归是值得赞扬的。

1997 年"五四"于元大都建德门外

收入梅娘著、张泉选编《梅娘小说散文集》，

北京出版社，1997 年 9 月第 1 版.

附录 4

写在《鱼》重印的时候

阿 茨

梅娘的短篇小说集《鱼》是 20 世纪四十年代在北平出版的。那正是这座古都沦陷于日寇手中的苦难年代。《鱼》的原版重印是在八十年代，正是祖国腾飞前进的时代，中间经历了四十多个春秋、这是多么值得回忆和思考的岁月啊！

我作为梅娘的同时代人，在这本书重印时有责任说些絮语。但是，记忆随着迟暮之年已逐渐失落，拾起的不过是些零散的回忆而已。

1943 年，在《鱼》出版的时候，我曾在书后写了一篇《跋》，说到那时小说创作非常贫乏，一个原因是大的环境，另一个是"不被重视"。这里说到的环境是指沦陷区的形势、敌伪宣传的大东亚侵略文明和奴化教育，哪里有什么真正的文学创作。他们提供给读者的顶多不过是消闲的言情和武侠之类色情荒诞的章回小说，谁曾看得上艺术的创作？如果在彼时彼地，有一点淳朴的而不是轻浮的，精细而不是粗陋的作品那该是多么使人向往和欣喜啊！梅娘的作品应当是属于后一种。

梅娘从 1941 年以后，在北平的刊物上陆续发表一些小说，但这并不是她创作的开始，而是她逐渐成熟的时期。她的作品以现实的题材，塑造了一些那个时代知识青年生活圈子里的妇女形象，在她的人物画廊里，主要出现的是青春期男女和他们的爱情际遇。作者所塑造的人物并没有什么理想抱负，放在战火纷纷的战争年代的背景上，他们是微弱渺小的人。但也正是他们确实反映了历史生活中一个侧影，填补了那个时代艺术上的一点空白。它不是战争的叫嚣、奴隶的慰藉，而是多多少少地启发人们向着艺术的领域探索。文学是人的事业，创作是智慧的结晶。我想梅娘恐怕也是从现实生活和人的整体出发，把创作作为严肃的工作，遵循艺术规律，从事她的劳动的。正是在这方面，她的作品现在看来还具有一定的认识作用，在创作中形成了个人的艺术风格。

梅娘生长于吉林省一个古老封建的家庭，度过深闺小姐的优越岁月。三十年代开始学习写作，以敏子的笔名出版了短篇小说集《小姐集》，1937 年由长春益智书店出版。当时在伪满的"新京"，涌现了一些年轻的作者，建立了文学社团，其中就有艺文志和文丛刊行会两个团体，梅娘常在《大同报》发表作品，后来组成了 1939 年她的第二本小说集《第二代》。当时的一位小说作家山丁在这本书的序言中说："《小姐集》描写着作者小女儿的爱与憎，《第二代》则横透着大众的时代的气息，给我们一个崭新的前进的意识。"当时一位评论家韩护说："作者站在自由主义的文学立场……它既异于个人主义的文学，更异于社会主义的文学，是以热情与哀怜的情绪作为文学的骨骼，多方面捕捉人生的动静。"《第二代》出版后，梅娘就从东北进关到北平，结束了她那一时期的生活，开始了以写作为主的生活。

收集在《鱼》里的六篇作品，该是她这一时期重要创作的结集。这本书的第一版是 1943 年 6 月由新民印书馆编入新进作家集丛书中出版的。对其中的几篇作品，我曾在"跋"中简单提到。其中多数写的还是爱情故事，其中只有一篇"从男女间到社会之上"除外。这时，作者在艺术上经过多年的磨练和追求，无论是一个片段的速写，或一个长篇结构的曲折情节，都能以熟练的笔触刻画出人物的性格和心理，塑造出生动的形象。在运用文字上做到简洁、明快。以《鱼》一篇为例：故事本来极简单，不过是写封建社会两个家庭里的男女青年之间的悲欢离合和由此而产生的戏剧。女主人公渴望着真诚的爱情，把自己比作网里的鱼，只有自己找窟窿钻出去。作者从回忆中把单恋、梦呓、幻想、爱恋、失望、焦灼、叛逆的种种渴望爱情的心理波动起伏，用对情人述衷肠的话语缕缕倾吐，加以风雨雷闪之夜烘托它的气氛，在手法上颇引人入胜。这特色也同样表现在《一个蚌》和其他短篇中，通过妇女的群像传述了传奇般的故事。

梅娘的作品包括这本《鱼》在内，在题材的选择上，似乎有一定的局限性，这恐怕和她的生活经历分不开的。对于小说的读者，喜悦的也许正是这样的故事情节，甚至其中有刺激性的描绘。当时有的评论说："她有一支熟练的笔，写两性的爱情很细致，对小资产阶级的生活面光丽如一面镜子，是美丽的装饰"。同时又指出，"她这支笔还不能为大众所用，来描画整个的人间。"今天看来，我们倒可以从这面爱情的镜子里，窥见一层深义，从人物的动静中看出时代的影象：旧家庭的没落、荒淫无耻的堕落，新一代的争自由的成长和命运。弱者，你的名字是女人，她们的不幸和痛苦，并不是自由主义的思想所能够解决的，还需要从时代和社会背景上穷源溯流。这样，就可以给我们一个崭新的前进的意识，对作家和作品的探讨研究更深一步。

《鱼》之后，作者出版了《蟹》，也收集了六篇小说，在仍以女性为中心人物的种种故事中，题材渐趋广阔。这以后，由于时代风云的变幻，生活的更迭，特别是在全国人民获得解放之后，作者曾一度遭到不应有的命运，一次次难忍的个人和家庭的不幸，直到拨乱反正之后，她才获得真正的自由，致力于编剧和翻译工作。

回忆和展望常常是联系在一起的，《鱼》的重印出版，是四十年代往事的回忆，也是八十年代前程的展望，面对着光辉灿烂的社会主义建设年代，总结现代文学不同时期的历史经验，作家作品的成就得失，对于开拓现代文学创作的广阔领域，将会起到一定的作用，希望《鱼》的重印，带给读者一点有益的东西。

1986 年 2 月于北京

收入史铁生等著、陈晓帆编选《又见梅娘》，

北京：人民文学出版社，2002 年 2 月第 1 版.

代跋

关于口述史以及"口述史"的阅读

张　泉

看到"自述"二字，我们马上会想到，这是历史亲历者在讲述历史故事。

自述是描述历史的一种方式，可以归入自传类，但严格说来，两者还是略有区别。

同样是记述过往，自传一般要求所讲述的经历具有连续性和完整性，自述则比较自由，可以描绘全局，也可以只写局部。但所写所记真实可信，是对自述或自传的共同期待。

对于自传"真实可信"的这个期待，能够实现吗？

其实，从"历史"这个词汇的出现，到历史学成为经久不衰的人文显学，人们一直在孜孜追问和探寻：什么是历史？谁有权书写历史？被表述出来的历史能够还原"历史现场"吗？

对于这些问题的答案，一直众说纷纭，与人类文明史如影随形；在历史学科领域之内，学派林立，论争从未停歇过。只是时至今日，仍找不到一个可以应付各类考试的标准答案。

给我留下深刻印象的"历史"定义中，有一个来自史学圈以外。

在纳粹德国战败之后，二战时期德军最年轻的一位上校派普曾说过这样一句话：

历史是由胜利者书写的，但事实真相只有亲历者才知道。

派普认为，被描写出来的"历史"并不是"事实真相"。也就是说，是虚构的假象，不是历史。每每看到这句话，我就会想到克罗齐的那个名句："一切真历史都是当代史。"（克罗齐《历史学的理论与实际》，傅任敢译，北京：商务印书馆，1982。第3页。）

历史叙述是一种权利，胜利者无疑会当仁不让。这一点没有疑义。引发诘问的是后者：难道只有亲历者才能够洞悉事实真相吗？或者换一种说法：亲历者记忆中的"事实"，就一定是"真相"吗？另一个伴生的推定也许会让一些史学家感到不悦：专业历史人员或者成为御用文人，或者无所作为，没有第三种选择。

意大利哲学家克罗齐同时也是一位史学理论权威。他认为，过去的事件不是历史，只有在经由认识主体的认定而与当下生活发生关联之后，"确凿的东西变为真实的东西"，才成为"真历史"。

看来，"真历史"是创造，不是返回。"确凿"的事实要想成为历史"真相"，关键不在事实"确凿"与否，而在是否能够赋予其现实意义。在这个链接和转化的过程中，起主导作用的是认识主体的精神活动。难怪克罗齐甚至极而言之地说："精神本身就是历史。"执着于"史"、"论"关系之辩的中国传统史家或许会反问：那又置原始文献、历史遗迹、出土文物……于何种位置呢？

其实，克罗齐的凸显主观的历史观，是在思辨的层面上突出人的作用，强调在历史再现的系统工程中，具有专业训练的史学家是历史认识主体的主体。

当然，除了史学家外，历史也还有别的认识主体。比如，亲历者。

与史学家相比，亲历者不见得就一定是一名合格的历史认识主体。不说史学知识，仅说亲历者自身的条件。

从心态来看，作为有利益关联的当事人，很难在自述中始终保持中庸和中立。从眼界来看，作为曾经纠缠于具体历史事件的一份子，很难获得局外的宏观视野。正如宋代苏轼《题西林壁》所云："横看成岭侧成峰，远近高低各不同。不识庐山真面目，只缘身在此山中。"

此外，还有每个人都无法逾越的一般认识规律，以及个体差异化的心理状态和生命周期。

自传书写是以自我为中心的历史叙事。

研究表明，自传所记述的往往是过往的特殊事件，而特殊事件之间的日常细节，则或者被遗忘，或者被忽略了。叙事又要求连贯性。于是，想象就有了用武之地。选择即评价，想象也是评价，是运用现在的识见，去描述和褒贬过去。结果，自传貌似回到了历史现场，而实际上无论是视角还是观念甚至部分"事实"，都是现在的，是一种有别于当时的所思所想的当下评价。特别是那些曾经遭遇过无情迫害、残酷打击的亲历者，即重大事件的幸存者，他们的自述会更多地向自我宣泄、自我辩解和自我形塑倾斜。

此外，岁月无情。自传书写一般集中于功成名就之后的中老年。此时，人生已经开始走向衰老，是一个记忆逐步单纯化、单一化、远期记忆覆盖近期记忆的过程。

这样，人们对于自述作品、特别是同时代人自传的种种不满，比如遗忘，比如虚构，比如迎合，比如炫耀，比如现在说的和以前说的不一样、以前说的又和以前的以前说的不一样，等等，是真切的。不过，也大可不必为此而陷入失落或恼怒。

试想，就是那些史学专家们的权威历史叙述又怎么样？只要以10年为周期看一看他们对同一个过往事实的描述与评价，同样会发现诸多前后不一致的地方。而且很难就断言，这种变化不是与时俱进。

那为什么自述写作、自传阅读仍经久不衰呢？

史学家告诉我们，真实存在过的第一历史永远无法复现，后人所描述出来的历史是第二历史。第二历史往往是靠不住的，几乎每一次惊人的考古发掘，都会带来对历史的大幅度改写。靠不住的历史需要田野调查来实证，也需要虚构来呈现可供辨析与实证的界面，为以后的颠覆或改写做好准备。这个试图接近第一历史的过程循环往复，没有结尾。在这个过程中，自述这一连接记忆与历史的特殊叙述方式，有其无可替代的价值。

法国当代著名历史学家皮耶·诺哈主编的《记忆所系之处》一书

（1984-1992 年出版），已有戴丽娟的中文选译本面世（行人文化实验室，2012）。该书之所以被誉为"一部很震撼的大书"，不是因为多达三卷七册的浩繁篇幅，而是提出和实践了再现真实历史的一种途径。

在诺哈看来，以往的法国史书写均预设法国是由真实事物组合在一起的一个有机体，再由历史学家对其加以整理、分析、排比、平衡。但他发现，特定物质的或非物质的实体，经由时间的流转和人类的想象，其原来的意义被改变，或者被追加了新的意义，这些改变和追加又被附会到实体之上，介入了法国形象以及法国历史的建构。他选择一批典型个案，请专家用故事的写法，逐一考察其成为法国象征构成的来龙去脉。

比如，物质的实体埃菲尔铁塔。它在 1889 年巴黎万国博览会前夕完工时，被视为"丑陋的"钢铁工程建筑物，反对的多，欢迎的少，当年曾签约确保 20 年内不被拆除。但到了今天，其意义经过千回百转，变成了象征法国浪漫的巴黎地标，同时又追加了代表 19 世纪末那美好年华的想象。

又如，非物质的实体"自由、平等、博爱"。在 18 世纪末法国大革命时期，这个口号并未被制度化。它的内容和顺序，是后来逐步组合而成的，在升格为法兰西共和国的国家格言后，又被附会成法国大革命的象征。这个响彻世界的口号，在法国过去 200 年间的整合流传，既诠释了历史，也附着了法国人的集体记忆，揭示出国家身份内涵变化的轨迹。

在知晓了记忆与历史间盘根错节的关联之后，我们或许能够以平和的心态看待自述作品。阅读的目的和方法则因人而异。

首先，可以把它当作文学作品来读，就像阅读其他体裁的文学作品一样。这是一种鉴赏式、消遣式阅读，较为轻松和随意。

其次，将其视为历史故事。作者的学术背景不同，故事的体裁特征会转化。历史学者的自述，大多会以排比原始材料的功夫见长。对于文学作家来说，想象力更为重要。想象和材料有时难以截然分割。作家如果自觉使用一定数量的史料，那就靠近了"报告文学"——但依旧是"文学"（可以虚构）。史学家如果过多地靠想象来填补和连接空白点，那就成了"演绎"、"戏说"——再难归入"历史学"（不可以虚构）。两者的差别起因于历史认识主体阐释、结构故事的方式不同。选择阅读哪一类故事，取决于读者的嗜好。

最后，采用历史学家所谓的"二重证据法"来阅读，即，将自传与自传作者的档案和当年的历史文献均当作证据，对两者加以比对，逐一找出自述中的无意的记忆失误，以及有意的事实虚构，并对失误、特别是虚构加以分析，探寻隐藏着的个人的、社会的和时代的制约因素。这样的阅读最费心力，实际上是在另外重构自己的历史叙述，已接近皮耶·诺哈：不为定论和约定俗成所束缚，对历史中的记忆变动抽丝剥茧，重新解释和想象模糊的法国形象的成形史。

对于中国现代史研究来说，《记忆所系之处》的解构方法和历史观念，极具借鉴意义。仅就我有兴趣的殖民地文化、沦陷区文学而言，从形成到现在，已逾百年。期间，有太多的记忆变化，以及意义的生灭演化。

并不是所有的历史实体都是记忆的重点。或许，在好的自述作品中，我们会发现一些"记忆所系之处"——区域／社群的象征性遗产。

2012 年 12 月 25 日，于北京中关园